THE BOOK OF GOOSE

ガチョウの本

イーユン・リー

篠森ゆりこ訳

YIYUN LI

河出書房新社

ガチョウの本

ダーポンとジェームズへ
そしてあまりにも大切な子、ヴィンセントへ

リンゴでリンゴは切れない。オレンジでオレンジは切れない。ナイフがあれば、リンゴもオレンジも切れる。魚の腹も切り裂ける。しっかりした手と鋭い刃なら、へその緒も断ち切れる。本にぐさっと切りこむこともできる。本の厚みをはかるにはいろいろな方法があるけれど、一ページ目から最後まで刺してはかる読者はあまりいない。どうしてだろう。ナイフを別の人に渡して、その人がどれだけ深い傷を平気で負わせるか、賭けをすることもできる。自分が傷つける側に回ることもできる。

切ったオレンジの半分に残り半分のオレンジを合わせても、一つのオレンジには戻らない。ここから、私の物語は始まる。ナイフになれるほど値打ちはないと思っていたオレンジ。しかもナイフになるとは夢にも思わなかったオレンジ。切ることにも切られることにも、その頃の私は興味がなかった。

私の名前はアニエス。でも、これはどうでもいいことだ。いろんな名前の一覧表を果樹園に持っていって、オレンジに名前を書いてみたらいい。フランソワーズとかピエールとかディアーヌとかルイとか。それでどうなるものでもない。オレンジにとって大事なのは、オレンジであるということ。私も同じ。私の名前はクレモンティーヌやオデットやアンリエッタだったかもしれないけれど、だから何。オレンジはオレンジでしかない。人形が人形なのと同じ。人形に名前をつけたら、ほかの人形とはちがうものになるなんて思わないこと。風呂に入れて服を着せて、偽物の食事をあげて、お母さんみたいに子守歌をうたいながら寝かせてやれるけれど、人形なら生きていたことはないのだから、死んでいるとすら言えない。

　この物語で憶えておいたほうがいいのは、ファビエンヌという名前。ファビエンヌはオレンジでもナイフでも、子守歌をうたう人間でもない。ただし、どれにでもなることができる。いえ、以前はなることができた。彼女はもう死んでしまった。死んだことは、母からの手紙で知らされた。母はフランスのサン・レミに残っている唯一の身内だ。といっても母はその手紙を、死ではなく初ひ孫誕生を知らせるために書いたのだけれど。もし私がまだ同居していたら、なぜ赤ん坊を産んで私の孫を増やしてくれないのかと問いただしてきただろう。アメリカに住んでよかったことの一つは、これだ。離れすぎているから、母の心配の種にならずにすむ。でも、私は結婚するずっと前から母の心配の種ではなくなっていた——私が得た名声のおかげで。

　アメリカに住むことと名をなすことは、母親から解放されたい人にとって同じぐらい役に立つ。

　母は手紙の追伸にこう書いていた。ファビエンヌが先月亡くなった。「お姉さんのジョリーヌと《ドゥ・ラ・メム・マニエール・ク・サ・》同じ原因で《スール・ジョリーヌ》」。ジョリーヌは一九四六年、お産のときに死んだ。十七歳だった。ファビエンヌは一九六六年に二十七歳で死んだ。二十年あれば出産で死ぬ女性は減ると普通は思うだろう。それに、一家族に二度も同じ惨事が起こるわけがないと思うだろう。でも、そういう考え方をすると、誰かさんからばか呼ばわりされそうだ。私がファビエンヌからそう呼ばれていたように。

　その追伸を読んでまず思ったのは、すぐに妊娠したいということだった。私なら月が満ちるまで子を宿し、無事に出産してのけるだろう――このことは自分の名前ぐらい自信を持って言える。そうすればファビエンヌにはできなかったことが、私にはできるという証明になる――人生に好まれも疎《うと》んじられもしない月並みな人間、宿命とは無縁の人間になれるという証明に。

（こんな切なる望みを本当に理解できるのは宿命を持つ人だけだろうから、希望的観測に近い。）

　でも妊娠するには人間が二人いなければならないし、二人いれば必ず成功するわけでもない。私の場合、妊娠するにはアールを裏切って不倫できる男を探すか（それでどうする――私生児がいるほうが、子のない結婚よりはまだましだとアールに説明する?）、離婚して種まきと収穫が得意な男をつかまえる必要がある。私はどちらにも興味がない。アールは私を愛しているし、私は彼との結婚を愛している。子供を産ませられないので彼は失望しているかもしれない。でも、私は母親になるために結婚したのではない、と彼には話してある。いずれにせよ、私たちは現実主義者だ。

　アールはフランスから私を連れ帰り、その後アメリカ陸軍工兵隊を退役した。いまは評判のいい建設業者である父親のもとで働いている。私は裏庭に菜園を作ったほか、ニワトリの飼育をしている。ニワトリは常に二十五羽ほどいる。ヤギの世話もしたかったけれど、手に入れた二頭の子ヤギは木の柵をかじって逃げ出す癖があった。ペンシルベニア州ランカスターはフランスのサン・レミではないのだから、ふたたびヤギ飼いをやるわけにはいかない。初めてここに来たとき、私は地元の人たちに「フランス人の花嫁」として知られるようになった。新妻でなくなってずいぶんたつのに（結婚して六年）、いまだにそう呼ぶ人たちもいる。アールはそれがお気に入りだ。フランス人の花嫁は彼の人生に輝きを添える。でもフランス人の花嫁がまちなかでヤギを追っていては恰好《かっこう》がつかない。

私はヤギをあきらめて、ガチョウを育てることにした。そして去年の春、最初の二羽を迎えた。トゥールーズ種のガチョウのつがいだ。今年はシナガチョウのつがいを買った。アールはカタログを読んで、毎年買い足していこうよと冗談を言った。アメリカン・ガチョウ、アフリカン・ガチョウ、ポメラニアン・ガチョウ、シェトランド・ガチョウ。国際的な愚連隊《ぐれんたい》にしよう。彼は、二羽のつがいがすぐ親になることを考慮に入れていなかった。一年たてば、雛《ひな》がかえるのを待ち構えていることだろう。

ニワトリよりもガチョウのほうがわが子に近い。アールもガチョウが好きで、フランス風の名前をつけようと言い出したのも彼だった。彼は自分が思うほどフランス語が上手ではないのに、二人きりでいちゃつく時間にフランス語を話すのをやめない。私はアメリカで暮らし始めてから、いつも英語で人と話している。ニワトリとガチョウにも英語で話す。

菜園からは二人で食べきれないほどの野菜がとれるので、義理の親戚に——アールの両親と兄弟二人とその家族に——お裾分けする。皆、私にはよくしてくれる。といっても、私のことをよそ者だと感じているし、もしかしたらこっけいだとも思っているかもしれない。陰でこっそり私をマザー・グースと呼んでいるのだ（グースはガチョウの意）。このことは義理の姉のルイから聞いた。彼女は自分の結婚に不満があって、私がバーズ家に敵意を持つよう仕向けたがっている。でも私は、そんなあだ名なんて気にしない。子供がいない女をマザー・グースと呼ぶのは無神経かもしれないけれど、私という女はおよそ繊細でも感傷的でもない。

アールから母の手紙の内容をたずねられたとき、姉に孫娘が生まれたことは伝えたけれど、ファビエンヌが死んだことは話さなかった。彼がいつもとちがう何かを感じとったとしても、こう考えただろう。赤ん坊の誕生のせいで、私は人生に欠けているものをまた思い知らされたのだと。彼は愛情深い夫だけれど、愛情ゆえに察しがよくなることはあまりない。彼と出会ったとき、私は秘密など特にない、子供時代や少女時代の物語もほとんどない女の子だと思われていた。もしかしたら妊娠できないのは彼のせいではないのかもしれない。私の内部が秘密で占められ、胎児が育つ余地が残されていないのだ。

私は茫然《ぼうぜん》としてしまい、餌の時間にニワトリからガチョウを隔離《かくり》しておくのを忘れてしまった。ガチョウはせわしくニワトリを脅して怖がらせたり、餌を盗んだりした。それで私は叱ったものの、声を張り上げたりはしなかった。ファビエンヌなら私の無能ぶりを笑っただろう。蹴りをしっかり入れてやりさえすればいいと言っただろう。でもファビエンヌは死んだ。彼女がいま何をしようと、幽霊がすることになってしまう。

ファビエンヌの幽霊を見ても、私は平気だ。

幽霊は皆、お化けの技を身につける。変身したり、とり憑《つ》いたり、私たちには見えないものを見たり、生きている人たちの人生を操ったりする技だ。死んだ人間は幽霊になるしかないとしたら、ファビエンヌの幽霊はほかの幽霊が得意がるありきたりの手口をあざ笑うだけだろう。彼女の幽霊は何かまったく違うことをやるのだ。

（どんなこと、アニエス？

たとえば私にまた書かせるとか）

ちがう。ファビエンヌの幽霊が私のペン先を舐めてきれいにしたり、ノートをめくってこの新しいページを開けたわけではない。ときには一人の人間の死が、別の人間を釈放する許可証になることがある。私は完全に解放されたわけではないかもしれないけれど、じゅうぶんに解放された。

「幸せはどうやって育てるもの？」とファビエンヌがたずねた。その頃、私たちは十三歳だった。でも、もっと年上のような気がしていた。いま思えば、戦時中に生まれた貧しい育ちの子供らしく、体は発育不全なのに頭には年齢以上の歳月が詰めこまれていた。私たちは均整がとれていなかった。均整のとれた子供など、いたとしてもめったにない偶然の産物だった。戦争はまずまちがいなくバランスを崩させるものだ。でも平和なときには別のことがうまくいかなくなる。私は何かしらいびつなところがない子供には会ったことがない。そして子供が大人になると、いびつな大人になる。

「幸せって育てられるの？」と私は訊《き》いた。

「何だって育てられるよ。ジャガイモと一緒」とファビエンヌは言った。

もっとましな答えが返ってくるかと思った。幸せが育つところは五月柱《メイポール》の上とか、ミソサザイの巣の中とか、小川の石の隙間とか。幸せが泥みたいな色で地下に埋もれているはずがない。枝についたリンゴですら、土の中のリンゴよりは幸せと呼ばれるにふさわしい（フランス語ではジャガイモを地のリンゴと表現する）。だけど幸せがリンゴみたいなものだったら、ぜんぜん冴えないし、おもしろくない、と私は思った。

「信じないの？」ファビエンヌが言った。「いいこと思いついた。あんたの幸せはビート、あたしの幸せはジャガイモってことにして、二人で育てるの。どっちかが実らなくても、もう一つがあるから、ひもじい思いをしなくてすむわけ」

「どっちもだめだったら？」と私は訊いた。

「肉屋をやろう」

　当時はよくこんな話をしていた。世間から見ればばかげたことだけれど、世間はばかげたことだらけだということを、私たちはもう知っていた。それなら独自のばかげたことで楽しんだっていいだろう。左手の親指が金づちで叩きつぶされたら、右手の親指にも何か感じるのか。どうして神は耳にもふたをつけようと考えなかったのか。そうすれば寝るときに目を閉じるように耳をふさぐことができるし、世間の人の無駄話を聞きたくないときはいつでもふさぐことができる。もし私たち二人が同じぐらい真剣に祈って、正反対のお願いをしたら――神さま、どうか明日は晴れにしてください、神さま、どうか明日は曇りにしてください――神はどちらを聞き入れるかを、どのように決めるのか。


　ファビエンヌは神をからかうようなことを言うのが好きだった。神の存在を信じると言ってはいても、それはいつでも小ばかにできる神がいることを信じている、という意味だと私は思っていた。自分が神の存在を信じているかどうかはわからなかった――父は無神論者で、母はその逆だった。どちらかと親しければ、選ぶのは簡単だろう。でも私が親しいのはファビエンヌだけだった。彼女は神の〝トラブルメーカー《ペルトゥルバトリス》〟を名乗り、いつも味方なのだから私もその一人だと言った。そういう意味ではどちらも無神論者ではなかった。悪さをして神の計画をひっくり返すには、神の存在を信じる必要がある。


「幸せを育てられるなら、みじめさも育てられるの？」と私はたずねた。

「アザミやサワギクを育てたりする？」とファビエンヌは言った。

「みじめさは勝手に育つって言いたいの？　アザミやサワギクみたいに」

「ていうか、神が育てる。そんなのわかんない」ファビエンヌは言った。

「幸せはどう。勝手に育つ？」

「どう思う」

「きっと幸せがアザミやサワギクみたいなものなんだと思う。それでみじめさは、珍しい蘭みたいなの」

「そんなふうに思うのはおばかさんだけだよ、アニエス。あんたがばかなのはもうわかってるけど」ファビエンヌは言った。


　そのときファビエンヌには言わなかったけれど、幸せはきっとムッシュ・ドゥヴォーが飼っているハトのようなものだろうと私は思っていた。ハトは飛び去っては舞い戻り、その間のことは誰にも干渉されない。私たちの幸せはじっと動かないものではないはずだ。

　ムッシュ・ドゥヴォーという人のことを、少し話しておこう。彼もファビエンヌと同じくこの物語のきっかけを作る一人だが、私たちが十三歳だったときにはもう六十代だった。いま頃は死んでいると思う。でなければおかしい。ファビエンヌが死んだのに、それより長く生きる権利はないはずだ。

　ムッシュ・ドゥヴォーは村の郵便局長で、醜くて病弱に見える男だった。私たちはどの大人にも寄せている程度の関心を、彼にも寄せていた。つまり、ほとんど関心がなかった。でも彼のハトのことは好きだった。私たちはしばらくの間、ハトのつがいを飼おうかと話し合っていた。昼間、一羽は牧草地へファビエンヌについていき、もう一羽は私とともに学校へ行く。そして二羽は畑や小道の上を飛んで互いにメッセージを運ぶのだ。でも幸せを育てることでもそうだったように、数日たつと新たな思いつきに興味が移ってしまった。私たちが計画をまじめに実行したことはない。望めば実現できると感じるだけでじゅうぶんだった。

ある日のこと、マダム・ドゥヴォーが亡くなった。彼女はたくましい女で、夫よりも若く、がさつでやかましかった。噂では、生まれてこのかた一度も病気になったことはないのに、熱病におかされたという。三日で死んでしまった。

子供がいたかどうかは憶えていない。ムッシュ・ドゥヴォーは子供を産ませられなかったのではないか。その運命に耐えなければならない男はアールだけではないはずだ。でなければ、私たちが大きくなるまでに子供は成人して村を去っていた。十三歳の頃には訊く気にもならなかった疑問が、いまは大事に思える。ファビエンヌは答えを知っていただろうか。彼女に訊けたらいいのに。彼女に死なれて困ることといえばこれだ。この物語の半分はファビエンヌのものなのに、私の知らない部分を教えてくれる彼女は、もういない。

マダム・ドゥヴォーが埋葬されたのが木曜日だったことは憶えている。葬式があっても、ファビエンヌが二頭のウシと五匹のヤギを草原へ連れていくのをやめる口実にはならなかったし、私が学校をさぼる口実にもならなかった。でも晩になって二人で墓地に行き、いちばん新しい墓を探した。その年の秋にできた墓は一つだけではなかった。

墓地へ向かう途中で、ファビエンヌはマーガレットやストックの花を摘み、花束にして私に渡した。でも私たちは花を髪に挿したり、暇つぶしに花輪を作ったりするタイプの女の子ではなかった。墓地をうろついているところを見つかったら、マダム・ドゥヴォーに花を供えるんですと言うのだ。花が必要なのはそのためだということを、ファビエンヌは説明しなかったと思う。私はただ理解していた。私たちはその頃、相談しなくても何をやるかたいていわかっていた。といっても、それほど驚くようなことだろうか。二人は一心同体と言ってもいいぐらいだった。南を向いているオレンジの半分がもう片方の半分に、陽射しがぽかぽかすると口にする必要はないだろう。

　土が盛られたばかりの区画を見つけたので、ファビエンヌは私から花を少し受けとった。木の十字架の前には花束が一つ置かれていた。彼女は墓の裾《すそ》のほうに私たちの花を一本ずつばらまいた。「花であなたの衣を縁どりましょう。それからあなたの上履きも」彼女はささやくように言った。私もまねをして花をまいたけれど、死んだ女には声をかけなかった。二人ともマダム・ドゥヴォーのことはあまり知らなかった。私たちはほとんどの大人のことを遠い存在のように感じていたし、一部の大人をうっとうしく思っていた。でも、死んでまもない女の墓に、さらに死んでまもない花をまく儀式は好きだった。

　その後でファビエンヌは近くの墓石の上に横たわった。私は隣の石の上に寝て、濃い藍色の空と星を見上げた。彼女もそうしているはずだった。目に見える星にも見えない星にも名前がついているけれど、そんな事実を学校で教わってもまったく役に立たなかった。ファビエンヌが星を物語にしたりゲームに使ったりしない理由が、私にはよくわかっていた。星はあまりに遠いうえ、どれも同じように見えるからだ。

　二人とも黙っていた。私たちの下には、はるか前に生きて死んだ人が二人いる。私たちは夜の墓地が好きだった。昼間はあたりに箒《ほうき》を持った喪服姿の老女や、枯れた花を片づける管理人など人けがあることが多かった。自分たちの姿を見られるのが嫌だったわけではなく、もし幽霊がいたとしても、ほかに人がいたら私たちの前に現れないと思ったのだ。

　これは一九五二年十月のことだ。それから十四年が過ぎた。ファビエンヌのもとを離れてから、じきに何十年も過ぎてしまう。でも何年とか何十年というのはただの言葉にすぎない。計測する単位のために作られた名前だ。一ポンドのジャガイモ、二カップの小麦粉、三個のオレンジ。だけど、空腹をはかる単位は何だろう。私は今年二十七歳だけれど、来年は二十八歳になる。ファビエンヌは二十七歳だったし、いまもそうだし、これからもずっとそのままだ。私の人生にファビエンヌがいたことを、どう計測すればいいのだろう——一緒にいた年月ではかるのか。それとも、離れていた年月ではかるのか。時とともに彼女の影が長く延び、いつも心を揺すってきた年月で？

　夜の空気は冷えていて、体の下の石は昼間のぬくもりをとどめてはいなかった。体の芯まで冷たく感じた。春まだきの小川に飛びこむときとは、またちがう冷たさだった。小川の水のぎょっとするような冷気には息を呑むけれど、それはほんの一瞬で終わり、はしゃいで叫び声を上げてしまう。吸いこんだ空気がはつらつとした気分にしてくれる。でも墓石の上の冷たさは重くて、私たちが石の上に横たわっているのではなく、石が私たちの上にのしかかっているかのようだった。私は浅くゆっくりになっていくファビエンヌの息づかいに耳を澄まし、自分の呼吸を合わせようとした。

　ファビエンヌも同じぐらい寒かったはずだ。私は彼女が起き上がって、自分もそれに続くのを待った。ときには、墓石の上に長いこと横たわっていたら体がこわばってしまうこともあった。すると後で骨や歯をかたかたいわせながら、体を温めるために飛んだり跳ねたりしなくてはならなかった。ファビエンヌは、肉体の限界を常に試さなければならないと考えていた。渇きが喉を砂のように擦《こす》るまで何も飲まないとか、頭がふらふらするまで何も食べないとか。どうせ食べるものはあまりなかった。多少のパンと、運がよければチーズ一かけら。互いに向き合って息を止め、指で数をかぞえることもあった。どのぐらい長く続けられるか、呼吸せざるをえなくなるまでに顔がどれだけ赤くなるか、試すのだ。墓石の上に横たわるときは、死のように冷たく膠着《こうちゃく》した感じがするまでじっとしていた。どうしても必要になるまで何もせずにいると、私たちを捕まえる隙を世間に与えずにすむ、とファビエンヌは説明した。捕まえるってどんなふうに、と私がたずねると、わからないなら説明しても意味ないよ、と彼女は言った。あたしについてくればいいの。あたしがやれって言ったことだけやって。

「ムッシュ・ドゥヴォーはいま頃何してるかな」ファビエンヌが体を起こしてたずねた。

一気にありがたい気持ちが湧いてきた。夜が明けるまで動かないと彼女が決めても不思議はない。そうすれば隣で横たわっているしかないのだ。ファビエンヌの父親とちがって、うちの両親は私が寝る時間に遅れたことに気づいてしまう。

「何してるんだろうね」と私は言った。

「家を訪ねてみようよ」とファビエンヌが言った。

「どうして。知らない人なのに」

「あいつには夢中になれることが必要なの。やもめは皆そう」

ファビエンヌの父親はやもめだった。だから、やもめについてきっと心得があったのだろう。

「ムッシュ・ドゥヴォーに何をしてあげたらいいの？」と私はたずねた。

「友達になりに来たって言おうよ」

「あの人には友達が必要？」

「どうなんだろ。でも、あたしらのほうが友達になってくれって言うんだからさ」とファビエンヌは言った。

「どうして」と私は訊いた。ファビエンヌがまだ学校に通っていた頃、友達になろうと言ってくる女の子たちもいたけれど、ファビエンヌに何かを求めれば屈辱を受けることをすぐに思い知らされていた。ファビエンヌは女の子たちを意地悪な好奇の目でじろじろ眺めてから、ゆっくりとこう言い放つ。〝あたしらがあんたを友達にしたがるなんて、よく思えたもんだね〟

「ムッシュ・ドゥヴォーみたいな男は使えるんだよ。本を書く手助けをしてほしいって言おう」ファビエンヌは言った。

「本を？」ファビエンヌは二年前から学校へ行っておらず、私に後れをとるまいと私の教科書をじっくり読むこともときおりあった。でも、二人ともちゃんとした本は見たことがなかった。

「うん。一緒に本を書こうよ」

「何の本？」

「何でもいいの。あたしが物語を作って、あんたがそれを書けばいい。難しいことじゃないってば」

　私のほうがファビエンヌよりうまく字を書けるのは確かだった。実際、字がきれいなので、学校のペン習字の賞を毎年もらっていた。そして、ファビエンヌが物語を考え出せるのも確かだった。ブタやニワトリやウシやヤギの話、鳥や木や、ブルドンおばさんの窓のカーテンやギムレットおじさんの荷馬車の話。それから、ファビエンヌの姉ジョリーヌの話。この人はずいぶん前に死んだ。私はジョリーヌの顔を憶えていないけれど、ファビエンヌはジョリーヌの幽霊にまつわる話を作った。それからジョリーヌの赤ん坊の幽霊にまつわる話も。その子は名前をつける暇もないうちに死んだのに、ファビエンヌはオスカルちゃんと呼んでいた。さらに、ジョリーヌの恋人のボビーというアメリカ人の幽霊もいた。ボビーは黒人《ニグロ》で、ジョリーヌが妊娠すると軍法会議にかけられて絞首刑にされた。

　これらの死のすべてが、ファビエンヌと私が七歳になろうとする頃に訪れた。ファビエンヌと私がジョリーヌとボビーのあとをこっそりつけているのを見つけると、ジョリーヌがイラクサの束で打ってきたのは憶えていたし、あとをつけるのをやめさせるために、ボビーがチョコレートを投げてよこしたのも憶えていた。ジープの中や、私たちが歩いていけないどこかへ彼女をドライブで連れていったとき、ボビーがジョリーヌに何をしているのか、ファビエンヌと私は話し合った。そしてこういうことを、想像したとおりに演じてみた。私たちは世間のあらゆることを知っていい年だと思っていた。たとえば死産の赤ん坊のことも。彼はうちの雌ヤギのフルールより肌の色が黒かった。ファビエンヌと私が彼の頭に触れると、べとべとして血の気がなく、生温かかった。そのときは周囲の女たち全員の注目がジョリーヌに集まっていた。彼女は出血し、急速に死に近づいていて、ひどくわめいていた。

　ファビエンヌが作った物語の中では、いまでも全員が元気だった。幸せな家族とは言い切れないものの、幸せな三人の幽霊がそれぞれの遊びにかまけている。

　幽霊の話を聞いて私は寒気を感じることもあったけれど、笑ってしまうことのほうが多かった。あそこを見て——ファビエンヌが小川を指さす——見えた？　何を、と私が訊き返す。彼女に見えたものが私に見えないことはわかっていた。私の友達がファビエンヌだけなのは、それが理由だった。彼女が私たち二人の目であり耳だったのだ。オスカルちゃんだよ、と彼女はささやいた。銃剣用ナイフでウナギを突いてるところ。私が、へえ泳ぎを憶えたんだ、と言うと、ファビエンヌは答えた。泳ぎがうまいかはわかんない。だってカエルみたいに睡蓮の葉の上に座ってるんだから。別の物語では、ジョリーヌの幽霊が柳の枝を織って罠《わな》を作り、夜遅すぎる時間に酒場から出てくる男を片っ端から捕まえる。捕まえてどうするの、と私がたずねると、酔ったままでいられないようにくすぐるの、とファビエンヌは言った。酔っ払うのに集中できないんだから、男たちにしてみたらどれだけ奇妙でひどいことかわかる？

それからボビーの幽霊。これは私のお気に入りだった。彼はウシの耳の中へ息を吹きかける。子ブタたちのしっぽをひとまとめに結んでから、爆竹を投げつける。子供たちの枕の下にタバコを入れ、男たちのズボンの中に香り付きの石けんを詰めこむ。そして岩の陰や森の中にオレンジを隠す。ファビエンヌの物語の中では、いつもオレンジは私たちだけのものだった。実はボビーが生きていた頃、私たちはほんの数えるほどしかオレンジを見たことがなかった。ボビーが初めてジョリーヌにオレンジを持ってきたとき、ファビエンヌは私をジョリーヌのところへ行かせ、あたしたちにもちょっと手に持たせて、とせがませた。二人とも、あんな色のものは一度も見たことがなかった。

私は物語を作ったことはなくても、ファビエンヌの話を聞くのは得意だった。

どんな物語にも消費期限がある。瓶入りマーマレードやろうそくみたいに。

マーマレードに消費期限があるかといえば、ある。マーマレードは果物の寿命を延ばすだけで、永遠にするわけじゃない。

ろうそくに消費期限があるかといえば、ないかもしれないけれど、ある時点を過ぎると、火をともせたとしても崩れてしまう。

時間も崩れる。そして崩れるものすべてに、私たちは代価を払う。食べ物、天井の梁、魂に。

ファビエンヌが死んだと聞いたとき、私のこの物語は消費期限切れになった。消費期限を過ぎた物語を語るのは、長く埋もれていた死体を掘り起こすようなものだ。そうする理由を、皆がいつもちゃんとわかっているとはかぎらない。

　ファビエンヌの赤ん坊のことをずっと考えている。母は手紙の中で、その赤ん坊が生きて産まれたかどうかは書いていなかった。母はきっとそれを伝えても意味がないと思ったのだろう。もしかしたら私がファビエンヌと仲がよかったことすら忘れているのかもしれない。母の書く手紙の内容に、村のあれやこれやの訃《ふ》報《ほう》が増えてきた。母は自分が生きている間に私がサン・レミに戻らないことを、とうに受け入れている。せめて私の葬式には戻ってほしい、という願いが、手紙に書かれていたことがある。

　サン・レミへの里帰りを考えるべきなのかもしれない。アールは旅費を惜しんだりしないだろう。ファビエンヌの墓石の上に横たわったら、昔と同じ重みを感じるだろうか。いつ立ち上がって去るか、彼女が決めるのを待つことはもうない。どうしようと、私が決めなくてはならない。起き上がって去るのか、彼女の墓石の上で永遠に動かないのか。

　十三歳の頃、私にはファビエンヌよりもいくつか優れているところがあった。読み書きがよくできたし、彼女より背が高く、ちょっとふっくらし始めていて、彼女ほどがりがりではなかった。それに、額が広くて頬の輪郭がきれいだった。だいたいのところ、見た目は私のほうが感じがよかった。しかも私はいとわずに人にほほえみかけたり、さほどせがまれなくてもお婆さんの籠を運んであげたり、自分より権威がある人には誰にでも従順にふるまった。でもファビエンヌはこういうことのすべてを嫌がった。

当時私は、こういうことが優れた点だとは知らなかった。ファビエンヌは数秒で木に登れるのに、私はその間にいちばん下の枝にぶらさがるのがやっとだった。彼女は二度と水面に上がってこないんじゃないかと思えるほど長く水中で息を止めていることができた。でも私は必要以上に大きな浮き袋を持つ奇形魚みたいに、毎回浮き上がってしまった。ファビエンヌのウシは彼女を恐《こわ》がっていた——彼女が棒を振り上げる前から身をすくめていた。彼女を噛む犬はいなかったし、森のミツバチは私だけを刺した。

心臓の代わりに水晶を入れて生まれてくる人がいる。いいえ、魔法についての話ではなく、謎についての話。ほかの人々と何らちがいはないように見えるのに、こういう人たちが病気にかからずけがもせず、心を痛めることもなく、人生をゆうゆうと乗り切ってしまう謎。あまり多くは見かけないけれど、ファビエンヌはその一人だ。かつてその一人だった。出産に捕まってしまうまでは。

心臓の代わりのこの水晶——それは事件を起こす。他人に対して。

でも当時の私はそんなことを知らなかった。その日、暗闇の中でムッシュ・ドゥヴォーの家のドアをノックしたとき、私はひたすら笑いをこらえようとしていた。妻が埋葬された日に、夫の鼻先で笑うのは失礼だろう。

ムッシュ・ドゥヴォーはすぐには応対しなかった。私はファビエンヌにサンダルを片方脱いでと言われ、どうして、とたずねた。でもたいてい反射的に質問していて、答えは期待していなかった。サンダルを渡すと、彼女は固いゴムの靴底でドアをどんどんとたたいた。

ムッシュ・ドゥヴォーがドアの向こうで言った。「どなたです」

「あたしらなんだけど」とファビエンヌが言った。

私たちが何者なのか、ムッシュ・ドゥヴォーにわかっていたか定かではない。けれど亡くなった奥さんの幽霊を待っている彼にしてみれば、生きている人間など誰もが同じようなものだったかもしれない。幽霊はドアをノックする必要がないのだから。彼は奥さんのことを愛していたという評判だった。男が女を愛していて、その女が死んだら、男は彼女の幽霊を同じように愛するのか。二人でその場に立っているとき、私はファビエンヌに訊けたらいいのにと思っていた。私たちはそういう疑問について、あれこれ考えるのが好きだった。

「用件は？」ムッシュ・ドゥヴォーはたずねた。

「話がしたいの」とファビエンヌは答えた。

「何の話だい」

「その前に中に入れて。これは秘密なの」ファビエンヌは言った。「ほかの人に聞かせるわけにいかないんだよ」

　私の記憶では、こういう展開だった。必ずしもこのとおりに起こったとはかぎらないけれど、事実と記憶なら、私はいつも後者のほうを信じる。なぜかというと、事実は伝説を作らないから。そしてこの訪問をきっかけにして、私はちょっとした伝説にされることになった。私がかつては伝説だったと言っても、誰も信じないだろう。でも、伝説を信じさせるのは伝説の役目？　伝説は、信じるのが嫌ならどうぞご勝手に、と言う。それであなたは肩をすくめることも、面と向かって笑うこともできるけれど、伝説には手も足も出せない。考えを変えるのはあなただし、変えないのもあなたなのだ――どっちにしろ伝説は完結したものであり、伝説でないあなたは実在しないに等しい。

　生まれつき伝説である人はいない。馬小屋で生まれようと宮殿で生まれようと、すべての赤ん坊は生きていくのに同じものを必要とする。長じて伝説になる賢い人もいれば、他人を伝説にする人もいる。でも伝説は、忌まわしいものや退屈なものをおおい隠すために用意された幕だとしか思えない。

　人々はだいたい忌まわしかったり退屈だったりする。両方であることもある。世の中もそうだ。もし世の中が忌まわしくも退屈でもなかったら、伝説などいらないだろう。


「人に聞かせられない秘密とは何かね」とムッシュ・ドゥヴォーはたずねたが、家の中には入れてくれなかった。彼の細い体が、開けたドアの隙間をうまくふさいでいた。

「あたしら、本を書くんだよ。それであんたの助けがいるの」ファビエンヌが言った。

「本の何を知っているんだ」とムッシュ・ドゥヴォーが言った。

「人間が書くもの。そうでしょ？」

「君らのような人間じゃない」

「それはあんたの思いこみ」

「名前のつづり方や文章の書き方を憶えたほうがいい」とムッシュ・ドゥヴォーは言った。

「そのへんのやり方はこの子が知ってる」ファビエンヌはそう言って、腕を私の肩にかけた。私は膝を軽く折って身長差を縮めた。このウシは乳の出がいい、と彼女が言ったとしても、ムッシュ・ドゥヴォーにはまるで同じに聞こえただろう。

「本を書くのはどっちだい」彼は訊いた。

「二人とも。あたしらは一人の人間みたいな感じなの」とファビエンヌは言った。

「では筆名《ノム・ド・プリュム》がいるな」

「何それ」とファビエンヌが訊いた。

「筆名《ノム・ド・プリュム》が何かも知らないで、本を書こうなんて思っちゃいけない」ムッシュ・ドゥヴォーは言った。

「アニエス・モロー。あたしらの本にはアニエスの名前を使おう」ファビエンヌが言った。

「どうしてあなたの名前じゃないの」私は彼女に訊いた。

「本を書くのはあたしの思いつきだから。あんたも何かを差し出さなきゃだめ」

ムッシュ・ドゥヴォーはさげすみの気持ちを隠そうともせずに、私たちをずっと眺めていた。本当に醜い男だった。頭の両脇から髪の毛が飛び出し、丸い目に重たげなまぶたがかぶさっていて、飢えた年寄りフクロウみたいだった。「そろそろ寝るところなんだ」と言って、彼はおやすみの挨拶をした。

ドアを閉じられないように、ファビエンヌが片足を中に差し入れた。「まだ話はすんでないよ。あたしらに手を貸すの、貸さないの？」

「どう貸せばいいかわからないね」

「あたしが全部考えてある。あたしが物語を考えて、それをアニエスが書いて、それをあんたが本にするの」

ムッシュ・ドゥヴォーは何かぶつぶつとつぶやいた。神か、死んだ妻との会話だ。でもファビエンヌは、二人で書くものを読んでもいいと彼が言うまで、足を引っこめようとしなかった。

「ほらね、あいつには憂《う》さ晴らしが必要」後でファビエンヌが、私の家の近くで別れる前に言った。

「奥さんが死んだ憂さを晴らすってこと？」と私は訊いた。

「退屈だよ」ファビエンヌは言った。「悲しんでる人はね、自分が悲しくて、しかも退屈だってことにめったに気づかないの」

「どうして本を書きたいの」私はファビエンヌにたずねた。ギムレットおじさんのジャガイモ畑に接する草地の斜面に、二人で寝そべっていた。おじさんは畑を踏み荒らさないかぎり、そこでファビエンヌにウシやヤギを放牧させてくれる親切な人だった。ファビエンヌは何度か彼のことを善《よ》きキリスト者と評し、そのたびにせせら笑っていた。

　祝日だったけれど、ウシとヤギとブタとニワトリは祝日を祝わない。ときには祝賀のために殺される。でもこの日はちがった。流血の必要がない、よくあるささいな祝日だった。

「おもしろくなるからさ」とファビエンヌは言った。

　多くのことが、ある日にはおもしろくても翌日にはそうでなくなる。「どんなふうに。どうして本を書いておもしろがらなきゃいけないのかわからない」

「あんたにはわからないことがいっぱいあるんだよ」ファビエンヌは言った。「本を書くのはね、あたしらがどんな生き方をしてるか、皆に教えるため。それと、あたしらでいるのはどういう感じか教えるため」

　そばに二頭のウシが立っていた。草が絶対になくならない世界にいて、時間をいくらでもかけられるかのように、とてもゆっくりと草を噛んでいた。ビアンカとミリーという名前のその二頭は、ファビエンヌが学校へ行かなくなった原因だった。誰でも自分の食い扶持《ぶち》は自分で稼がねばならない――母親のいない子供は、人より早くその現実に触れることになる。誰もそれを異常な事態だとは思わなかった。特にファビエンヌと私は。彼女の二人の兄は農場で働いていたし、昔ジョリーヌは恋人からアメリカ製のタバコを何カートンも手に入れていた。アメリカのタバコがあれば何でも好きなものと交換できる。だから農作業を嫌がっても、自分の食い扶持は稼いでいたのだ。

　ヤギが一匹、群れから離れて小川へ近づいていった。ファビエンヌにそれを注意しようかと思ったけれど、やめることにした。彼女は笑って唇をすぼめ、口笛でびくっとするほど大きな音を出すだけだ。彼女は動物を命令に従わせるさまざまな方法を知っていた。

　ミツバチがチコリの花にとまって茎の頭をもたげさせた。ミツバチはすぐに別の花のところへ行ってしまうだろう。ほかの人たちに知らせる価値があるのは、私たちの生き方のどの部分なのかわからなかった。学校に行く日々は同じことのくりかえしだった。ウシやヤギと過ごすファビエンヌの暮らしも、毎日たいした変化はないはずだ。大人になるには辛抱がいる。でも、どんなに辛抱したところでその先はどうなる。いつか結婚するだろう。ジョリーヌのように出産で死ぬことにならずにすむほど幸運なら、それから子供を育てなければならない。その後はもっと仕事が増え、もっと多くの人間を食べさせていかなければならない。ファビエンヌと私はこれだけの時間を一緒に過ごすことができるだろうか。彼女と私が離れずにいられるように、兄弟を見つけて結婚すればいいと前は考えたものだけれど、独身のままでいられるなら、そのほうがいいかもしれない、と思った。

「あたしたちでいるのがどういう感じか、どうして皆に教えなきゃいけないの」と私は訊いた。

「教えたっていいじゃない」

「その皆ってどんな人たち」と私は訊いた。そんな人いない、と思ったものの、私の役どころは質問をすることであって、それに答えることではない。

「まだわからない。でもね、人に何かを欲しがらせることはいつだってできるんだよ」ファビエンヌは言った。

「どうやって」

「その話はまたにしよう。とりあえず、書かなきゃ。鉛筆とノートある？」

私は彼女に言われたとおり、学生鞄を持ってきていた。ファビエンヌと一日過ごす間に宿題をやるからだと両親には話した。信じてもらえたかどうかはわからない。でも両親にとってこの時期は、私があまり家にいないほうが都合がよかった。兄のジャンが死にかけていたのだ。彼は六年前にドイツの強制労働収容所から戻って以来、具合が悪くて農場の重労働ができずにいたが、ここ数か月のうちにますます悪化していた。一日中床《とこ》に臥《ふ》せって天井を眺めているか、咳《せ》きこんで血を吐いていた。彼と比べると、私はあまりにも健やかで肉付きがよくて幸せに見えた。私の姉三人は全員結婚していたが、ときどき訪ねてきて彼と過ごした。姉たちがジャンのそばにいても両親は不安そうではなかったので、きっと私には何かまずいところがあると思っていたのだろうけれど、私は気にしなかった。必要がないかぎり両親とは話をしなかった。指図を受けなくても仕事は全部片づけた。私が家でいつも自分の身をくるんでいる沈黙の神秘を荒らさせたくなかったからだ。私は誰かの癒やしになれる子供ではなかったし、私もそんな望みは抱いていなかった。

「よし、あたしが言うことを書いて」ファビエンヌはそう言ってから、声を低くした。「フランソワという赤ん坊が死んだ日《ル・ジュール・ウ・ベベ・フランソワ・エ・モール》……」

「フランソワって誰」と私は質問した。ジョリーヌの死んだ赤ん坊には名前がなかったけれど、私たちはいつもオスカルと呼んでいた。

ファビエンヌは質問を無視して、不気味な口調のまま語り続けた。私は何度か顔を見上げて、彼女が私の知るファビエンヌなのか確かめた。彼女は誰か別の人間として語っていて、その女が誰であろうと、すでに死んだ人だった。その語りには、いつものファビエンヌと私なら吹き出したくなるような大げさな絶望感がこめられていた。でも彼女はお決まりの軽蔑したような笑みを浮かべてはいなかった。ファビエンヌ――ではなくて彼女が代弁している女――が、なぜ赤ん坊を死ぬためだけにこの世へ送りたもうたのかと神に問いかけたとき、私は書く手を止めた。「その女の人、変な質問するね」と私は言った。

「何がそんなに変なの」

「この世に送られて死ぬのは、皆も同じじゃない。神は自分の息子だって死ぬためにこの世に送ったでしょ」

ファビエンヌは私をしっと黙らせた。

彼女が書き取らせた言葉のすべてを憶えているふりをするつもりはない。でも、最初の数行は記憶している。私の整った筆跡で書かれたファビエンヌの言葉が目に浮かぶ。私は字が下手ではなかった。そして彼女は、死んだ女らしく語るのが下手ではなかった。

物語に出てくる死んだ女はファビエンヌではなかったのに、いずれはその女になったのだから不思議なものだ――そんなことを、数日前から考えている。

その日は物語の最後までたどり着けなかった。残りを作る時間が必要か、ファビエンヌにたずねた。すると、まさか、と彼女は答えた。物語は頭の中にある。でも頭の中にあることと、時間を割《さ》いてそれを書き出すこととはちがう。

「どうちがうの」私は訊いた。

ファビエンヌは少し考えてから言った。なんであんたがばかみたいなまねしてまぬけな質問をするのかわかんないね。私は寝ころがって鞄で顔をおおった。知らない人の目には、私がすねているように見えたかもしれない。でも本当は、キャンバス地の鞄の下でにんまりしていた。ファビエンヌが言うように私が質問をしすぎるのは確かだけれど、彼女が怒るのはうまく答えられないときだけなのだ。

物語が頭の中にあることと、それを書くことはどうちがうのだろう。若いときはどう訊けばいいかわからなかったけれど、訊くべきだったのはこの質問だ。物語が頭の中にあるだけじゃだめなの？　なぜ時間を割いて書き出すの？

いまなら彼女にも私にも答えられる。私たちがどんな人間で、何を知っているかなんてことは、世間にとってはどうでもいいことだ。物語は、書き留めなければならない。そうする以外、どうやって復讐できるだろう。

（正確には何への、または誰への復讐なのか。

アニエス、罠にはまってその疑問に答えちゃだめ）

私たちはフランソワという赤ん坊の物語を書き終えると、ムッシュ・ドゥヴォーに見せた。彼は、こういう作品はあといくつできるかと訊いた。七つ、とファビエンヌは答えた。全部が死んだ赤ん坊の話かと彼が訊くと、全部が死んだ赤ん坊の話じゃないけど、全部が死んだ子供の話、と彼女は答えた。彼はうなずいて、そうだろうねと言った。あたしがわからないのに、どうしてこの人にわかるの。私は彼を嫌うぐらいじゃすまないと思った。憎んでやらなきゃ。

ムッシュ・ドゥヴォーは詩と哲学の本をよく読んでいた。一度も上演されなかった不運な戯曲をいくつか書いたことがあるし、いまでも郵便局から帰ると詩を一日に一編書いている。その詩を読んでもいいかとファビエンヌは訊いたが、君らは読まなくていいと彼は言った。詩はハトにだけ読み聞かせているのだから。

「それよりオウムを飼ったらどう。詩をオウム返しにしてくれるよ」とファビエンヌは言った。

　ムッシュ・ドゥヴォーはけげんな顔で彼女を見た。

「冗談だってば」ファビエンヌは言った。

「冗談は好かないね。冗談にはとげがあるからな」

「釣り針にもとげがある。それでも魚は呑みこむのが好きだよね」

「魚は好きじゃない。知性がないだろ」ムッシュ・ドゥヴォーは言った。

　私が気性の激しい人間だったら会話に割りこみ、ムッシュ・ドゥヴォーに魚並みのばかと言うところだ。ファビエンヌの話し方が気に食わなかった。私としゃべるときと、こうも同じように話すなんて。でも、私は口を挟まなかった。ムッシュ・ドゥヴォーの家には、吊《つ》り下げ電球の光が届かないところがたくさんあった。私はムッシュ・ドゥヴォーとファビエンヌのことをじっと見ている間、そんな隅っこに座って顔を影に隠しておくほうがよかった。二人とも見た目はよくなかった。彼の顔を見ていて醜いのがわかると、少し喜びを感じた。彼女の顔を見ていて、きれいかどうかなどどうでもいいのがわかること――これにも喜びを感じた。

「魚に知性はないって言うけど、それは動物だからでしょ。動物はばかだもの」とファビエンヌは言った。

「知性を持つ動物もいる。うちのハトもそうだ。有能な人間と同じほど尊敬しているよ」

「甘い鳴き声であんたにささやくぐらいの知性はあるね」

「いや、高度に発達した脳を持っているんだ。もし野生の生き方をしたいと望むなら、そうさせてやるよ」

「動物にどうしたいか決めさせるなんてばかげてる」とファビエンヌは言った。

「気をつけてものを言いなさい、お嬢さん《マドモアゼル》」ムッシュ・ドゥヴォーは言った。「その論法でいくと、次は人間にどうしたいかを決めさせるのはばかげているということになる」

　ファビエンヌは肩をすくめた。「でもさ、もしハトがある日、戻らないって決めたらどうするの」

「そんなことはしない。ハトのことはわかっている。ハトのほうも私のことをわかっている」

　ファビエンヌが笑ったので、私は興奮で身震いした。他人にとっては、そこらの女の子でも発するような間の抜けた笑い声に聞こえるかもしれない。でも私ほど彼女のことを知る人間はいない。

　ファビエンヌがそんなふうに笑うときは、おもしろいことをやろうともくろんでいるときだけだ――屋根の上へ猫を放り投げるとか、てのひらで鳥の巣をつぶすとか、死んだ姉のジョリーヌについて意地悪な冗談を言うとか。私は一度、放課後に会いに行ったら待ち伏せされて、氷がまだ残っている小川に突き落とされたことがある。かん高い笑い声がひびいたかと思うと、勢いよく流れる血流と、氷が解けかけた小川の水流が、とどろきながら私の耳いっぱいに広がった。私は土手に這い上がって、激しい怒りで泣きそうになったけれど、彼女は私を黙らせ、木の根元に重ねた古着を指さした。私の気持ちはすぐにしずまった。彼女が屋根の上に猫を放り上げるときは、猫が恐怖で震えるのを見るのが目的だった。鳥の巣を壊したくなったときは、座っている木の枝の高さから卵が落ちるところを見たいからだ。でもやはり、着替えを用意しておくぐらいには私のことを気にかけていたのだ。着替えはジョリーヌの服だった。ブラウスが腰の下までおおうし、ズボンの裾が地面についてしまうので、そうとわかった。

「ハトになつかれて何よりだね」ファビエンヌは言った。

ムッシュ・ドゥヴォーはうなずいた。彼女に傷つけられかねないことを、彼はまだ知らない。ファビエンヌなら、彼の表情を見るためだけにハトを一羽捕まえて首をひねり、体だけを返すかもしれない。考えれば考えるほど、ファビエンヌが何を考えているか目星がついた。無駄死ににならないように、鳥をあぶり焼きにしようと私が持ちかけるところまで目に浮かんだ。ムッシュ・ドゥヴォーに骨と皮を返すだけでも、ばかみたいなハト自慢への罰にはなるから。

でも何週間たっても、ハトはあいかわらず行きつ戻りつしていた。

年明けには、ファビエンヌと私に八つの物語ができていた。八人の死んだ子供と、たくさんの死んだ動物たち。死んだ子供は一人を除いて全員が埋葬されていたが、最終的に本が出版されたとき、だんぜん注目されたのはその埋葬されていない子供だった。それは生後一日の赤ん坊で、生まれたときは生きていたのに、まだジョリーヌぐらいの年の未婚の母親が出産を隠さなければならなかったため、命を落とした。そんな憐れな子がまともな埋葬をしてもらえるはずがないのはわかる。それでも正直言って私は、ファビエンヌの話を書き取る間ですら吐き気がして喉の奥がうずいた。赤ん坊を消し去る方法に反対はしなかったけれど、その後しばらくはうちのブタに餌をやるとき、一刻も早く餌入れから離れようと、さっさとすませた。

これらの物語には死んだ男女も何人か出てきたが、彼らがどんな人でどうして亡くなったのかはどうでもよかった。日々の暮らしで会う大人たちと同じく、道端の木の柱にすぎなかった。でもその幽霊となると、私たちは墓地と同じように興味を持つのだった。

物語の中で君らが殺す人間の数ときたら、とムッシュ・ドゥヴォーが不満をもらした——私たちはとうに知っていることが、どうして彼にはわからないのだろう。死に関しては、数学はほとんど意味がない。

（生きているときですら、数学はさほど重要ではないかもしれない。数をかぞえることと、足すことができればいいだけだ。そういう能力もよけいかもしれない。視力か聴力か計算能力のどれかを奪うと神に言われたら、目が見えなくなったり耳が聞こえなくなったりするほうが、計算できなくなるよりましだと思うだろうか。私の意見に反論するはずなのはこの人物。墓で眠るあのパスカルだ。ムッシュ・ドゥヴォーは毎日散歩で会う友人のように、パスカルの言葉をしょっちゅう引用した。ムッシュ・ドゥヴォーがいなければ、私はずっとパスカルを知らずにきたかもしれない。だとしたら残念なことだった。現にパスカルはうちのガチョウにぴったりの名前だ。彼はほかの三羽に比べて軽薄な感じがしない。雛の頃ですら、パスカルは厳粛な歩き方をしていた。ほかのガチョウが悪さをし始めると彼も続くけれど、本気ではないのがわかる。郵便配達人に向かって突進したり、ニワトリを怯《おび》えさせたりするのは、ガチョウとしての運命をまっとうしなければならないからにすぎない。私が思うに、彼は哲学者だ。）

身の毛がよだつ。ムッシュ・ドゥヴォーは物語をそう評したけれど、私たちが訪ねていけば必ずドアを開けてくれた。私たちの作品については、容赦ない言い方をした。子供っぽいとか、一貫性に欠けるとか、病的だとか、くどいとか、偏っているとか、書き方がぞんざいだとか。ときにはページを見て野次るようなしっという声を出したり、かと思うとうめき声を上げたりした。でも、私たちの物語を興味しんしんで待っているのがわかった。それどころか、読みたくてうずうずしていた。数日姿を見せずにいると、今度はいつ来るのかと文句を言った。「何を期待してるの」とファビエンヌは言った。「あたしらは雌鶏《めんどり》じゃないんだから、毎朝卵を産んではコッコと鳴いて走り回るわけじゃないんだよ」

ムッシュ・ドゥヴォーは、むしろ雌鶏並みにあてにできたらいいんだが、と言った。「ただし、騒々しすぎるのはごめんだがね」

ある日彼は、私たちが家をよく訪ねてくることに一部の人たちが気づいたと言った。誰も気づかないほうが不思議だとファビエンヌは答えた。「全員が好きな仕事は一つしかない。他人の邪魔をすることだけ」と彼女は言った。

私たちが人生を無駄にするのを見たくないから、少し教育してやっていると説明した、とムッシュ・ドゥヴォーは言った。学校には行ってる、と私が反論すると、確かにそうだが、ファビエンヌも学ぶ必要がある、と彼は言った。私はファビエンヌがその考えをただして、面と向かって意地悪なことを言うだろうと思っていたけれど、彼女はただ肩をすくめて、彼の生徒になったのは私たちがそうすると決めたからだと言った。「ていうより……」彼女は家の中を見回して言った。「あたしらが来るのはお腹が空いているからだって言えばいいよ。食い物は若い女を釣るいちばんの餌だって」

ムッシュ・ドゥヴォーは顔を赤らめ、はずかしめを受けたような表情を浮かべた。「お嬢さん《マドモアゼル》、君に礼儀を尽くすのは、君の知性を尊重しているからだよ」

「ハトの知性を尊重しているみたいに？」

私は笑い声を上げたけれど、ムッシュ・ドゥヴォーもファビエンヌも聞いていなかった。二人は戦う前の二匹のヤギのようににらみあっていた。でも、こういうひとときはすぐに過ぎ去ってしまう。たいていはファビエンヌがほかの話題を見つけ、すると二人とも気まずいことなど何もなかったかのようにふるまうのだった。ムッシュ・ドゥヴォーが一度だけ、ファビエンヌのそんな視線から目をそらして話題を変えたことがある。聞いたかどうか知らんがスターリンが死んだんだ、と彼は言った。ファビエンヌがすぐに返事をしなかったので、そんなニュースがあたしたちとどんな関係があるのかわからない、と私が彼女の半分ぐらいのきつい口調で言った。すると私は二人の注目を集め、ムッシュ・ドゥヴォーからは無知だと言われ、ファビエンヌからはばかみたいなまねしないでと言われて黙らされた。私は二人から軽蔑されてしょんぼりしたというより、自分の新たな愚かさを発見してびっくりした。以前は隅に座って二人を観察しているとき、黙っていることができた。二人に共有できる何かを見つけさせるきっかけを与えるほど、愚かではなかったはずなのに。

　ムッシュ・ドゥヴォーにもっと観察力があったら、私たちに幾何学を少しかじらせただろう。三人は不安定な三角形を作っていた。私アニエスは、ファビエンヌがいてくれさえすれば満足だけれど、彼女は私があげられる以上のものを求めていた。ムッシュ・ドゥヴォーはたいして大事な人ではないとはいえ、私があげられないものをファビエンヌに与えることができた。

　彼が私たちに何を求めているか考えることなど、私たちは思いつきもしなかった。きっと彼は答えを出していただろう。私たちから得られるものがどれだけ少なかろうと、何もないよりはましだと判断したのだ。

　本が完成したとファビエンヌが言ったら、ムッシュ・ドゥヴォーは顔をしかめて「完成しただと？　始まったばかりじゃないか」と答えた。そして私たちに、文章の書き方がよくわかっていないと言い、私には「まともな文章を一つも書けていないな」と言った。

「だけどあたしの文章じゃないもの。ファビエンヌのだもの。あたしは書けって言われたことを書いただけ」と私は言った。

「じゃあ、最初からやり直したほうがいい。そして今度は、私が言うように書くんだ。それで君は――」彼はファビエンヌのほうを向いた。「君は物語を生み出し続けなさい」

「雌鶏に卵を産み続けろって命令するのがあんたの仕事みたいだね」ファビエンヌは言った。

　私たちが――ムッシュ・ドゥヴォーと私が――書き直し終えると、物語はファビエンヌが語ったものとはちがう感じになった。何が起こったのかよくわからないけれど、新しい物語は彼女のものというより私のものみたいな感じだった。それを書いたのは私ではない。ムッシュ・ドゥヴォーが語ったことを書き留めただけだ。でも新しい物語をファビエンヌの物語の隣に並べると、まるで彼女の隣に私がいるみたいなのだ。ファビエンヌは野蛮。私はただ天然なだけ。
　ムッシュ・ドゥヴォーが物語を私のほうに寄せたことにはわけがあった。私が優秀な生徒なら二冊のノートを並べ、一文ごとにムッシュ・ドゥヴォーが言葉のいくつかをどう変えたか調べてみただろう。でも私はそんなことに興味がなかった。本当は、本を書くこのゲームに疲れ切っていた。春の間ずっとだるさで体が重く感じられた。体の内側のことを考えた。妙に柔らかい、妙な状態。真夜中に目が覚めて汗びっしょりになっているのは、不安のせいか嫌悪感のせいかわからなかった。ふたたび眠りにつけないとき、カエルやフクロウが代わりばんこに何かしら語りかけてきた。学校を卒業した年かさの男の子たちが、ときおり私に口笛を吹いたり顔を見てひわいなことを言ったりし、それから急に笑い出した。数年前はファビエンヌと私に石を投げてきたけれど、いまでは彼女に興味をなくしたようだった。

　私を悩ませるこうしたことを、何もかもファビエンヌに話したわけじゃない。彼女のそばにいるかぎり、私は同じアニエスでいられた。体が重くなり、もともと遅い頭の回転がますます遅くなったものの、まだファビエンヌの軽さとすばやさに救われていた。私は木の根元に横たわって、上で足をぶらぶらさせている彼女を見上げることもあった。私がそんなに高いところへ行けないことを知っていながら、彼女は「ここまで登ってきなよ」と言った。私はまぬけみたいにほほえみ返した。彼女と同じことができなくても、ぜんぜんかまわなかった。私は彼女をとおして生きていた。自分の抜け殻だけを置き去りにして。

　でも一つだけ置き去りにできないものがあった。春から夏にかけて、以前よりも兄のジャンの看病を手伝うようになっていた。でも私が運ぶ食べ物や飲み物に、ジャンはめったに口をつけなかった。歩くときは音を立てず、会話を求められないかぎり彼をわずらわせないように、と私は母から命じられていた。ジャンは一度も求めなかった。母は彼のそばで黙って落ち着いていられる自信がないのだと、私にはわかっていた。母はすぐに膝をついて、食べるよう、話すよう、生きるように彼に訴えかけそうだった。彼は母だけでなく誰のためにもそうすることができなかったし、しようともしなかった。母が恐がっているのも、父があきらめているのもわかった。両親はジャンがドイツ軍に連行されたとき何もできなかったように、また彼を失うにもかかわらず、どうすることもできないのだった。そして、ジャンが私たちに同情や思いやりを感じていないことも、わかった。小屋のブタや窓辺のスズメや草むらのコオロギのように、私たちは彼のいるところからへだてられていた。私たちがどう感じるかなど、彼にとってはどうでもよかった——もし私が彼だったら、やはりこの世の人間や物事のすべてに無関心になっただろう。現にジャンほど死に近づいていなくても、そう感じられた。この年の夏は、家族、近所の人、学校の友達、ムッシュ・ドゥヴォーをはじめ、この世で活動するすべての人々が、私とはまったくちがう世界にいた。同じ世界にいたのはファビエンヌだけだった。

　ある日、ファビエンヌからジャンのことを訊かれ、私はぽっくり死ぬほうがじわじわ死んでいくより十倍いいと言った。

「ううん。生きているほうが死ぬより百倍いいよ」と彼女は言った。

「あたしたち、ちがう話をしてない？」

「だって、なんで死ぬことなんて気にするの？　あたしらが死ぬのはずっと先なのにさ」

「じゃあどうして死んだ子供の物語ばかりなの？」私はジャンの目を思い出した。何も見えていないみたいに、うつろだった。それに、恐くなるほど鎖骨《さこつ》が突き出ているので、ときどきその首にスカーフを巻いて、露出している部分を隠したくてたまらなくなった。毛布の下の体はきっと骸骨《がいこつ》のようだろう。

「子供たちは死んでて、あたしらは生きてるからこそじゃない。ぞっとするようなこと言わないで」ファビエンヌは言った。

　なんておかしな言いがかり。ファビエンヌのほうが私よりも十倍ぞっとするようなことを考えているのに。私たちのちがいはここだ。私は死を尊重し恐れていて、必要に迫られないかぎり考えたくなかった。一方、彼女にとって死はたちの悪いいたずらだった。弱い者、ばかな者、運の悪い者だけが、それにはまってしまうのだ。

　次に彼女は、いま考えていることがあって、それは二冊目の本のことだけれど、まだ書き留めてもらうところまでできていないと言った。頭の中で整理しなければならないことが、いくつかあるから。

「また死んだ子供が出てくる？」と私はたずねた。

「今度は誰も死なないよ。約束する」と彼女は答えた。

私は信じなかった。ファビエンヌはたえず私に約束をする。私が期待しないのを知っているのだ。

私たちはまだくりかえしムッシュ・ドゥヴォーの家に通っていた。ときには郵便局に寄って、花束にした野の花を彼の窓口に置くこともあった。それはファビエンヌの思いつきだったので、意外だった。自分のきつさをかわいらしいもので——手首に巻く赤い実のブレスレットや髪に結ぶサテンのリボンなどで——ごまかす女の子たちを、私たちは見下していた。これを続けるので、好かれているとムッシュ・ドゥヴォーに勘ちがいさせるんじゃないかと彼女にたずねた。彼は窓口に、花を受け取るためのガラス瓶を置いていた。

「それが目的なんだよ。なんで人に正しい判断をさせなきゃいけないの。自分はあたしらにとって大事なんだってあいつに思わせておかなきゃ」ファビエンヌは答えた。

「どうして」

「人が勘ちがいに気づかされるところを見たいでしょ。そうじゃない？」

「そうだね」私はすぐ賛成した。

「だったらもう、どうしてどうしてってしつこく訊かないで」

ムッシュ・ドゥヴォーの見た目はあいかわらず不快だったけれど、彼のことがわかってきたらさほど醜く見えなくなった。彼は何度か書棚の本を私たちに読ませようとした。私は一冊めくって中を覗いてみたかったけれど、ファビエンヌはいつも首を振り、あたしらはもっとましなことをやるの、本を読んでる暇はないよ、と言った。それでも強く勧められるので、こういう本はあたしらの役に立たない、と彼女は言った。

「役に立たない？」ムッシュ・ドゥヴォーは激怒して、私たちのことをばか呼ばわりした。「こんな本が役に立つと思うほうがばかだよ」ファビエンヌが言った。「あたしの代わりにウシの番をしてくれる本がある？　アニエスのブタに餌をやってくれる本は？」

「こういう本のおかげで、ウシやブタ以上のことを考えられるようになるんだ」とムッシュ・ドゥヴォーは言い、さらに哲学と詩の話をくどくどとどなり散らした。

「あたしらにはあたしらの哲学と詩があるの。あんたにはぜんぜんわからないものが」ファビエンヌは言った。

ムッシュ・ドゥヴォーはにらみつける彼女の視線から顔をそむけ、本を書棚のもとあった場所へそれぞれ戻した。彼はたびたびかっとなるものの、めったに怒りを引きずらなかった。他人の哲学や詩を知りもしないではねつけてはいけない、と彼はつぶやくように言った。

「なんでいけないの」ファビエンヌが言った。「あたしらの哲学と詩は誰も気にかけやしないじゃない」

ムッシュ・ドゥヴォーは答えを見つけられないようだった。ファビエンヌにちょっと怖《お》じ気《け》づいているのがわかった。無理もない。私だっていつも怖じ気づいていた。ただし自分のほうが優れていると言わんばかりに詩や哲学を語ったり、聞いたことのない言葉を使ってみせたりする彼のような過ちを、私はおかさなかった。

当時の私たちの暮らしぶり――悪臭と汚物、凶暴になる動物、動物より狂った人々――こういうものを、後にパリとイギリスで聞かされるまで、目を見張るようなことだとは思っていなかった。それどころかこういう――悪臭、汚物、凶暴、狂気といった――言葉は、私のものではなくて他人のものだった。私の本には私たちがその頃どんな暮らしをしていたか書かれている。といっても、まだ世間に出回っているのだろうか。死んだ本はどこへ行くのだろう。墓場かどこかだろうか。火葬場とか？

　アメリカに来た頃、アールは若いフランス人花嫁を見せびらかすため、友達の家のディナーパーティーに私を連れていくのが好きだった。そんなパーティーにいる夫たちには健全な食欲があり、ミントグリーンやコーラルピンクのキッチンで動き回る妻たちは、きれいで神秘的に思えた。パリの出版社のオフィスで見た、クリスタルガラスの鉢の中をぐるぐる回る二匹の金魚みたいだった。金魚を見たのはそれが初めてで、気楽でおだやかな暮らしをしている、この世でいちばん贅沢《ぜいたく》な生き物だと思った。

　女たちは少女のような表情を浮かべ、私にフランスのことをたずねた。フランスの料理とファッションについてだ。私は同じだけ少女っぽい返事をし、彼女たちが聞きたがっていることを教えた。でも英語でぼかしてはいても、私は自分の声の裏にあざけりがあるのを意識することもあった。私のフランスについて本当に知りたいの？　少し話してもいい。いくつでも、あなたが耐えられるだけ。そして夕食を食べる気をなくさせてあげる。それから明日の朝、泥の色をしたコーヒーと脂ぎって光るベーコンとどろっとした卵黄を見て、あなたは思い出す。激しい雨で地面から出てきたウジ。解体されるブタの金切り声が荒い息づかいになり、水っぽいシューッという音に変わっていくさま。かえりかけたのに殻の中で死んだヒヨコ。さらにあなたは、こんなことも思い出す。生きていたものが死んだ後、私たちがそれをいっさい無駄にしないこと。いつでもお腹を空かせて食べるのを待っている生き物がいる。食べれば自分が食べられるのを先延ばしにできる。

『幸せな子供たち《レ・ザンファン・ウールー》』というのが初めての本の題名になった。考えたのはムッシュ・ドゥヴォーだ。彼は、死んだ子供たちは最高に幸せな子供たちであり続ける、という銘句を書き添えた。後に本が出版されたとき、マスコミはどのページを開いても恐ろしいまでにあからさまであることを取り上げ、私のことをぞっとするようなことに惹かれる精神で戦後の暮らしを記録する、若い野蛮な作家と呼んだ。私が野蛮？　私の精神にぞっとするようなところがある？　それは、うちのニワトリを強盗団と呼ぶようなものだ。

　私の精神にぞっとするようなところはなかった。一度もそんなことはない。ぞっとするような精神でいるには死のことばかり考えていなくてはならない。恋に夢中になるなら恋のことばかり考えていなくてはならない。私はぞっとするような精神ではないし、恋に夢中になってもいない。

　最後に全員死ぬのを除けば、物語の子供たちはファビエンヌと私のように暮らしていた。記者と批評家という思慮に欠けた人たちは、常に生と死の距離は人々が信じたがっているより近いことを理解しようとしなかった。足を一歩踏み出すだけで、呼吸を一度抜かすだけで――たやすく生から死へ滑りこんでしまう。

　生から生はどうかというと、その距離は遠い。うちのガチョウの仲間で野生の者は、大陸を飛び越える。人は家を後にして新しい家、新しい街、新しい国へ行く。つながれたと自信を持って言えるほど二人の人間の距離を縮められる人がいるだろうか。そういう意味でファビエンヌは、奇跡を起こした数少ない人間の一人かもしれない。彼女は私を彼女にした。私たちを一体にしたのだ。『幸せな子供たち《レ・ザンファン・ウールー》』が刊行されると、マスコミは私のような農民の少女がなぜ本を書くに至ったのか議論した。野心からだと言う者もいれば、必要に迫られたからだと言う者もいた。当時は彼らが何を言っているのかわからなかった。でもそれから、多くの人々が野心と必要性から成功へ導かれ、それと同じだけの人々が絶望へ追いやられるのを見てきた。私は野心も必要性も強く感じたことはない。ファビエンヌは両方に駆り立てられたのだけれど、世間の目には逆のように見えただろう。野心があるなら彼女の名前を本にのせただろうし、必要性があればそんな名声から物質的利益を得ようともくろんだだろう。ところがそれは俗なものの見方でしかない。ファビエンヌがやりたかったこと、どうしてもやる必要があったこと。それは事件を起こすことだった。若木の樹皮を剝《は》いで、どれだけ早く枯れるか見てみること。混乱した恐怖心を浮かべる憐れな獣の目を憶えておくためだけに、犬をかわいがってからけとばすこと。背を向けているときに私を水の中へ突き飛ばすこと。私を人気者、というより見せものにすること。ただし、彼女だけが見せものにしたわけじゃない。ムッシュ・ドゥヴォーをはじめ、多くの人たちがそれに加わった。


ムッシュ・ドゥヴォーは五月にパリへ行く手配をした。彼と私だけで。あなたは行かないの、とたずねたら、ばか言わないでよ、とファビエンヌは答えた。「出版される本にはあんたの名前しか書かれてないの。皆を混乱させちゃだめでしょ」

「本を出版してもらえるなんてこと、どうしてそんなに信じられるの」と私は訊いた。

「ムッシュ・ドゥヴォーが約束したじゃない」と彼女は言った。

ファビエンヌはよく約束をするけれど、たいていは守る気がない。でも、そのことは思い出させたくなかった。村では嘘つきという評判だったけれど、それは皆が私ほど彼女のことを知らないからだ。たとえば、逃げたヤギを誰かが捜しているとしよう。ヤギが別の誰かの小屋に入るのを見たと言えば嘘になる。ファビエンヌは決してそんなことはしない。そんな嘘を言ったら非難や口論どころか殴り合いにすらなるかもしれないからではなく、それほどたやすくだまされる人たちでは喜びが少ないからだ。彼女ならむしろ手伝いを申し出る。注意して見張っていると言い、日が暮れるまでに返すと約束するのだ。それを皆は信じないかもしれないが、彼女が機嫌をそこねずに約束を果たしてくれるよう願い、あらかじめ礼を述べるしかない。ファビエンヌがヤギを返さないどころか、永遠にヤギを消してしまいかねないことを、皆知っているからだ。

「だけど、パリに行きたくない？」と私はたずねた。

いつかそのときは来るよ、とファビエンヌは言った。いまはあわててどこかに行かなくていい。考えなくちゃいけないこともあるし。

「どんなこと」私は訊いた。

「どんなこと」彼女は私のまねをして言った。「あたしらの次の本に決まってるでしょ。ムッシュ・ドゥヴォーの力を借りてこの本を出版できたら、続けてもう一冊出して、それからもっと出すんだ」

「しまいには死んだ子供たちをいっぱい抱えることになるね」と私は言った。二人組の殺人犯みたいに、と心の中で思った。

「死んだ子供はおしまいって言ったでしょ」彼女は言った。

「じゃあ次は何を書くの」

「あたしらが見聞きすることは何でも。郵便局長とか。パリとか」

「パリはどうするの。あたしはパリでどうしたらいいの」と私が訊くと、ムッシュ・ドゥヴォーが面倒みてくれるよ、と彼女は答えた。そこで彼に訊いたら、ただ自分らしくしていればいいと言われた。これは私の役に立たなかった。自分らしくしていられるのはファビエンヌと一緒にいるときだけなのだから。しじゅうぶつかってきては跳ね返るボールがなかったら、壁は自分の寸法や質感を表現できない。自分の存在すら感じられない。

ムッシュ・ドゥヴォーが両親に会いに来た。彼は私が本を書いたので、それをパリのいくつかの出版社に送ったことを話した。そして、私を連れていって出版社の人間に会わせようと申し出た。そうすれば将来への道が拓《ひら》ける、と彼は説明した。両親は彼の言うことを身を入れて聞いていなかったと思う。その後、私が書いた本についての質問は来なかった。

私は五人きょうだいの末っ子だった。両親は私のことを愛していたのかもしれないけれど、戦争やら解放やら、姉三人が無事に嫁いでほっとするやら、兄のジャンが死ぬのを待つやらで、私のための時間や願いはそっちのけだった。質問がないので嘘をつかなくてすみ、私はうれしかった。嘘に道徳的な問題があるわけではなく、嘘をつけば相手を重要な存在にしてしまうだけだからだ。当時の私がついていた唯一の嘘は――というより、いろんな形をとった一つの嘘は――ファビエンヌに向けられていた。私は空っぽの家のようなもので、頭の中に独自の考えはないし、心にも感情がない、と彼女に思いこませていたのだ。

でもその頃は、自分が偽っていることに気づいていなかった。

パリには行ったことがなかった。旅立ちの前日、夕食を運んでいったとき、明日パリに行くとジャンに告げた。〝出張《アン・ヴォヤージュ・ダフェール》〟なの、と私は言った。郵便局のドアに貼られたムッシュ・ドゥヴォーの告知を見て憶えた言葉だった。そこに、木曜日は休みと書かれていた。

食事ができたと言う以外、ジャンに話しかけたことはなかった。彼が妙な顔をしてこちらを向いたのは、そのせいかもしれない。「戻ってくるのかい？」と彼はたずねた。

「うん」と私は答え、一日だけだと説明した。ムッシュ・ドゥヴォーと私は朝早い列車に乗っていき、夜行列車で戻ってくる。

ジャンはわかっていないようだった。でなければ、単に関心をなくした。彼が目を閉じたので、私はその青白いまぶたを見た。後で食器を下げに行くと、彼はコップのミルクを半分飲んでいたが、パンとスープには口をつけていなかった。

「必ず帰るんだよ」私が部屋を出ようとすると、彼がそう言った。

「もちろん」私は彼の言葉を妙だと感じたけれど、彼は長時間列車に乗ってドイツへ連れていかれ、うちから三年離れていたのだ。死ぬまで国外生活をすることになると思っていたかもしれないけれど、彼を連れ去った列車は、彼をうちへ連れ帰りもした。少なくとも彼は故郷《ふるさと》で死ぬ。

私たちは翌朝早く出発した。私は二回しか列車に乗ったことがなく、二回とも学校の遠足だった。パリ行きの列車はもっと長くて速かったが、地元の遅い列車より木のベンチは汚れて古びていた。

「君はあまりしゃべらないで、周囲の人をよく観察したほうがいい」窓辺の席に向き合うように腰を落ち着けると、ムッシュ・ドゥヴォーが言った。「人々に見せたいのは、世間知らずだが直観に導かれて本を書いた田舎出の少女の姿なんだ」

私は窓の向こうの畑や道を見つめていた。教会の尖塔、菜園のある家、運河や川にかかる橋、すべてが一日の始まりを待っていた。私はこうした村のどれかに生まれていたかもしれない。それでも私は私だったかもしれないけれど、ファビエンヌのことは知らなかっただろう。そう思うと背筋がぞくっとした。前の晩、ジャンの薄いまぶたを見ていたときにもそう感じた。まぶたの下の丸みは動かなかった。もし彼が目を開けたら、ばかみたいにじっと見つめる私の姿が見えただろう。でも目を閉じたまま、せいぜい盲目の人に見えるぐらいのものしか見ていなかった。もやもやした灰色ぐらいしか。ジャンでいるのも、ファビエンヌのいない世界に生まれるのも、なんて恐ろしいことだろう。

「アニエス、言ったことがわかったかね？」ムッシュ・ドゥヴォーが問いかけた。

「直観って何」私は訊いた。「あたしの直観って何なの」

彼は肩をすくめた。「そんな質問はしないほうがいいと思うがな。直観に優れた子はいつ口をきき、いつ黙るかを知っているものだ」

「あたしは黙ってたじゃない。あなたが放っておいてくれないから」

「君は黙っていたわけじゃない。死んだふりをしていたんだ」

面と向かって笑ってやりたかった。ファビエンヌみたいに。ファビエンヌと私が彼と過ごす間、ずっと私が死んだふりをしていたことに、いままで気づかなかったのだろうか。私はムッシュ・ドゥヴォーからあまり評価されていない。それは承知していた。ファビエンヌと私がいたら、彼はファビエンヌとしか話をしなかった。彼は彼女と旅をしたいだろうから、本にはファビエンヌの名前をのせたほうがいいと思っているんじゃないか。それでも彼女の計画を実行しなければならないのだから、私は彼を憐れんだ。私はファビエンヌが望むことを何でもやる。でもそれが私たちだ。私は彼女の言うことを疑わなかったし、彼女はほかの誰も友情に値しないと考えていた。ムッシュ・ドゥヴォーは哲学と詩で武装していながら、なお彼女が求めることをやらねばならない。すべては、彼が弱くて想像力のない男だからだった。

ムッシュ・ドゥヴォーはタバコを一本とり出して、それで私の腕をとんと叩いた。「言われるまでもないことだろうが、会話はおおむね私に任せたほうがいいぞ」と彼は言った。

「タバコをくれない？」

「だめに決まってるだろう」

私はにっこりして、そうくると踏んでいたし、ぜんぜん気にしていないことを知らせた。ずいぶん前、ジョリーヌがまだ生きていたとき、ファビエンヌと私は彼女からタバコを一本盗んだことがあった。二人とも、その味が大嫌いだった。

「ちょっと待った。もう一度そういうふうに笑ってみなさい」

私は表情を凍りつかせ、それからにたにたと笑った。

「今度は実にまぬけて見える。さっきみたいに笑うんだ。雰囲気をかもし出して」

「どんな雰囲気」

「神秘的で、謙虚で、あだっぽいような」

何を言っているのかわからなかったので、私はただ肩をすくめて窓の向こうの畑に目をやった。

ムッシュ・ドゥヴォーは無礼でこっけいだけれど、大人は誰もがそうだし、がまんするのは苦にならない。ファビエンヌと私——私たちが友達になったことには理由がある。私は後にもっと多くの女の子と出会ったり、姪や甥のことを知ったりして初めて、子供には（もっと言えば大人にも）めったにないものをファビエンヌと私が共有していたのだと知った。どちらも、両親に対して強い愛情も強い怒りも感じなかったのだ。そして世間の人々は親とさほどちがわない人々だったので、当然ながら誰に対しても強い愛情や怒りを抱かなかった。私たちにはお互いがいて、長い間それだけでよかった。

パリで私が最初に笑顔を見せた人は、ムッシュ・ドゥヴォーの友人ムッシュ・ペレだった。それから、彼らが引き合わせたさまざまな出版社の男たち。母はとっておきのワンピースを着る許可をくれた。ピンク色のチェック柄の生地に丸襟がついていて、袖はきっちりボタンで留めるようになっていた。結婚前の母が着ていたものなので、私が着るとだぶついた。

出版社で会った男の一人は、私のことをしばらく眺めてから、本当に私が自力で本を書いたのかとムッシュ・ドゥヴォーにたずねた。私はムッシュ・ドゥヴォーが返事をする前に、もちろん、と答えた。挨拶以外で口をきいたのは、それが初めてだった。

その男は彼のオフィスにいるようムッシュ・ドゥヴォーとムッシュ・ペレに頼み、私を別の部屋へ連れていった。彼は「さあ」と言って、紙一枚と鉛筆一本を差し出した。「僕はこれからタバコを吸う。吸っている間に一節書いてごらん」

「何について書くの」私はたずねた。

「何でも好きなことでいいよ」彼は言った。「いや、具体的に決めよう。タバコを吸う男だ」

これは失敗の許されない試験だった。私は彼がマッチを擦《す》るのを見つめた。きれいに剃り上げた彼の顔が、小刻みに動く小さな炎の温かな色合いを帯びる。私は鉛筆を手にして、あまり考えずに書き始めた。手書きの字にだけは自信を持てた。私のことを評価しないムッシュ・ドゥヴォーですら、私みたいな女の子がここまで書けるとは誰も思わないと言ったことがあった。

帰りの列車でムッシュ・ドゥヴォーから、部屋の中で男と何をしていたのかたずねられた。それで私は、物語をどのように思いついたか話をした後、ちゃんとしたフランス語を書けるか確かめるのを求められたと言った。本棚にあった本が読み上げられて、あたしがそれを書き留めたの。ううん、何の本かは憶えてないけど、あたしの字を気に入ったって言ってた。ムッシュ・ドゥヴォーが私の話を信じたかどうか定かではないが、信じさせるのも気に入らせるのも私の義務ではない。
タバコをくゆらす男のために、その日書いたものがこれだ。後に『幸せな子供たち《レ・ザンファン・ウールー》』の序文の中で公開された。

〝アメリカ人のジョニーは泣いていた。両手で頭をかかえ、大きなひじを大きなひざの上にのせていた。そんな姿勢でそこに座っていて、心地いいはずはなかった。子供ならずっと楽な姿勢だ。私がどうしたのかたずねても、今日は私のフランス語がわからないことにしたようだった。泣きやまないので、私は彼が地面に放り投げたジャケットを拾い上げた。その右側のポケットにタバコの箱が入っていた。以前、彼が取り出すところを見たことがある。もう片方のポケットにはブックマッチがあったので、マッチを一本擦ってタバコに火をつけようとした。何度かやってから、タバコを口にくわえて男たちがするように息を吸いこんだ。タバコの先には火がついたが、二回ほど唾を吐くはめになった。口の中に広がる焦げたような味が嫌いだからだ。ジョニーは頭を上げなかった。私は彼の腕の下に手を突っこんで、口にタバコをあてようとした。彼はタバコを手にすると、全力で遠くに投げてしまった。なんてもったいないことを。私はとりに行って火を消し、父のために持ち帰ろうかと思ったが、身動きもできないうちに手を勢いよくジョニーにつかまれたので、よろめいて彼にぶつかりそうになった。その目が血走っていたので、初めて彼を恐いと思った。運のいいことに、すぐそばにクララベルがいた。私が悲鳴を上げそうになっているのも知らない様子で、草を食《は》んでいる。私はジョニーから離れようとしたが、放してくれないので、彼の手をクララベルの乳房にあてがった。ほら、このほうがよくない？　私がそう言うと、彼はうんざりした顔をしたが、手はクララベルの乳房をむさぼるようにつかんでいた。私はそっと手を放した。ジョニーはそう悪い人ではない。私がもっと年上だったら、結婚してもかまわない。〟


　自分の言葉で何かを書いたのは、これが初めてだった。でも自分の言葉と呼ぶのはまちがいだろう。これはファビエンヌの言葉だった。実はこの旅に出る前にも、ファビエンヌが物語を語るとき次に何を言うかわかってしまうことがあった。夜寝る前に、ファビエンヌの声をまねて、自分が考え出したことをいくつか心の中で語ってみることもあった。祈るよりそのほうがましだった。母は私が祈ることをまだ望んでいたけれど。

「年はいくつかな」私の文章を読んだ後、男がたずねた。

「十三歳。七月に十四歳になるの」私は答えた。

　彼はうなずいて、タバコにもう一本火をつけた。読んだものを気に入ったのだとわかった。というのも今度は退屈からではなく、興奮を隠そうとしてタバコを吸っていたからだ。

「なぜ物語を書こうと思った？」彼はたずねた。

「わからない」それは真実に近かった。

「なぜこういう物語を本にして出版しようと思った？」

「そう思ったのは、ムッシュ・ドゥヴォーなんだけど」と私は答えた。彼もファビエンヌも言うべきことを私に指示しなかったけれど、まごついているふりをすべきときには助力を必要としなかった。それは私の直観だったのかもしれない。分別がありながらも、無防備にまごついているように装っていた。あたかも世間は私の手に負えない謎であり、しかも理解できないなりに私もその謎の一部であることを抵抗なく受け入れているかのように。

ある期間――二、三週間ほど――いつもどおりの暮らしが続いた。ジャンはゆっくりだけれども、死にかけていた。ジョリーヌは出産で悲惨な思いをしたものの、わずか一日で亡くなった。ときどきジャンの苦しみがすぐ終わるよう神に祈りたくなったが、母はまだ回復を祈っていた。でも神がすでに決断を下したことを私は知っていた。何も言わなくても、最後には私の予想どおりになるだろう。それで私は母に同情した。

姉のマルセラとローズマリーはこの時期、しょっちゅう彼に会いに帰っていた。彼女たちはジャンより二歳と一歳年下だったから、私が生まれる前の互いのことをよく知っていた。彼は二人をそばにいさせて、できそうなときは会話した。ときには笑わせるようなことまで言った。その頃の母は希望をふくらませているように見えた。たとえ彼女自身は彼を元気にすることができなくても。

ジャンの世界から消されたのは母の宿命だったといまならわかる。その追放の残酷さと優しさは同じものだ。彼は敗北の屈辱から母を救ったのだ。マルセラとローズマリーは二人とも結婚して子供がいたけれど、ジャンの母親ではない。私たちは何かをしてもらえなくても多くの人を許すが、母親のことは許さない。なおかつ母親のことは他人よりも守ってやる。私はときおり、子供ができなくてかえって運がよかったかもしれないと思う。子供たちのためにしてやれることよりも、してやれないことのほうが多いだろうし、子供たちから守られるのもむなしいから、そんなもの抜きで人生を渡っていくほうがいい。母親になるのはいつでも賭けだということを、人は忘れがちだ。私は賭けごとはやらない。

その頃、いちばん上の姉のジゼルが、数日間床に臥せることがよくあった。慢性の何かで苦しんでいたのだが、何の病気か教えてもらえなかった。彼女は死にかけているわけではなかった。というより、ジャンよりも死ぬまでに長くかかるかもしれなかった。ジャンが弱って寝たきりになる前、母はジゼルのところへよく行っていたのに、しばらくやめていた。それで私は、母はジャンとジゼル両方のために祈るのだろうかと考えた。子供を二人とも生き延びさせるように神にお願いするなんて、自分は欲が深すぎると思うだろうか。だとすれば、どちらかをどちらかのために犠牲にするだろうか。もし私が公平な神なら、ジャンを死なせるだろう。ジゼルには子供が五人いて、全員が彼女を必要としていたから。

日が長くなってきた。ファビエンヌの二人の兄が、晩になると酒場にいる父親に加わるようになった。この兄たちは以前、私にファビエンヌと同じ扱いをしていたが、多少敬意を払うようになってきた。ときには私と話したがっている様子を見せ、本物の大人みたいにおもしろくない冗談を言ったり、陳腐な発言をしたりした。でもファビエンヌは彼らの気をそらすのが上手だった。男の子としてはまっとうなのだけれど、人はまっとうなことも逆なこともある。そしてどっちにしてもファビエンヌと私には関係がなかった。

私たちは新しい本に取りかかった。今度は村の郵便局員の話だ。私たちは最初、ムッシュ・ドゥヴォーには見せなかった。でも、いずれにせよ彼の物語ではない。私たちの本に出てくる男はもっと若くてハンサムで、妹の親友に熱烈に恋をしていた。妹と友人はどちらもこのなりゆきにうきうきして彼を励ます計画を立てたが、その後で苦しませるもくろみも考え出した。ファビエンヌがこの物語を語っているとき、私はときどき三人全員のことがおかしくて、笑いが止まらなくなった。そうとういかれた女の子たちに、そうとういかれた男だ。

　私たちは晩になると定期的にムッシュ・ドゥヴォーのところに通っていた。彼は家の中に前より明るい電球をいくつかとりつけたし、彼の食器棚にはファビエンヌや私の家よりもましな食べ物が入っていた。でも私たちにとって、食べ物の問題は二の次だった。ファビエンヌが言ったように、私たちは彼と対等な者として家を訪ねるのだ。もてなしをするのは彼の務めであり、私たちがその食べ物を食べるのは、彼が務めを果たしたことを認めてやるためにすぎない。

　私たちが訪ねると、ムッシュ・ドゥヴォーは歓迎してくれた。そうしないわけがない。晩になると、詩を書いてハトに読んでやるぐらいしかやることはないのだ。ハトは侮辱の言葉を浴びせられても同じ程度の関心しか示さないだろう。ファビエンヌは彼が学校に通っていた頃のことや、彼が行ったことのある都市や町のことをたずねた。それから劇場やコンサートホールや映画のこと。レストランやダンスのこと。友達のこと。人々は何をして楽しむのか。人々はどのように結婚するのか。結婚以外にどんな情事がおこなわれるのか。夫婦と友達の間にどんな影響があるのか。彼はこれまでの人生で見てきたことのほかに、本で読んできたことも語った。

　ファビエンヌが何でも私に話させることができるのを、私はずっと知っていた。でもそれは、彼女に隠しごとをしたくなかったからだ。いまや私は、彼女がムッシュ・ドゥヴォーにも同じことができるのを知った。彼女は彼にしつこくしなかったし、熱心に頼みもしなかった。彼は彼女が求めれば、望みどおりのものを与えた。彼女の私への接し方とムッシュ・ドゥヴォーへの接し方で唯一ちがうのは、彼にはめったにばかと直接言わないことだった。もしかして対等なのは彼ら二人で、私は半人前にすぎないのかもしれない。私は数日間その考えに悩まされた後、そうじゃないと考える方法を見つけた。ムッシュ・ドゥヴォーは私よりも世間を知っているかもしれないけれど、ファビエンヌの真の友になる秘訣を知らなかった。たとえば彼女の陰でじっとしていること、彼女のそばで空気のように空っぽでいること、どこでも一緒にいること。ムッシュ・ドゥヴォーはファビエンヌより優れていることを示そうといつもやっきになっている。そのうち相手にしてもらえなくなるのは目に見えていた。

　ムッシュ・ドゥヴォーはパリ近郊で育ち、若い頃は都会で過ごした。どうしてうちの村に住みついて奥さんと結婚したのかは、話してもらえなかった。パリの公園のことや仲間と釣りをした川のことを語るとき、彼は目を閉じることがあった。ときには地図を広げ、湖や町を見せることもあった。一度は彼がささやかな傑作と呼ぶ演劇の話をしている最中に、話を中断して私たちを見て、退屈な人間だと思われるかな、と口にした。するとファビエンヌは言った。あたしらを誰だと思ってんの——死ぬほど退屈でも平気でいるばかだとでも?

　私はムッシュ・ドゥヴォーの独白にうんざりしていたので、後でファビエンヌに彼のどこがおもしろいのかたずねた。「おもしろいのはあいつじゃなくて、あいつが知ってることだよ」と彼女は言った。

「どうして」私はたずねた。

「ほかの人たちがどんなふうに暮らしてるのか知っておかないとね」

「どうして知らなきゃいけないの」

「あんたやあたしには経験が足りないんだよ」彼女は言った。

「何のために経験するの？」

「本を書くためでしょ、あほ」

ファビエンヌが本を書くゲームに興味をなくすのが待ちきれなかった。そうすればムッシュ・ドゥヴォーのところに行くのをやめることができる。果てしなくくだらないおしゃべりをしたり、墓地で口をきかずにじっと横たわったりしていた日々が、私は懐かしかった。

ある日の午後、パリで会ったムッシュ・シャスタンという男が、村にやってきた。私たちをいろいろな出版社に案内してくれたムッシュ・ペレと一緒だった。彼らはまず郵便局へ行き、それからムッシュ・ドゥヴォーにともなわれてわが家へ向かった。母は菜園にいて、父は納屋の外壁のゆるんだ板に釘を打ちつけていた。私は制服を脱いで、家の仕事――ウサギ小屋やニワトリの檻《おり》の掃除――をするために、オーバーオールに着替えていた。そこへ客が来た。六月のよく晴れた日だ。昨夜の雨はやみ、空には雲一つない。それまで空を気にしたことなどなかった。男三人が私の前に半円を描くように立ち、帽子の下でいかめしい顔をしていて、その向こうに青より白に近い明るい空が広がっている。この日以来、重大なことが起こるとやけに空を見るようになった。親しい人は次の瞬間に姿を消すかもしれないけれど、空はいつもそこにある。頭の上に屋根があろうとなかろうと。

私は汗ばんだ両手をポケットに突っこんだ。パリジャンたちが私にだまされたと言いに来たのだ、と思った。ムッシュ・ドゥヴォーが信用ならないことはずっと知っていた。

「僕を憶えてるかな？」ムッシュ・シャスタンが、五歳児に訊くようにたずねた。

うん、と私は答えた。タバコを吸っている間に書けと言った男だ。

「ムッシュ・シャスタンは君の両親と話をしに来たんだ。本を出版したいそうだよ」ムッシュ・ドゥヴォーが言った。

ムッシュ・シャスタンは握手しようと手を差し出した。私は手を握らせる前に、オーバーオールの脇でてのひらを拭いた。ファビエンヌはどこ。彼女が必要とするとき私はいつもそばにいるのに、いま私がどうしてもそばにいてほしいときに彼女の姿はどこにもない。パリの出版社が本に関心を示したらどうするか、まだ話し合っていなかった。

ムッシュ・ドゥヴォーが何か言いたげな視線をよこしたが、何を言いたいのかわからなかった。

「アニエス、舞い上がっているのかもしれんが、礼儀は忘れちゃいけないぞ」ムッシュ・ドゥヴォーが言った。

私はムッシュ・シャスタンに礼を述べ、両親を連れてくると言った。

「娘さんがとても驚くような本を書きましてね」大人全員が家の中で腰を下ろすと、ムッシュ・シャスタンが言った。私はまずい状況になったらいつでも駆け出せるように、ドアのそばに立っていた。「私どもはその出版を望んでいまして、九月にアニエスをパリに招いてマスコミに紹介したいのです」

両親が不安を覚えながらも失礼のないよう努めているのが、その目から伝わってきた。農場にこれほど身なりのいい客を迎えたことはなかったし、両親は私が知る大半の人と同じく、都会の人間を信用していなかった。父は母と目を見合わせてから、この招待をどう思うか私に問いかけた。

両親は私にむごい仕打ちをしたことがなかった。感情を持てないほど疲れ切っていたのかもしれない。もちろん二人は私の幸せを望んでいたけれど、それは子供全員に望んでいることだった。子供に何かを望むのは誰も止められないけれど、望むことはたいていかなえられない。自分が親にならないとそれをきちんと理解できない人もいるけれど、私は別だ。私は両親を観察しているうちに学んだ。

私はぜひパリに行きたいと言った。すると両親はもう言うことがあまりなくなったようだった。母は草引きをすませなければと考えていたにちがいない。男たちがこれ以上居座れば、母は菜園の作業を終える間に夕食を作るよう私に頼むかもしれなかった。父はムッシュ・シャスタンに旅の手配をしてもらっていいと答えた。するとムッシュ・ドゥヴォーが、私に力を貸すし、私の将来については何でも必ず両親に相談すると言った。両親は感謝の言葉を返した。私をファビエンヌとはちがう人間にしてくれるなら、何であろうと歓迎したかもしれない。両親は彼女を嫌っていた。粗野で始末におえないと思っていたのだ。「ガストンがファビエンヌを野放しにしているところからして」――母が父にファビエンヌの父親の話をするのを、私は耳にしたことがある――「じきにあの子もジョリーヌみたいになるわ」父は調子を合わせ、ジョリーヌが生きていたら、いま頃は私生児を何人も野放しにしていただろうなと言った。ジョリーヌの名前を口にするとき、母は小声で祈りの言葉をつぶやいた。

ムッシュ・シャスタンが、夏は何をする予定か私にたずねた。私はためらってから、また本を書くことになっていると言った。彼はいぶかしげな顔をムッシュ・ドゥヴォーに向けた。私はわくわくしながら楽しんだ。新しい本のことを何も知らないムッシュ・ドゥヴォーが、何か抜け目ないことをその場で考えて口にしなければならないのだ。彼はムッシュ・シャスタンに説明した。このことを黙っていたのは、本人からその知らせを聞いてもらいたかったからだ。

「九月って言ったの？　完璧じゃない。夏の間に書き上げようよ。それであんたはパリに行ったら、新作の内容をちょっとだけ匂わすんだよ」その日の晩、パリから来た男たちのことを話したら、ファビエンヌはそう言った。男たちの来訪も、マスコミに私を紹介する手はずも、たいしたこととは思っていないようだった。彼女は柳の笛を作っていた。小枝をちょうどいい長さに切り、それから優しくねじる。それが上手だった。私は手先が不器用だし、柔らかい髄《ずい》が緑の樹皮からきれいに抜ける前に枝を割ってしまうか、辛抱できなくなるかどちらかだった。

「どうして本に自分の名前を入れたくないの。一緒に物語を書いたってムッシュ・シャスタンに言えばいいじゃない。まだ間に合うよ」

「本には一つしか名前をのせないものなの」とファビエンヌが言った。

「どうして二つじゃいけないの」

ファビエンヌは返事をしなかった。ついに彼女が答えられない質問になるのだろうか。「じゃあ、どうしてあなたの名前だけじゃだめなの」と私は訊いた。

「あんたが書いたでしょ」と彼女は言った。

「あなたが作ったんじゃない」

「作家になりたいと思わないもん」

「どうして」

「あたしはあたしでいいの」

そんなはずない、と私は思った。とはいえ、ほかの誰もファビエンヌにはなれない。学校の女の子たちにはおもしろみがなかった。ある女の子の服を別の子の服と交換してみればいい。ある女の子の両親を別の子の両親と取り替えてみればいい。実際、ちがいなどあるだろうか。私以外の女の子全員が同じことを望んでいた。足首までの恥ずかしい靴下では生脚で子供っぽく見えるので、ストッキングを手に入れること。よくある夢や愛や心といった気持ち悪いほど甘ったるい言葉を並べた歌の歌詞を記録するとっておきのノートを持つこと。先生から褒められること。さらに大事なのは、ほかの女の子たちから羨望のまなざしで見られること。意中の男の子の目に留まること。もしファビエンヌを知らなければ、私もそのうちの一人になっていただろう。なんて悲しむべきことだろう。代わりのきく人生を生き、代わりのきく刺激を求めるなんて。

「あれ、みじめなジャガイモみたいな顔しちゃって。どうしたの」とファビエンヌがたずねた。

「あなたが名前を本にのせたくないのは残念だと思ってるだけ」

「あたしがのせることを望んでたら、それこそ残念なんだよ。わかんないの？」

「うん」

「ああ、このまぬけ。あたしが作家になりたいと思ったとするよ。本に名前をのせるよね。頭の中に本があと四、五冊あるって皆に言える。そうしたらあんたはどうなる」

「どういうこと」

「あたしはこれを二人用のゲームにしてるわけ。あんたはどっちかが――あたし、ファビエンヌがよ――一人でゲームをやればいいのにって言ってるんだよ。じゃあ、あんたは何をするの」

「それでも物語を書き留めてあげられる」と私は言った。

「本当にわかってないんだね。頭の中にあるものを書き出すなんて大変なことじゃないでしょ。自分だってできる。そうしたら、どうなるよ」

私は口ごもった。「あなたが作家になるのを見てる。それであたしは幸せ」

「ううん。あんたは悲しむ」ファビエンヌは言った。

「あたしが？」

「そうだよ。だってさ、あんたはゲームに参加できないんだよ。本はあんたと何の関係もなくなるし、あたしの身に起こることも、あんたと何の関係もなくなるの。わかんない？」

それで合点がいった。本当にばかだった。何を失って耐えることになるのかぜんぜんわかっていなかったし、私がどう感じるかをファビエンヌが気にしてくれていたこともわかっていなかった。

「だからさ、わかったでしょ。あたしが本を書いて、そこにあんたの名前がのる。あたしらは同じぐらい重要。必要なのは、あんたをそれらしく見えるようにすることだね。なんであんたはちがうって、皆気づかないのか謎だよ」

「それらしくってどんな感じ」と私はたずねた。ムッシュ・シャスタンがタバコをふかしながら、私が白紙に取り組むのを待っていたのを思い出した。ああいう試験がまだあるのだろうか。私はムッシュ・シャスタンのために書いたその紙のことを、ファビエンヌに話していなかった。

ファビエンヌはため息をついた。「いつになったらあんたはいちいち説明してもらわなくてもすむようになるの」

「パリに行ったら」と私は答えた。

ファビエンヌはおもしろがるような顔で、私のことをじっくりと眺めた。私はしじゅう彼女に質問し、彼女は気分次第で答えたり無視したりするけれど、彼女から私に質問するときは答えを聞くためではなかった。彼女は柳の笛をもう一度そっとねじった——笛は完璧にできた。彼女はそれを私に手渡した。「ほら、これでパリの人たちを喜ばせなよ」

私はそれをくわえて吹いてみようとしたけれど、彼女に止められた。「じっとして。あんたの準備ができてるか確かめないと」彼女は私の顔を両手ではさみ、いろんな角度から見た。私は彼女の顔を目で追わないように努めた。キスをするのかなと考えた。それは初めてのキスにはならない。もっと幼い頃、二人で舌を突き出して、こらえきれなくなるまで触れ合わせ、それから笑い出して止まらなくなったものだ。でも、それはファビエンヌの母親が亡くなる前のことだった。彼女の死後、ファビエンヌと私は度を越してばかげているゲームをいくつかやらなくなった。そしてファビエンヌは昔のように笑わなくなった。

「ほらね――」ファビエンヌはそう言い、私の顔を放さなかった。「つっても、あたしに見えるものがあんたに見えるわけないよね。あんたの顔は完璧なんだよ」

「そう？」

「うん。天才でもあほでもとおる顔。皆はそうそう見分けられないから、ほかの人に教えてもらう必要があるんだけど、パリに行ったら誰かがあんたは天才だって皆に言うよ。あんたは生まれつきそういう顔してる。しかも、完璧な感じの表情を作るのがうまいの」

「どんな感じの」

「皆、初めてあんたを見たらあんたが何を考えてるかわかるって思うんだけど、それから二度見すると、わかってないんじゃないかって考えちゃう。兄ちゃんたちがあんたのことをそんなふうに見てるのを知ってる。ムッシュ・ドゥヴォーもそう」

私はにっこりした。ファビエンヌは私の両頬をぎゅっとつまんだ。「にたにたしないで。何がそんなにおかしいの」

「自分でも何を考えてるかしょっちゅうわからなくなるから」と私は言った。

「だけど、あたしにはわかる。あんたが何を考えてるか、いつだってわかる」

本当にそうだったらいいのにと私は思った。

「ほら。あたしはあんたみたいな顔じゃないし、あんたがえらく得意なその表情をまねることもできない。皆はあたしの顔を感じがいいとは思わないの」彼女は言った。

ファビエンヌは顔が細長くてあごがとがっていた。私の顔のほうが丸く、目は彼女ほど出っ張っていなかった。彼女の髪は干し草色で、少なくてぱさぱさしていたけれど、私の髪は黒っぽくてつやがあった。私とファビエンヌの容姿をよくするためにどんなことができるのか、考えたことはなかった。彼女は気にしていなかったので、私も気にしなかった。

「あたしの顔は感じがいいの？」と私は訊いた。

「めちゃくちゃいい。それにさ、あんたは何かをやり遂げる辛抱強さがあるでしょ。あたしには面倒をみきれないほどたくさん動物がいるし、頭の中にありあまるほど物語がある。暇も辛抱強さもなさすぎるんだよ」

それは確かだった。ファビエンヌの一日は大騒動の連続みたいだった。それに比べれば、私は一日中空にのんびり浮かんでいる雲みたいな感じだった。高慢そうなほど高いところにも、重苦しそうなほど低いところにもいない雲。

「パリに行ったら、皆から何を求められてるのか考えて、それを差し出すんだよ。多くても少なくてもだめ。どうすればいいか知ってる？　そうだな、夏が終わるまでにあたしが教えてやるよ」ファビエンヌは言った。

私はびっくりした。それこそ私がいちばんうまくできることだと、いまだにわかっていないなんて。私はファビエンヌが求めるものを差し出した。彼女のアニエスを。私はこのアニエスをほかの人には与えなかったけれど、ほかの人たちの求めには何にでも応じられるよう精一杯努めていた。

どの先生からも特に気に入られていたわけではないものの、学校では無口で勉強家だった。村の大人たちの前では控えめにしていたし、親の言うことにも従っていた。唯一の欠点はファビエンヌの友人ということだったけれど、両親はそれを受け入れていた。私の学年が上がれば、少しずつ離れていくことを望みつつ。

誰それはいい人生を送っているとか、誰それの人生は単調だなどと語られるのを耳にすることがある。そんなことを言う人々は大事な点を見逃している。どんな経験も経験であり、どんな人生も人生だ。隠遁生活の一日は、戦場の一日と変わらないほど運命的でありうる。

自分が求めるものしか人生とみなさない人もいる。たとえば名声、富、冒険、幸せしか。それから、他人や自分に対して起こせることや、不可能にできることとしか。私にとっては、起こることは何でも人生だ。ハエがスープの中で突然死ぬのは、ただの知り合いから結婚を申しこまれるのと同じぐらい奇妙で笑えることだ――両方私の身に起こったことだけれど、どちらも私が求めたわけではない。

では私は受け身の人間だろうか。アメリカ人が人のことをすぐに受け身だと言い、それが決して褒め言葉でないことは知っている。夫の家族の中には、私のことを受け身とみなしている人もいる。私は彼らが考えるフランス人女性とはちがう。私の知るかぎり、こういう意見を遠慮なく投げつける人たちは、見かけの行動を何でも決断力や人としての強さや美徳の表れとみなす人たちだ。うちのニワトリは小さな脳みそを働かせて飽きずに歩き回ったり、くちばしで突《つつ》いたり、コッコと喉を鳴らしたり、爪で引っ掻いたりしているように見える。ガチョウははるかに落ち着いている。ほんのわずかな不安にかられて翼をばたつかせたりはしないし、池に浮かんでいるときはいつまでもじっとしているので、死ぬまで水上の夢を漂うことになってもかまわないのだとわかる。でもガチョウは受け身だと言われない。

たえず新たな経験を求める人間が二人いれば、どちらも相手に満足できることはめったにない。経験していることに耐える二人の人間は、めったに相手に出会わない。

だからファビエンヌと私は、互いのために生まれてきたようなものなのだ。私たちは完璧な組み合わせだった。一人が経験できることすべてを、もう一人が求めていた。

一九五三年の夏は、人生でいちばん幸せな夏だった。ファビエンヌもそうだったかはわからない。彼女に訊くにはもう手遅れだ。でもたとえ彼女の幽霊がそばにいたとしても、質問をして何が得られるだろう。幸せについて——ファビエンヌの幽霊はこんなふうに言うかもしれない。なんでますますまぬけになったの、アニエス？　幸せな日々とか、不幸せな日々とか言うけど、どっちもただの日々。一日の長さは変わらないでしょ。

すると私は、二人で幸せを育てようって考えたことがあるじゃない、と幽霊に思い起こさせるだろう。あなたの幸せと私の幸せは、二つの作物。憶えてる？

それは子供のゲームだったと幽霊は片づけてしまうかもしれない。じゃ幸せって何、と彼女はたずねるかもしれない。

私はこう答える。幸せっていうのはね、首を伸ばして明日や翌月や翌年を楽しみに待つことなく、一日一日が昨日になるのを押しとどめようと手を出すこともせずに、毎日を過ごすこと。

そういう幸せを感じたことはあるの？　ファビエンヌの幽霊はたずねるだろう。

ある、と私は言う。

一九五三年の夏のことを、私はそんなふうに感じていた。これまでの夏と同じように、ファビエンヌと私は一緒に過ごした。といっても半分ぐらいは墓地や木の下で、あまり口をきかずにただ寝そべっていた。口を開くときは本の話をした。村の郵便局員と、彼の人生をみじめにする二人の友達の話。私たちは気が向けばムッシュ・ドゥヴォーを訪ねた。でも彼は、二人一緒の日々という池の水面に浮かぶ一本の枝にすぎなかった。

ただ、鉄道の労働者がストライキに入ったときだけは心配になった。「パリに行かなきゃいけない秋になっても、まだ列車が動いてなかったらどうしよう」私はファビエンヌにたずねた。

「何週間も先でしょ。なんでそんなに未来のことまで考えるの」

「だけど本を書くことは、未来のことじゃないの？」私は訊いた。

「未来のこと？」ファビエンヌは言った。「ばかなこと言わないで」

私は反論しなかった。でも、ラジオでゼネストのニュースをこっそり聴いていた。終わったときはほっとした。

ゼネストの期間中、ムッシュ・ドゥヴォーは郵便局に行かないので、見せてくれるはずの本はどうなったかと私たちにしつこく訊き続けた。そしてようやく前半を読んだとき、彼がからかわれているように思ったかどうかは、わからない。彼は多くを語らず、二人とも上達しているし、九月には本が完成しているだろう、と評した。

九月、私は一人でパリに行った。今回はムッシュ・ドゥヴォーの付き添いはいらない、とムッシュ・シャスタンが言ったのだ。

パリでは誰もファビエンヌのことを知らなかったけれど、マスコミ関係者の全員がムッシュ・ドゥヴォーのことを聞かされていた。彼らは私に質問した。彼の個人教授のもとで、どのように執筆を学んだのですか。彼はあなたの世界観をどのように形作ったのですか。もっと本を書くつもりはありますか。今後作家として研鑽《けんさん》を積むうえで、彼の指導をまだ求めますか。皆が本のことをよく知っているようだった。私よりも。

本に書かれているとおりに処刑されたアメリカ黒人のことを知っていましたか、と誰かがたずねた。新生児を絞め殺してブタの餌入れの中に置いた若い女のことを知っていたのですか、と別の人が知りたがった。あなた自身はブタを飼っていますか。狂った男がウシと性交するところを見たことがあったのですか。またはニワトリの頭を切り落として、頭がなくなったニワトリが踊るところを子供たちに見せる狂った男を見たことは？　子供たちが死ぬ前に、その身の上を世間に知ってもらえるように本に書く、と本当に約束を交わしたのですか。あなたは子供たちの名前を変えましたか。ムッシュ・ドゥヴォーからどのように見出されたのですか。あなたが彼に助力を求めたのですか。それとも書いたものを見せるよう説得されたのですか。

質問に答えた私の様子を、マスコミは後に〝平静で自信がある《エキリブル・エ・コンフィアンス》〟と評した。私が、アニエスが？　どんな自信があったというのか。でも私は運よく、子供の作家らしく見せる最高の方法を見つけ出していた。半分はファビエンヌで半分はアニエスである人間を思い描いていたのだ。私はなんなくその人物になりきることができた。いい教育を受けられなかった分を、勘のよさで補ってきた神秘的な少女——これをマスコミは求めていた。

ムッシュ・シャスタンの顔を見たら、彼が満足しているのに気づいた。私は自分のふるまいはそう悪くないことを察した。記者たちは、異様なおぞましさをくりかえし話題にし、それが作品のトレードマークだと私に告げた。なぜこの部屋にいるあなたのような愛想のいい女の子が、ほとんどの大人が目をそむけるような恐ろしい光景に釘付けになってしまうのでしょう、と誰かが答えを求めた。田舎にはきれいな景色があるはずですよね——なぜそういうものについて書きたいと思わないのですか。物語のうち、あなたの暮らしをもとにした部分はどのぐらいで、作りごとの部分はどのぐらいですか。不気味な話を語ると喜びを感じますか。ご両親はあなたが書いたものを読んだことがありますか。あなたの先生はどうです。学校の友達との仲はどうですか。友達はあなたが本を書いていることを知っていましたか。友達はあなたの本の物語をなじみ深いと感じましたか。それとも、まったくなじみがないと感じましたか。

　この旅で私は、口に出す前に文章を練る必要があるかのように、ゆっくり話すことを学んだ。まぬけに見えるかもしれないけれど、田舎出身の素朴な女の子が別の何かに変われることも、この旅で学んだ。記者の一人が、私の発言に間が空くことを〝自分自身と秘密の交流をする少女〟と描写した。もし演劇で子供の作家役をやるオーディションなら落とされていただろうが、これはオーディションではなかった。人生のいいところは、自分でいることに——というか、この場合はファビエンヌと私が組み合わさった人物でいることに——たいていオーディションなどいらないことだ。もし私に何かはかり知れないところがあるとマスコミが感じたなら、それは私が一人の女の子だけではないことを見抜けなかったからだ。はかり知れないのはファビエンヌだ。私はただ見知らぬ人々にその謎を見せただけだった。必要に応じて感じのよさを添えながら。

　パリにぜひとも会いたい作家がいるかどうか、ある男に訊かれた。聴衆をうならせるようなうまい答えを返すよう、ムッシュ・シャスタンが望んでいるのがわかった。私がすぐには返事をしなかったので、彼は口をはさみ、もちろん彼女を指導できる作家たちに会わせるようにするし、そうした出会いを記録に残すため、マスコミも招待すると述べた。質問をした男性はうなずき、それから私のほうを向いて、あなたの意見を聞きたいと言い張った。確かにパリには多くの作家がいたけれど、運悪くその名前は私の口から出てこなかった。「ほかの作家たちに会いたいかって、そりゃもう！」私は言った。「うちのウシとヤギは新入りによそよそしくすることもあるけど、ウサギはよそのウサギが訪ねてくると、たいてい興味しんしんになるんです」

男たち皆が笑った。しつこいその記者が訊いた。「一部の作家はウシやヤギのようであり、また一部の作家はウサギのようであるという意味ですか」

「正反対」私は声を張り上げた。「ウサギが作家みたいだと思うんです。好奇心旺盛で無害な動物です」

男たちからさらに笑い声が上がった。ある記者は「お嬢さん《マドモアゼル》、作家のことをもっと知ってから言ったほうがいいですよ」と言った。

これは私が失言したということなのか一瞬わからなかったけれど、ムッシュ・シャスタンは私に向かって満足げにうなずいていた。

異様で身の毛がよだつような田舎の姿を私が垣間見せてくれたと、パリの人々は結論づけた。後にロンドンの似たような集団が、想像を超えて凶暴で汚らしいアメリカ占領下のフランスの姿を垣間見せてくれたと結論づける。きっと皆、無知で無邪気な私のような女の子が、世界を凶暴で汚らしいところにするわけがないと考えたのだろう。だからその世界はきっとすでに凶暴で汚らしかったのであり、彼女はただ真実を自分の言葉で伝えただけだ。ひるむことなく、と書かれていた。私のような女の子は文明社会のことを知らないので、ひるむこともできなかったと思ったにちがいない。それはあながちまちがいとも言い切れなかった。たとえばクモやカエルを見て、解体されるブタみたいな金切り声を上げる子が同じ年頃の女の子の中にいるなんて、その頃の私は知らなかった。

でも私が――いえ私じゃなくて、私とファビエンヌが――見せた世界、あれは現実だったのだろうか。どれだけ現実なのだろう。私たちは定規や秤で世界をはかり、二インチや二オンス分が現実でないなどと判断することはできない。作りものであろうとなかろうと、すべての世界は同じように現実だ。だから同じように非現実でもある。もしパリで私がポーズをとってマスコミに写真を撮ってもらったと両親に話せば、誰も信じない作り話だと言われただろう。パリは両親にとって現実ではなかった。私の名声もそう。

ファビエンヌと私が一緒に作った世界。それは二人のくだらないおしゃべりぐらいに現実だった。

記者会見の後でムッシュ・シャスタンは、私を連れて新しい服を一揃い買いに行くよう、助手のマドモアゼル・ボウラに指示した。私は初めてパリに来たときと同じく、ピンクのチェック柄のワンピースを着ていた。

贅沢すぎるものはだめだ、とムッシュ・シャスタンは言った。マドモアゼル・ボウラは、私のために美容院の予約もしようかと彼にたずねた。二人がじっと眺めるので、私は顔がくすぐったくなった。数年前ファビエンヌと私は、指を使わずに息を軽く吹きかけて首や顔をくすぐるゲームが大好きだった。彼女が私の肌から二、三センチぐらいまで口を近づけてそれをやったとき、同じくすぐったさを感じた。

「新しい髪型もいいね」とムッシュ・シャスタンは言った。

私の髪は母が切ってくれていたけれど、短くて不恰好だった。でもある夏、お母さんに歩く鳥の巣みたいにされるぐらいなら、あたしにその頭をまかせてよ、とファビエンヌが言った。それでまかせてみたら、ファビエンヌのほうが上手に仕上げた。ファビエンヌを嫌う両親も、彼女のカットのほうがうまいと認めざるをえなかった。彼女は自分の髪も、私の助けを借りながら鏡なしで切っていた。左側のほうが指二本分長いと私が言うと、彼女がさらにはさみを入れるのだ。

「髪は切りたくない」と私は言った。

「明日カメラマンが来るとき、新しい髪型でなくてもいいの？」マドモアゼル・ボヴラが訊いた。

「カメラマンがまだいるの？」と私は訊いた。

マドモアゼル・ボヴラはムッシュ・シャスタンと顔を見合わせた。「これは話しておくべきだったのかもしれないけど、マスコミに会わせる前にうんざりさせたくなかったの。ムッシュ・バザンという有名なカメラマンが、明日あなたの写真を撮りに来るのよ。彼はあなたの故郷の村に行って、そこで暮らすあなたの様子も記録するつもり」マドモアゼル・ボヴラが言った。

「彼はさっきの記者たちの中にいたんだ。君の姿を見てみたくてね。紹介しなかったのは、明日できるからだよ」ムッシュ・シャスタンが言った。

パリでは何をさせられても平気だった——ファビエンヌによれば、それが本に対して私が負うべき責任だったから。でも、うちの村までカメラマンを来させるなんて？　「村には写真に撮《と》るようなものはないけど」と私は言った。

「まったく逆だよ。ちょっとでも行った経験からして、撮影対象はたっぷりあると保証するよ」とムッシュ・シャスタンは言った。それから私に近寄り、髪をいろいろな形にいじった。「わかった。髪型は変えないことにしよう。僕は気に入ってるよ。このほうが自然だし」

　マドモアゼル・ボヴラは白いブラウス、黒いウールのエプロンドレス、白いストッキング、黒い革靴を買ってくれた。新しいものを全部身につけてみたら、がっかりした。これじゃウシみたいじゃない！　彼女は私に帽子がいるかどうか迷い、いらないと判断したものの、紺色の髪留めを二つ買い足した。それはどちらもトンボの形をしていた。びっくりするほど美しかったので、それだけを理由にばかげた服装にも耐えることにした。自分でその髪留めを持っていてもいいか、私はたずねた。

「髪につけてあげようか」マドモアゼル・ボヴラが訊いた。「あなたの髪がますます深みのある色に見えるわよ」

「ううん、いまはいい」私はもとのワンピースに着替えて、ポケットに髪留めを入れた。ファビエンヌに一つ持っていてほしかった。そしてもう一つは自分のためにとっておくのだ。

　マドモアゼル・ボヴラが腕時計を見た。文字盤がとても小さいクリーム色の楕円形で、一口で食べてしまえそうなものに見えた。「もう少し時間があるわ。どうしたい？」

「パリを少し見物してもいい？」と私はたずねた。

「もちろん。見たいのは何かしら」とマドモアゼル・ボヴラは言った。

　何を見たいか。何を食べたいか。何を知りたいか。一見害のなさそうなこういう質問は、人々が思うより不適切だ。もしウシやブタやニワトリが人生で何をしたいかたずねられても、どう答えていいかわからないだろう。たとえ何かの奇跡によって人間の言葉がわかり、話せたとしてもだ。ウシやブタやニワトリがどのように死にたいかたずねられても、似たようなことになる。

人生について真剣に答えるよう動物に迫って笑いものになる人はほとんどいないけれど、私たちは他人にしじゅうそうしている。大人になったら何になりたいの。夫の両親や兄弟たちは、年末年始の集まりで子供たちに尋問《じんもん》するのを一族の道楽にしている。私には、こんなことを訊くのが好きだ。アメリカのどの街に行ってみたいか。または、アメリカが世界一の国なのはなぜだと思うか。答えられないような質問をする許可を誰からもらったのだろうと私はよく考えるのだが、こうした尋問者たちはきっと気づきもしないのだろう。自分が愚かしい言葉を口にしているだけだとも知らず質問をし、答えを要求する。答えて彼らを満足させるのは愚か者だけだろう。

パリで見るべきものは何。マドモアゼル・ボヴラにそんな質問をしたら、生意気か気難しいと思われただろう。でもそれは、私が訊ける唯一の正直な疑問だった。誰だって、まだ存在しないものをどう求めればいいかわからない。それまでパリは、大通りやカフェや店先など、車の中からちょっと覗き見た断片でしかなかった。マドモアゼル・ボヴラが連れていってくれたデパートは、驚くようなものだった。どっちを向いても鏡やぴかぴかの真鍮飾りに映る自分の姿が見えた。とはいえそんな私ですら、パリにはもっと見るべきものがあることは知っていた。

「皆がパリに来たら見に行くようなところかな」と私はマドモアゼル・ボヴラに言った。でも案内を頼んだことを後悔し始めていた。隣にファビエンヌがいないパリなんて意味がない。この街を、あの子のためにとっておけばよかった。

マドモアゼル・ボヴラはエッフェル塔に連れていってくれた。それを見たら、元気が出てきた。

私たちは川沿いを散歩し、庭園に行き、さらに別の庭園を訪ねた。彼女はアイスクリームを買ってくれた。聞いたことはあっても、食べたことはなかった。できるだけ時間をかけて食べたけれど、あっというまに溶けてしまった。

夕方になる頃、マドモアゼル・ボヴラがホテルまで送ってくれた。「部屋に夕食を届けてもらうようにしておいたわ。そのほうが楽だと思って」

私はお礼を言った。そしてほかに何か必要なものはないかたずねられたとき、部屋の引き出しに入っている便箋と封筒を使ってもいいか、勇気を出して訊いてみた。マドモアゼル・ボヴラはほほえんで、もちろんと答えた。「パリのことを書いてご両親に送るの？」と彼女は訊いた。

私はうなずいた。ホテルの受付係に手紙を出すよう頼めると教えられて、ほっとした。彼女が申し出るんじゃないかと、不安だったのだ。そうすれば、両親に宛てた手紙ではないことがわかってしまう。

前の晩にホテルの部屋の中を見て回っていたとき、便箋の束と封筒数枚を見つけた。ホテルの名前が指先で触れると読み取れるように印刷されていた。こんなものは故郷では見たことがなかった。

夕食がトレーにのせられて届いた。白い皿に、ドーム形をした銀色のおおいがかぶさっている。このホテルにはきれいなものがこれほどあるのに、ファビエンヌに見せられるのは便箋と封筒だけだ。

「親愛《マ・シェール》なるファビエンヌへ。パリはサン・レミよりもいいところだよ。大人になったら、一緒にここに引っ越そうね」

さらに、マスコミと会見をしたこと、新しい服を一揃いもらって、観光案内されたことを書いた。ホテルの部屋のことは詳しく書いた。花と鳥が描かれた金色の壁紙、見たことがないほど上等な織物でできた分厚いカーテン、それに脚高のベッド。とても柔らかいので、もしファビエンヌがいたら、雲の上でやるのを以前二人で想像したように、ベッドの上で飛び跳ねていただろう。バスルームには何に使うのかわからないものがあった。絵に描いて彼女に見せたかったけれど、絵を描くのは字を書くほど得意ではなかった。

窓からは、通りの向こうにカフェが見えた。歩道に置かれたテーブルの席が常連客で埋まり始めた。カップルがカフェの前をとおり過ぎ、女のほうが振り返って窓に映る自分の姿を見た。二人は映画へ行くところかもしれない。またはムッシュ・ドゥヴォーが話していたように、劇場へ。

私はポケットに入っているトンボの髪留めに触れた。その一つを手紙と一緒に封筒に入れてもいいのか迷い、それはやめることにした。

明日の朝、手紙をホテルの受付係に渡して出してもらおう。サン・レミに届くまでどのぐらいかかるのだろう。手紙が届く前に私が家に着いたらどうする。それでも、私が送る初めての手紙になるのだし、きっとファビエンヌが受け取る初めての手紙にもなる。

そのとき、ファビエンヌより先にムッシュ・ドゥヴォーがこの手紙を目にすることに気づいた。彼は先に開けて読むだろうか。指の付け根あたりに毛が生えていて、タバコやインクで茶色や黒の染みがついている、そんな彼の手に細長い封筒が握られている様子を思い浮かべたら、吐き気がした。それまでは彼のことを大目に見ていた。私たちが本を書いて出版するのを助けてくれたのは確かだし、ファビエンヌと私がお金をもらう話までしてくれた。そのお金は二人で平等に分けるように勧めていた。あんたは？　ファビエンヌが疑わしげに訊いたら、私たちのお金をもらうつもりはないと彼は答えた。私は喜んでファビエンヌに全部あげたかったけれど、両親が何かおかしいと怪しまないように、半分を両親のもとへ持ち帰るようムッシュ・ドゥヴォーに言われた。「それと君には」彼はファビエンヌに言った。「金に関してちょっと忠告をしておこう」

「お金の使い方に忠告が必要な人なんているの？」とファビエンヌは言った。

「賢く使いたければな」とムッシュ・ドゥヴォーは言った。

「あんたみたいな教養をつけられるように、詩や哲学の本に使うとか？」ファビエンヌは言った。

ムッシュ・ドゥヴォーは返事をしなかった。憐れな男だけれど、彼なりに私たちの将来を心配してくれていた――でも当時、私はそれを理解していなかった。ファビエンヌと私は若かったから、彼を不当に扱わずにはいられなかった。誰であれ自分たち以外の人間を、不当に扱わずにはいられなかった。

私は手紙を鞄に入れた。家に戻ったらファビエンヌに渡そう。彼女はきっとあほだと言うだろう――手紙は郵送するものだと。

カメラマンのムッシュ・バザンは、私を見るとき頭を右にかしげるおかしな癖を持っていたので、そのうち私も頭を左にかしげ始め、二人の頭が同じ方向を指すようになった。すると、だめ、頭を動かさないで、と彼は指示した。写真を撮るたびにそばへ来て私の手や肩の位置を直し、ときには顔の向きを変えた。ごく軽く触れるので、蝶の羽を整えていると思えるほどだった。生まれて三日の子ブタたちでも、なんなくこの人を踏みつけられるだろうな、と考えていたら、「いや、笑わないで。ほほえんで」と彼が言った。

指先にも負けないほど、その声はやさしかった。妻を壁に押しつけたり、子供にびんたを食らわしたりしたことはあるのだろうか。彼がサン・レミに来ることが心配になってきた。村の男たちの人柄はもっと粗野だ。女たちもそう。子供たちも、もし幼いうちに死ななければ、すぐに野獣のようになる。村に来ないように、ムッシュ・バザンを思いとどまらせる方法はないものかと考えた。

私はおろしたての服を身につけ、厚紙の切り抜きみたいにカチコチになっていた。私の意思に反し、髪にトンボの髪留めがつけられた。マドモアゼル・ボヴラが左右対称になるように留めたので、よけい気になった。でも彼女なりの理由があるのだろう。パリでは皆が私に何をするにも理由があった。私がいっさい抵抗しないので、ファビエンヌとムッシュ・ドゥヴォーは満足するはずだと思った。そしてファビエンヌの意図が読めてきた。世間からこれだけ指図や操作をされることに、彼女ならがまんできないだろう。

写真撮影はムッシュ・シャスタンのオフィスで始まった。ムッシュ・バザンの助手の手で、一度に一つずつ小道具が入れられた。私はまずタイプライターの前に座らされ、マドモアゼル・ボヴラがちょうどいい高さになるよう椅子の上にクッションをのせた。何か字を打ってみて、とムッシュ・バザンに言われたけれど、どうすればいいかよくわからなかった——タイプライターを見たことがなかったのだ。それでも打ってみるようにムッシュ・バザンから促され、キーボードの上で一本の指を走らせたら、ｆの字を発見したので、それを押した。金属の長い棒が立ち上がったが、紙には何も印字されない。マドモアゼル・ボヴラが、もっと強く、と言って、キーの打ち方を見せに来た。するとまたたくまに私の——私たちの——本の題名が紙に印字された。私は教えられたとおりにやってみた。じきにｆの字が紙にずらりと並んだ。

次に私は電話機を渡され、会話しているふりをするように言われた。そして受話器の送話口を耳に、受話口をあごの下にあてて、皆を笑わせた。ムッシュ・シャスタンのデスクの後ろには、書棚が天井まで積まれていた。ムッシュ・バザンは私に本を見るよう指示した。一冊出して戻し、もう一冊出して、それをぱらぱらめくるように、と。

つらかったと言えば嘘になるだろう。私みたいな人間が触れてはいけないはずのものに触れて、本当は胸を躍らせていた――たとえば緑色の笠がついたデスクライト、持ち手がフクロウの彫り物になっているナイフ（フクロウには二つのガラスの目玉までついていた）、巨大な本に似せて作った腰かけ。

皆が何らかの喜びを持って私を見つめていると知って、ますます胸が高鳴った。

「お嬢さん《マドモアゼル》は生まれながらのモデルだね」とムッシュ・バザンが言った。

「お嬢さん《マドモアゼル》には驚かされることが多いよ」とムッシュ・シャスタンが言った。

その後、街に出て撮影した。私が狭い小道を歩いてきたり、店のショーウィンドーを見たり、文房具屋の入口に立ったり、薬局で二つの香り付き石けんを比べたりしているところを、ムッシュ・バザンが写真に撮った。マドモアゼル・ボヴラは、頼んでもいないのに石けんを二つとも買ってくれた。一つは母に、もう一つはファビエンヌにあげよう。そして私は、マドモアゼル・ボヴラのことはずっと大好きでいようと決めた。

「エッフェル塔の前で私の写真を撮りたい？」私はムッシュ・バザンにたずねた。彼のやさしい声がとても好きだった。ときおりカメラを調整しながら、数字をいくつもつぶやく。

「いやいや。それじゃおもしろみがない」と彼は言った。

私はへこんだ気分になった。彼とはいい友達になれると思っていた。助手が照明の準備をする間、彼は私とおしゃべりをし、学校生活や家族や村の子供たちについて質問してきたのだ。私はこの最後の質問に答えるとき、あまり多くを話さなかった。私の世界の女の子たちは薄っぺらで大げさで、男の子たちは不潔で無礼だった。ファビエンヌについては、一言も口にしなかった。

この旅のすべてがたやすかったように聞こえるだろうか。ムッシュ・バザンの言葉を借りれば、私は自分を生まれながらの達人みたいに語っているだろうか――神童のふりをする達人に？　でも、私の旅が成功したことは、こう解釈できるかもしれない。何が欲しいかわかっていて、しかも欲しいものが得られないのはなぜかわかっている人にとって、人生はとても難しい。何が欲しいかわかっているけれども、それを得られないことに気づいていない人にとって、人生はやはり難しいとはいえ、さほどではない。何が欲しいかわからない人にとって、人生はもっともたやすくなる。

パリへのこの旅で、私は自分が何を欲しているのかわからなかった。私の人生のほとんどが、わからないことから恩恵を得ていると言っても過言ではないかもしれない。人生に身を入れて取り組む前に、人生に何を求めるか理解しなければならない人もいる。私のような人間は何にでも取り組めるけれども、それは何にも取り組めないのと同じようなものだ。だからアメリカの親戚は、私のことを受け身だと言うのかもしれない。

生きることはじゃんけんみたいだとよく思う。運命が希望を打ち負かし、希望が無知を打ち負かし、無知が運命を打ち負かす。あるいは、いま私がとり憑かれている考え方はこうだ。運命を信じる人は希望に満ちた人を引き寄せ、希望に満ちた人は無知な人を引き寄せ、無知な人は運命を信じる人を引き寄せる。

私がなぜファビエンヌのことばかり考えていたのか不思議に思う人もいるかもしれない。もっといい友達になれる同級生がいたに決まっているのだから。そして私はおとなしく付き従うほか、彼女に何もしてあげられないようなのに、なぜ彼女が私を選んだのか不思議に思う人もいるかもしれない。確かにもっと個性が強くて、ファビエンヌと釣り合いがいい子はいた。でもそういう疑問を口にする人は、子供のことがわかっていない。おもしろみのない子供時代を過ごしたか、それならまだしも子供時代を振り返っておもしろみのないものだったと決めつけたのだ。だから子供のことを、幼虫やさなぎみたいに言う人間になる。そしてもしあなたがその一人なら、そんなふうに切り捨てた多くの子供たちはあなたよりおもしろいと確信を持って言える。そしてその子供たちはあなたを軽蔑している。当然ながら。

子供時代の友情ほど不可解なものはない。交際とはちがうのに、この二つはよく混同される。子供時代の交際は、子供へ強制されるものだ。親同士が週末に酒を一緒に飲むのが好きな二人の遊び仲間、学校の席が隣になった男の子と女の子、毎年夏に借りる別荘が近い複数の家族などがそうだ。子供時代の友情は、必要な場所や時間の条件は同じでも、もっとまれなものだ。子供は誰かと絆を結ぼうと努めたりしない。その絆は知識や理解を超えていて、あるかないかのどちらかだ。そしていったん絆が生まれれば、環境が変わるまでそれを壊す方法を子供は知らない。一目惚れについて歌や詩がよく書かれることに首をひねってしまう。それを体験していると主張する人はめかしこみ、愛する準備を整える。でも一目惚れなんて、驚くような珍しいことではない。子供時代の友情のほうがはるかに運命的だ。それはただ発生する。

たとえばジュヌヴィエーヴ。背丈が同じぐらいなので、学校で数年の間、隣同士の席だった。彼女はかわいい顔をしていて、清潔でおだやかだった。私と同じぐらい字をきれいに書けたし、つづり方と算数がよくできた。彼女の両親は村で食料雑貨店を営んでいて、酒飲みではなかった。何より彼女がいつも私と仲良しになりたがり、家から食べ物を持ってくることで愛情表現をしてくれた。彼女の家族はうちの家族よりいいものを食べていたのだ。

私は彼女の贈り物を受け取った。チーズのかけらやレーズンの箱の力を借りて私を友にしよう、という希望を打ち砕くのは残酷だ。私は決して冷たくしなかったし、無礼なこともしなかった。学校では二人でささいなことをしゃべって時間をつぶした――同級生のヘアバンドのことや、終業式のために憶えた新しい歌のことや、ビール醸造家の息子と結婚させられる粉屋の娘のことなど、彼女が親の店で聞いてきた噂話について。要するに私は彼女のことが好きだった。でも彼女は、私がそれ以上に身を捧げてくることなど期待できるはずもなかった。というのも私は授業が終わったとたん、一日離れていた分を取り返すためにファビエンヌのもとへ飛んでいかなければならなかったのだから。私はジュヌヴィエーヴからもらった食べ物を、私よりお腹を空かせているファビエンヌのところに運んだ。彼女はどこで手に入れたのか訊かなかった。私の両親に他人に分けられるものなどないことは知っていたのに。

なぜかわいい無邪気さを持つジュヌヴィエーヴでは満足できなかったのだろう。手をつなぎ、肩を触れ合わせ、足取りをぴったり合わせて一緒に家に帰ったりして。それを言うなら、おとなしくて学校でいちばん歌声が美しいアンヌではなぜだめだったのか。または、クラスの女子でいちばん背が高くて同級生の人気を集めるベルトでは？　これらはいい質問だけれど、それならプラタナスの木にこうたずねるほうがよさそうだ。なぜ冬の間も葉をつけておけないのか。またはスズメバチに質問してもいいだろう。なぜミツバチみたいに役に立つよう生まれてこなかったのか。

私はパリに二日間いた。サン・レミへ戻る列車から、すでに見慣れた窓の向こうの景色を見つめた。その間ずっと、ポケットに入れた髪留めに触れていた。夏が終わっても、このトンボは飛んでいかないし、死にもしない。それは本物よりも美しかった。

ジャンが死んでいた。置いていけない幼い子供たちを連れてきていた。姪の一人が私に向かって走ってきたので、服に手形がべっとりつかないよう、その手首を両方つかんだ。私は家族をあっと言わせるために新しい服を着ていたのだけれど、誰もそれに気づかなかった。

ジャンが死んでいた。家に着いたとき、それを誰からも聞く必要がなかった。三人の姉の姿が目に入った。

「行って、祈りを捧げなさい」と母に言われた。

私はジャンの部屋に行き、十字を切った。白いシーツで整えられたばかりのベッドに、彼は横たわっていた。その頭の上をハエが飛び回っていたので、しっと追い払ったけれど、誰もいなくなればハエは好き勝手に飛びかうだろう。ジャンのためにパリから何か持って帰ることを考えればよかったと思った。彼に気を配ったと家族にわからせるためではなく、彼は大事な人だったと自分に思いこませるためだ。少し涙を流せたらいいのにとも思った。後で両親に冷酷だと言われないように。

でも、無駄だった。私の心の中にあるのは、じれったさだけだった。

ファビエンヌを見つけるのに、しばらくかかった。彼女はいつも二人でいる場所ではなく、大麦畑の向こう端までウシやヤギを連れていっていた。すぐさま私は彼女が不機嫌な場合にそなえて心の準備をした。彼女はいつでもすねている女の子だと世間から思われているけれど、私は彼女のことをよく知っていた。いつもの行動を変えたのは、ただの気まぐれからではない。

彼女は切り株に座って、私のことをじろじろ眺めた。「農場でそんなもの着ちゃだめじゃない」と彼女は言った。それは私が予想したとおりの言葉だったけれど、声に妙なやさしさがあった。新入りに田舎のやり方を快く教えているような。

「あたし……あたしは、あなたに見せたかったから」と私は言った。

「よく似合ってるよ。その恰好は好き」

ナイフの鋭さに慣れれば、指を傷つけずに刃をなぞったり、絶妙な強さで刃をてのひらに押しつけたりすることができる。それどころか刃を歯の間に挟んだまま、唇や舌を切らずにいることもできる。でも刃に触ってみたら、ウサギの毛皮みたいな柔らかいなめらかさが感じられたとしたら？

私はファビエンヌの脇に膝をついて、手を彼女のおでこにあてた。じっとり冷たくて、温かみがなかった。「大丈夫？」と私はたずねた。

「あたりまえでしょ」

「変な口のきき方するんだもの。病気かと思った」

「絶対に病気にならない人もいるの。あたしはその一人」と彼女は言った。

「うん、当然だよね」

「うん、当然だよね」私の賛成の言葉を、彼女はまねた。「あんたもだよ。知らないの？」

知ってはいても、自慢しているところを悪霊に見つかるといけないので、何も言いたくなかった。そこが私たちのちがいだった。ファビエンヌは現実のものであろうとなかろうと、自分は何にも傷つけられないと信じていた。私もそう信じたいのはやまやまだったが、用心深かった。「ジャンが死んだの」と私は言った。

「聞いた」と彼女は言った。

続いて何か言うのを待ったけれど、彼女は口をつぐんだ。私はポケットから二つの髪留めを取り出して、パリのだよ、と言った。私は二人で一つずつ持っていればいいと思った。ファビエンヌはトンボを手に取り、半透明の胴体をとおして私を見て、それから日にかざした。私も自分の髪留めを上に向けて同じ方向を見た。空が暗くなり、太陽がぼんやりして満月のように見えた。

「処女でなくなるのがどういうことか、わかる気がするんだ」ファビエンヌがゆっくりと言った。まだ太陽を見上げていた。

「何。もう処女じゃないってこと？」

「そんなこと言ってないでしょ。処女でなくなるのがどういうことか、わかる気がするって言ったんだよ」

「処女がどんなふうになくなるかわかったっていう意味？」

彼女はいつものばかにしたような目つきで私を見た。「どこまでまぬけなの」

それでほっとした――私たちは変わっていない。たびたび私は、きょうだいや両親と縁続きになったのはただの偶然だと感じていた。そして別の家族のもとに生まれていたら、それも別の偶然にすぎないとよく思っていた。でもファビエンヌは偶然ではない。パリが私たちを他人にするなら、私は二度と足を踏み入れない。

「何か新しいことを学んだっていう意味？」私がパリで新しいことを学んできて、ファビエンヌも学んだというなら、おあいこだと私は思った。

「これ以上学ぶことなんてある？」

彼女の言うことはもっともだった。私たちは誰も教えてくれないさまざまなことに通じていた。農場の動物たちを観察したり、酔った男たちの粗野な言葉に耳を傾けたり、もっと幼いときにはジョリーヌとアメリカ人のボーイフレンドをひそかに見張ったりして。私たちはかまととではない。でも、人や動物が性交のときに経験しなければならない興奮状態には鼻白《はなじろ》んだ。

「あたしが言っているのは……」彼女は私のほうを向いて、それから首を振った。「いいや。意味ないし。で、旅はどうだったの」

彼女に話したいことはたくさんあったのに、何も言葉が浮かばなくなった。

「舌をパリに落としてきた？」

「手紙を書いたんだよ」私は隣に腰を下ろした。

「手紙なんて来てない」と彼女は言った。

「これ。送らなかったんだ」

ファビエンヌは封をした手紙を見た。「あたしが読むことになってるわけ？」

「よかったら」

彼女は手紙を無造作にたたんでポケットに突っこんだ。「送らなくて正解。ムッシュ・ドゥヴォーが盗んだかもしれないからね」

「それそれ、それが心配だったの！」

「これからしなきゃいけないこと、わかってる？　あいつの助けなしで本を書くんだよ」

「わかった」私は無表情のままでいた。その知らせを聞いて私がどれだけ喜ぶか知ったら、彼女は考えを変えるかもしれない。

「あんたも本の書き方はもう憶えたはず。自分たちの力でやらなきゃ」

「わかった」と私は言った。

「助けてほしくなったのはなんでか、知りたくないの？」

「訊いてほしい？」

ファビエンヌはため息をついた。「いつもなら訊くじゃない。あたしが答えないのを知っててもさ。質問ばっかりしてた。訊くのをやめなかったでしょ。だけどパリがあんたを変えたんだね」

私は反論してもよかった。少しも変わっていない、と神かけて誓うこともできた。でも今日のファビエンヌは何かがちがっていた。「ムッシュ・ドゥヴォーが何かしたの？　あの人を嫌うことにする？」と私はたずねた。

「そら、あんたらしくなった。ちがうよ。あいつは何もしてない。あたしに痛手を与えられっこないのはわかってるでしょ？」

「わかってる」と私は言った。

「でもあんたに痛手を食らわすことはできるんだよ。あたしはそれを心配してるの」

「どうやって」

「あいつはね、本を書いたのはあんたじゃなくて自分だって言える。皆が信じるだろうね」

私はムッシュ・バザンのことを思い浮かべた。一週間後に訪ねてくるつもりでいる。私は自分が本当の作者ではないことを世間の人に知られたくなかった。そもそも作者になりたかったわけではないけれど。「じゃあ、どうする」

「黙らせておくにはどうすればいいか、ちゃんとわかってるよ。でも、どれだけ必要かがつかめないんだよね」ファビエンヌは言った。

私の体に震えが走った。「そんなつもりはないよね？」

「そんなつもりって何」

もしそんなつもりなら、声に出して言わないほうがいい。私はファビエンヌを見て、何を考えているか悟らせた。恐ろしいことは言葉にしたくなかった。

「えっ」彼女は言った。「あいつを殺す気だと思ったの？　確かに黙らせておく一つの方法ではあるけど、ちがうよ。殺人なんてやるつもりない」

私はほっと息をついた。ムッシュ・ドゥヴォーはみじめな男だけれど、そんな悲惨な最期を遂げるなんてあんまりだ。

「あいつ、あたしに愛人になれって言ってきたんだ」とファビエンヌは言った。

「でも……でも……年寄りじゃない！　それに、やもめだし！」

「変だよね」ファビエンヌはゆっくりと言った。「だからやもめはおかしくなることがあるって言ったでしょ。何か夢中になれることが必要なんだよ」

ではファビエンヌの父親はやもめの中でも最悪なタイプではないのだ。ムッシュ・ドゥヴォーもお酒を飲むようになれば、楽になれるのかもしれない。

「だからあの人に本を書く手助けを頼んだんだと思ってた。夢中になれることをあげるために」と私は言った。

「でもいま、あいつはそれ以上を望んでるわけ」

「出版社が本に払ったお金、あげようよ」

ファビエンヌは私のほうを向いて、手の甲で私の頬に触れた。「アニエス、かわいそうに。パリに行っても賢くなれなかったんだね」

彼女の仕草がやさしいものだから、私は頭がおかしくなりそうだった。この子はどうしちゃったんだろう。

「あのね。ムッシュ・ドゥヴォーはお金が欲しいわけじゃないの。愛人同士になろう、それで一緒にもっと本を作って、あんたの名前で出版しようって言ってた。三人全員にとっていい話だろうって。ほかの誰も知らなくていいって」

「だけどあの人を愛人にしたくなんかないでしょ？」と私はたずねた。

「わからないのはそこなんだよ。結論が出ない。あいつの言うこともっともなのかなって考えちゃって」

「あの人は裏切るよ。あなたに誰かが必要でも、もっと若くてハンサムじゃないと」と私は言った。でも、それは正直な気持ちではなかった。二冊目の本で作り上げた素敵な郵便局員のような若くてハンサムな男なんて、ムッシュ・ドゥヴォーよりもばかげた思いつきだ。老いていようと若かろうと、醜かろうとかっこよかろうと、私たちはどんな男も必要としていなかった。

「あたしは愛人なんていらないよ。だけど」ファビエンヌが言った。「作ってみたって問題ないんじゃないかと思うんだよね」

「このまぬけ」と私は急にいきりたった。

彼女は笑った。「あれ。それはあたしじゃないよ。あんたのほう。考えてもみなよ。ムッシュ・ドゥヴォーは無害なやつなんだ。実際にあたしに対して何ができるっていうの」

「でも、ボーイフレンドは欲しくない？　年寄りじゃなくて、本物の」

「いらない。あんたは？」

「もちろん、いらない」

「ほら。だったらさ。新しいことを試すなら、選択肢としてあいつはそう悪くないでしょ？　また本を書くとき、役に立つかも」

ムッシュ・ドゥヴォーなんて死ねばいいのにと思った。ガールフレンドに縁のなかったジャンがあれほど若くして死ななきゃいけなかったのに、あんな老人が生き続けるなんて不公平だ。私は、木の上でさえずるつがいの鳥たちに小石を投げた。でも小石はそこまで高く飛ばなかった。ファビエンヌがもっと大きな石を選び、鳥をめがけて投げた。二羽は別々の方向に飛び去った。

「あんたが帰ってきたら返事するって言っといた」と彼女は言った。

「地獄へ落ちろって言ってやって」と私は言った。

彼女は首を振った。「あたしが何を気にしてるか、気にならないの？」

「あなたを愛人にしようとしてるのがばれるのを、ムッシュ・ドゥヴォーが心配していないこと？」

「ちがうよ。あいつがあんたじゃなくてあたしに持ちかけたこと」

「あたし？　あの人はあたしを嫌ってるもの」と私は言った。

「あいつみたいな男は、女の子なら誰も嫌ったりしないよ」

「じゃあ、どうしてほかの女の子に持ちかけようとしなかったんだろう」ムッシュ・ドゥヴォーがどの少女や女を求めようと、ファビエンヌと私でなければかまわない。

「もしあんたに持ちかけたとして、親がそれを知ったら、あいつをただじゃすまさないだろうね。ほとんどの女の子の親がそう。でも、うちの父ちゃんは別。気にもしない。よその人たちが知ったとしても、半分はあたしにも責任があるって言うんだ。誰もあたしには同情しない」

「そんなことないよ」と私は言った。彼女を慰めるためだけに。

「ほんとだって。ジョリーヌのこと、誰も気の毒に思わなかったじゃない。憶えてる？　でも心配ないよ。あたしは誰の同情もいらないから」

「パリに引っ越さない？」私は言った。

「パリに？　そんなことできると思ってるの？」

ファビエンヌにからかわれているのか問いかけられているのか、見きわめられなかった。

「うん。来週、カメラマンが来ることになってるの。その人に訊いてみたらいいかも」私は言った。

「カメラマン？　なんでここに来る気なの」

「知らない。ムッシュ・ドゥヴォーに話したほうがいいかな？」

「話さなきゃ。他人よりあたしから知らされるほうがいい」

「あたしらから」とは言わなかったことに、私は気づいた。彼女はムッシュ・ドゥヴォーのところに、私抜きで行くつもりなのだろうか。

「ほら、あたしの決心がつくまでは、味方につけておいたほうがいいでしょ。黙らせておくために」

「それか、本を書くのをやめてもいいよね」私は言った。「あの人が本当のことをばらしたって、別にどうってことない。あんな人やカメラマンのことなんて、忘れたらいい」

「だったら、パリにはどうやって行くの」とファビエンヌが言った。

「ほかにもきっと手はあるよ」

「どんな手、アニエス？」

私は首を振った。問題を解決するのは私の役割ではない。「あの人を黙らせておく方法はほかにあるかな」と私はたずねた。

「あいつが死んじゃったりしてね。すぐ死ぬかもよ。年寄りだもん」

ファビエンヌを見た。草むらの上であおむけになり、空を見ていた。空にはじっと見つめていられる雲は一つもなかった。ムッシュ・ドゥヴォーを殺すという考えを、教えなければよかったと私は思った。


ファビエンヌが一緒に本を書くことを思いつくずっと前に、二人で恐怖について語り合ったのを憶えている。二人で川岸に寝そべっていた。二人で作り上げた世界にだけ浸って生きていた頃の、いつもの夏の日だった。

「皆が恐いもので、しかもあたしらも恐いものって何だろう」とファビエンヌが問いかけた。

「ほとんどの人は死ぬのが恐い」と私は言った。

「あたしらはちがうよね」と彼女は言った。

「ちがうよね」私は賛成した。「学校にサソリを恐がる女の子たちがいるの」

「どの子」ファビエンヌはたずねた。「あたしがサソリをつかまえてくるから、そいつらの靴に入れてやんなよ」

そんなことをしたらとんでもないことになる、と私は思った。「全員が恐がるものが一つあるよ。目が見えなくなること」

ファビエンヌはしばらく黙りこんでから、目を閉じた。青ざめた彼女のまぶたに、日の光がまだらに差しているのを私は眺めた。「それって思ったほど悪くないかも」と彼女は言った。

私は自分の目に両手をあてて、日の光をさえぎった。「目が見えなくなったら、これよりも暗くなるんだね」と私は言った。

「なんでわかるの。目が見えなくなったことないのに」

「だって、目が見えなくなったら世界が暗くなるって皆言ってるよ」

「皆が言うことを信じるなんて、あほだよ。皆は何も知らずにいろんなこと言ってるんだから」ファビエンヌはそう言って私の両手を引き寄せ、自分の目に強く押しあてた。「そう悪くない。しばらくしたら慣れる」

「世界中が地雷原みたいに思えてくるよ。だから一歩も踏み出せなくなる」

「ううん、逆。どこを踏んでも同じだって思えてくるはず。地雷原では、目が見える人より見えない人のほうが死にやすいわけじゃないもん」

私は思案してみて、彼女の言うことはもっともだと気づいた。それでも、あたしたちが目が見えなくなるのは嫌だな、と彼女に言った。

でもある意味で私たちは、二人の盲目の少女ではなかっただろうか。一人は戦場に地雷など一つも埋まっていないかのように、どこへでも歩いた。もう一人は、世界中が地雷原だからと一歩も踏み出す勇気がなかった。もし運命で隣合わせにならなければ、二人は別の定めを生きただろう。でも私たちはそうならなかった。ファビエンヌと私はこの世にともにいて、つかまれるものは互いの手しかなかった。彼女には彼女の意思があり、私には彼女の意思についていく意欲があった。

私たちは夕食後、ムッシュ・ドゥヴォーのところへ行った。私はまだパリの新しい服を着ていたけれど、彼は気づかないようだった。旅は首尾よくいったか訊かれたので、私はうんと答えた。すると彼はお祝いをする大義名分ができたと言い、酒を一緒に飲まないかと私たちに訊いた。私が断ろうとすると、ファビエンヌが私の手をぎゅっとにぎり、喜んでと答えた。彼は私たちには二人で分けるよう一個のグラスに、自分にはもっと大きなグラスに、ジンを少し注いだ。ファビエンヌはちょっぴりすすって、しっという声を上げた。「なんで酒を飲むのが好きな人間がいるのかわかんない」と彼女は言った。

「慣れるさ。もう一度試してごらん」とムッシュ・ドゥヴォーが言った。

　ファビエンヌは端を舐められる程度にグラスを傾けた。

「あたしも飲んでみていい？」私はたずねた。

「だめ。あんたはまだ子供だから」と彼女は言った。

「あたしのほうが一か月年上だよ」と私は言った。

「それでも、子供なの」ファビエンヌは私にウィンクしてから、ムッシュ・ドゥヴォーのほうを向いた。「そう思わない、ムッシュ・ドゥヴォー？　アニエスはほんとに子供だから、この清純さを守ってあげなきゃって」

　彼は黙っていた。

「さてと」ファビエンヌはグラスを近くの棚の上に置いた。「アニエスは早めに帰るって親と約束してるの。明日ジャンのお葬式があるから」

「君に家族のお悔やみを言うのを忘れていたな」とムッシュ・ドゥヴォーは私に言った。何も感じていないくせに、と私は思った。

「この子を送るね」とファビエンヌが言った。

「帰り道ぐらい知っているだろう。君はいなさい」

私はその言い方が気に入らなかった。ファビエンヌは彼の言葉を無視して、ドアの外まで私を一緒に歩かせた。「すぐ戻るよ、ムッシュ・ドゥヴォー」彼女は私のひじをしっかりつかみ、それから二人で小道の先の角を曲がった。

「聞いて」と彼女が言った。「あいつをどうすればいいか思いついたんだ。これで黙らせておける」

「どうするの」

「あいつが酒飲みだって知ってる？」

私は首を振った。ムッシュ・ドゥヴォーは教養のある人で、村の酒場には決して行かない。彼がお酒を飲むのを見たのは、その晩が初めてだった。

「あんたがいない間に、あいつが酔うのを見たんだ。酔うと弱くなって、使いものにならなくなるの」

テーブルの前で突っ伏し、伸ばした腕に頭をのせているムッシュ・ドゥヴォーの後ろで、ファビエンヌが火かき棒を持ち上げているところが目に浮かんだ。私は身を震わせた。「やめて」

「やめてって何を」

「殺さないで」

「殺す？　あいつを殺すなんて誰が言った？　あんたは殺したいの？」

「ううん。ただ、やっかいごとを起こさないでほしいの」私は言った。

「やっかいごとを起こすのはあいつのほうなんだよ。あたしはこうするの。一緒に酒を飲むふりをして、もっとあいつに酒を飲ませる。それから外に駆け出して、大声で助けを呼ぶ。あたしの服を脱がそうとしてるって言ってさ」

「信じてもらえなかったら？」

「信じるよ。それにね」ファビエンヌは言った。「全部が嘘ってわけじゃないの。この前、本当にあたしに触ろうとしたんだから」

「どこに」

「ここ」ファビエンヌは胸を指さした。

どこであろうとファビエンヌの体にムッシュ・ドゥヴォーが触れると思ったら、吐き気がした。

「逃げられないように追い詰めてきたらどうするの」

「そんなこと、できるのかな。あたしのひじや膝はとがってるし、あいつは年寄りだよ」ファビエンヌは言った。

私はムッシュ・ドゥヴォーの家のほうを振り返った。彼はついてきていなかった。「一緒に帰ろうよ。あの人のことは忘れよう」

「ううん、だめ。こっちが先に罠をしかけないと、あいつに面倒を起こされる」

「起こさせとけばいいよ。本を書くこのゲームをやめればいいじゃない。助けがなくてもできることをほかに見つければいいじゃない」

「だけど、いつやめるかを決めるのはあたしらだってこと、忘れてるでしょ。あいつに強制されるわけにはいかないの」ファビエンヌは言った。「あんたはこうして。家に帰って三十分か、まあ一時間ぐらいしたら、ここに戻ってくるんだよ。それまでにあいつは酒に酔ってわけわかんなくなってる。それからあたしが駆け出して大声で叫んで助けを求める。あたしの悲鳴が聞こえたら、あんたも悲鳴を上げてよ。どうなってるか皆に説明するのはあたしがやるから、あんたは何も言わなくていい。ただ泣いてればいいから。二人であいつと対決するんだ」

「皆があたしたちの言うことを信じなかったら？」

「あたしの悲鳴が大きくて、あんたの演技がうまかったら、信じないわけにいかなくなるよ」


　私は家に帰らず、近くの生け垣の中に隠れていた。まもなくあたりは暗くなった。ファビエンヌの悲鳴を待つのは、死を待つことのように感じられた。彼女が言ったことを疑ういわれはないと自分に言い聞かせた。彼女の言うことは、どんなことでもいつだって正しかった。でもそれは、若いから死を恐れるいわれはないと自分に言い聞かせるようなものだった。若い人間だって死ぬし、子供だって死ぬ。私は明日埋葬されるジャンのことを考えた。一年たてば、誰も彼のことを憶えていないだろう。もしファビエンヌに同じことが起こったら、私だけが彼女を憶えている人間になる。そう考えたら脚が震えた。当然彼女だって死ぬかもしれないのだ。たとえ私たちがムッシュ・ドゥヴォーに情けをかけて殺さないことにしても、彼が私たちを殺すのを止めるものなどあるだろうか。ひょっとしたら彼は、ファビエンヌを殺すために私を追い払ったのかもしれない。どうしてこのことに気づかなかったのだろう。

　私は生け垣から出た。二人の男が道を歩いてくるところだった。一人はたいまつを持っていて、光の輪が地面で小刻みに揺れている。私は男たちのほうへ向かって歩き、こんばんはと挨拶をし、それから走り出した。ムッシュ・ドゥヴォーの家に着いたら、ドアに鍵がかかっていた。私たちが訪ねたときに鍵がかけられたことは一度もない。私はドアを押した。それから、ノックをした。一度打つごとに、より強く打った。

応答はなかった。ドアに耳をつけたけれど、家の中からは何も聞こえてこない。もしかしたら、すでに行為は終わったのかもしれない。私は二人の男のほうを振り返った。すでに遠くまで行ってしまい、たいまつの光は弱くなっていたものの、まだ姿が見えてはいた。ムッシュ・ドゥヴォーの家の隣にある家は暗かった。でも節約のために灯《あか》りを消しただけかもしれない。もっと先には、二つのオレンジ色の窓が暗闇の中に浮かんでいた。

助けて。私はかたかた鳴る歯の奥から、リハーサルでもしているかのように小声で言った。それから、声を張り上げた。その声のけたたましさに、私はぎょっとした。うちの納屋の裏で野ウサギが罠にかかったことがある――こんな小さな動物があれほどすさまじい声を上げられるなんて、普通は想像もできないだろう。二人の男が駆け戻ってきた。それから近くの家の誰かが窓を開けた。じきにムッシュ・ドゥヴォーの家の前に人々が集まってきた。

私は感情的になっていたから質問に答えられなかったのだろうか。それとも答えなくてすむように、そんなふりをしていただけなのだろうか。いまだにどちらの可能性もありうると思える。でも実はふりをするのがうますぎて、ついにはふりなのかそうでないのか、ちがいがわからなくなる人もいるのだ。ファビエンヌは策略を練り、嘘をついたけれど、生まれてこのかたふりをしたことなどなかった。彼女はずっと永遠にありのままだった。私は状況に適応したのだが、適応とふりのちがいはそれほどない。

ドアが開いた。ファビエンヌのブラウスは首のところが裂けていて、アルコールの臭いがした。

彼女は人々を押しのけて、私の腕の中に飛びこんできた。彼女も悲鳴を上げていたけれど、からかうために私のまねをしているのか、それとも私のように本当に我を忘れるほど興奮しているのか、わからなかった。誰かが彼女のために毛布を持ってきた。ファビエンヌは私を引き寄せて二人の肩を毛布で包んだ。それから毛布の下で私の脇を強く突いた。ああ、きっとばかだと思われてるんだな、と私は思った。登場するのが早すぎたから。

ムッシュ・ドゥヴォーはすぐには出てこなかった。でも、村の憲兵《ジャンダルム》（フランスの地方で警察の役割を果たす国家憲兵隊員）であるムッシュ・マイネンを呼びに行っているところだと誰かが叫んだら、ムッシュ・ドゥヴォーが姿を見せた。人々は彼がドアから出てくると、後ずさりした。彼は村で一目置かれている男だった。誰にでも礼儀正しかったし、多くの男たちのように晩に酒場へ行って酔っ払ったりしなかった。彼が自宅でひそかに酒を飲む女みたいな人間だったこと——そのことだけなら人々は許したのではないだろうか。でも、女の子二人に悲鳴を上げさせたとなれば話は別だ。しかも一人は服が裂けている。

ムッシュ・ドゥヴォーは恥じても恐れてもいない様子だった。でも私たちを見たら、彼の血走った目がおだやかになった。私は彼を見て、罠にかかった動物を思い出した。生きるためにむなしく闘った後、檻の隅で身をこごめる。急に恐れなくなったからではなく、恐れても何にもならないからだ。彼の頭のてっぺんの禿げたところが薄い白髪に囲まれているのを見て、彼がこんな目に遭わされるのが気の毒に思えた。マスコミと会見したり写真を撮られたりした経験を、彼に話す暇すらなかった。もし村の誰かが私の旅に本当に関心を持つとしたら、それはムッシュ・ドゥヴォーだろうに。

ファビエンヌと私はムッシュ・マイネンにさほど嘘をつく必要はなかった。彼女と私がムッシュ・ドゥヴォーと親しかったことは、皆が知っていた。村の人々の見立てよりも私には才能があり、それは私がパリに行ったことで裏づけられた、と彼自身が話していたのだ。また彼はファビエンヌを教育し、私に力を貸すことを、自らの責任として引き受けるとも言っていた。そうすれば私たちは二人とも、それぞれの素質に従って世間に踏み出すことができる。私たちは日が暮れた後で一緒に彼の家を訪れるところをよく目にされていた。そして、たいてい一緒に立ち去った。でもその晩は、ムッシュ・ドゥヴォーが私だけを先に帰らせる口実を見つけたのだと、私はムッシュ・マイネンに説明した。でも、ファビエンヌだけを置いていくのはまちがっている気がしたから、戻って彼女に会おうとしたと。

　ムッシュ・ドゥヴォーはジンをくれた、とファビエンヌは言った。そうしたら力が出なくなって、吐き気がした。彼にソファで休むように言われた。ううん、何があったか思い出せない、と彼女は言った。眠りこんだか、意識を失ったかした。そして悪夢を見て、頭の中で悪魔のような声を聞いた。それから、悲鳴が聞こえてきた。君が目を覚ましたときムッシュ・ドゥヴォーはどこにいた、とムッシュ・マイネンから訊かれると、彼女はわからないと答えた。家の中が暗かったので、ムッシュ・ドゥヴォーは死んだと思った。

　私たちがムッシュ・マイネンと話している間、その声が届かないところで、ムッシュ・ドゥヴォーはぐらつく椅子に座っていた。私の記憶では、その椅子はいつも壁際にあった。ムッシュ・マイネンに署まで来るように言われると、彼はそれに従い、私たちを振り返りもせずに行ってしまった。

　さあどうする。私は質問しなくても答えてくれると期待して、ファビエンヌの手を軽くたたいた。

「もう帰っていい？」彼女は周囲の大人たちに向かって顔を上げ、そうたずねた。「くたくただよ」

　いまいくつ、ファビエンヌ？　誰かにそうたずねられ、彼女は十四歳と答えた。誰かがため息をついて、おかしな世の中になってきた、と言った。ファビエンヌの父親には朝になってから話すほうがいい、と彼らは判断した。朝ならさほど酔っていないから、愚かなまねをしそうにない。私の家まで私たちを送っていく、と二人の女がかって出た。

　思いがけない来訪者たちを見に居間に集まった子供たちを、姉たちが黙らせた。大人たちの間で、激しいひそひそ声のやりとりが交わされた。その後は父ですらファビエンヌにやさしくなった。母は私たちのために干し草と古い毛布を台所の隅に敷いた。ジャンの葬式の前夜にこんな騒ぎになったことを、母が恨めしく思っているのがわかった。でも私たちには何も言わなかった。

「何があったの」ようやく二人きりになると、私はファビエンヌにたずねた。「お酒を本当にたくさん飲んだ？」

「あいつはたくさん注いできたよ。だけど、あたしが全部シャツにこぼしたことには気づいてなかった。目がそんなによく見えないからさ。憐れな年寄り」

「本当にあの人にやられたの？」

「ああ、アニエス。あたしはあほじゃないんだよ。ちがう」ファビエンヌは言った。「あたしは先にあいつの話を聞きたいって言ったの。だからあいつ、自分が若い頃どんな男だったかしゃべりまくってた」

「どんな男だったの」

「ばか」

「いまよりばか？」

「夢がたくさんあったって言ってた。詩人になりたかった。旅をしたかった。うたって踊れて詩を書ける美しい女性と結婚したかったってさ。それから、あいつが感傷的になってきた。前にもそうなったところを見たことあるよ。だから酒場に行かないんだろうね。飲むと泣くから」

「それから？」

「それから、あんたがドアをたたき壊しに来たんだよ。あんた、声が聞こえるまで待てって言ったでしょ」

「じゃあ、本当にあの人とやってないんだ」私はほっとして干し草の上にあおむけになった。

「もしあたしがそれを望んでて、あんたがチャンスを台無しにしたとしたらどうすんの。もしもあいつが、本当にあたしを大事に思って愛人にしたがる唯一の男だったとしたら？」

私は頭をもたげたけれど、暗くて彼女の顔は見えなかった。私は目が見えない人のように、指先で頭のてっぺんからあごまで彼女の輪郭をたどった。初めて私は彼女のことを愛していない他人の目に、彼女がどう映るかを想像できた。

「何なの」彼女が言った。「くすぐったいんだけど」

「あたしたち、ムッシュ・ドゥヴォーと関わらなければよかった。本なんて書かなければよかったんだ」と私は言った。

彼女は私の頭をごつんとやった。「このことを次の本に書けるのがわかんないの？」

「このことって――今夜あったこと？」

「当然でしょ。こう考えるんだよ。あたしらの身に起こることは何でも、本に書くまでは現実じゃないって」

「ムッシュ・ドゥヴォーはどうなるのかな。あの人があたしたちの話とちがうことを言ったらどうしよう」私はたずねた。

「どうってことない。何も計画どおりにいかなかったけど、結局は何もかもうまくいったんだよ」

翌日、ジャンが埋葬された。ムッシュ・ドゥヴォーはお昼前に釈放された。ムッシュ・マイネンはファビエンヌの家に行って父親と話をしたが、起こったことも、起こりかねなかったことも教えなかった。彼に酒場で一晩過ごしたあげく、斧《おの》を持ってムッシュ・ドゥヴォーの家に行ってもらいたい人はいない。ムッシュ・マイネンは、ファビエンヌが一緒に暮らせるような女の親戚はいないのかと父親にたずねた。

「もっと年かさの女がいれば、あたしにいい影響を与えるかもしれないって言ってた」その晩二人で墓地に行ったとき、ファビエンヌが話してくれた。私はジャンの墓を見せた。そして土を盛ったばかりのその場所の隣にある石の上に、二人で横たわった。石には私の祖父母の名前が彫られていた。祖父の名前のほうが上にあり、祖母の名前より大きかった。

「お父ちゃんは何て言ってた」

「あたしを預けられる人は誰もいないって」ファビエンヌは答えた。「あたしを失うわけにいかないってさ。あたしがいなくなったら、父ちゃんと兄ちゃんたちの食事は誰が作るの」

「ムッシュ・マイネンがどうして話をしに来たのか、お父ちゃんは訊いてた？」

「酒に手をつける前に話をしても、父ちゃんは酒のことしか考えてない。手をつけた後なら、ほら、後なら、どうなるかわかるでしょ」

「でも誰も親戚はいない？　伯母さんとか、いとことか」と私はたずねた。行くところがどこにもないことを確かめておきたかった。

「きっとよく調べたらいるんだろうけど、そんなこと誰がやるかって。自分で自分の面倒はちゃんとみられる」ファビエンヌは言った。「何。なんでそんな目で見るの。あたしがどこかにやられるほうがいい？」

「ちがうよ。そんなことさせない方法を考えないと。ここへいとこや伯母さんに来てもらって、しばらくいてもらうとか」

ファビエンヌは手の甲で私の顔に触れた。

「何」と私は言った。

「ばからしいことを言うときの大人の顔ってどんな感じなのかよく考えるんだけどさ」彼女は言った。「いまわかった」

「ばからしいことなんて言ってないよ」

「大人みたいな口きいちゃって。肌がごわごわになるよ」

自分の頰に触れたら、なめらかで冷たかった。「パリで書いた手紙。あれ読んだ？」と私は言った。

「あたしが知らないことなんて書いてある？　毎日会ってるのにさ」

私が恐れていたのはそれだった。生まれて初めて書いた手紙だったのに。郵送されなかった手紙は不運なのかもしれない。受取人に差出人を思い出させるために書かれるのだから、手紙は差出人が離れている間に届くべきなのだ。そして手紙に書かれた言葉は、語られる言葉とちがって宙に消えたりしない。でもファビエンヌへの手紙では、こういうことがまるで実現しなかった。彼女は読みもしなかった。

ファビエンヌが私のほうに身を乗り出してきた。「眉毛が寄っちゃってるね。とぼけてたんだよ。

読んだってば」

「ほんと？」

「そう思いたければね。それか、こんろの火が代わりに読んでくれたのかもよ。ムッシュ・ドゥヴォーは生徒を火から作ればいいのにって思わない？　あいつが教えたい詩や哲学を何でも焼き尽くすの」

みじめな気持ちだった。手紙の本当の運命は、永遠にわからない。「一緒にパリに引っ越すこと、どう思う」

「そんなことできると思うの？」

「もちろん。もうそこで何人かと出会ったもの。その人たちのこと好きだし、パリが好き」

どこかでフクロウがホーホーと鳴き、ファビエンヌがホーホーと鳴き返した。彼女は鳥や動物の声をまねるのが上手だった。私は子ヒツジやウシの声を出せなかった。犬みたいに吠えて犬の注意を引くことすらできなかった。

「どこに住むの」フクロウがホーホーと鳴き返してきた後で、ファビエンヌが言った。「そこで何して働くんだよ。街には追えるようなウシやヤギはいないでしょ？　あんたは親に何て言う——パリに行って、ペンで生計を立てるって？　あたしは父ちゃんに何て言うの。工場で働くとか？」

「動物園の飼育係になったらどうかな」

「パリに動物園はいくつあるの」

「知らない。でも、ムッシュ・シャスタンがくれるお金でパリの生活を始めることはできるんじゃないかな。ほかのことは後で解決しよう」

「あたしみたいなこと言うようになってきたね」ファビエンヌは言った。「ただし、あたしが何かを解決しようって言うときには計画がある。あんたはあたしの言い方を憶えただけで、本当に実現させる方法はたいしてわかっちゃいないんだよ」

一週間後にやってきたカメラマンのムッシュ・バザンは、私がパリでマドモアゼル・ボヴラに買ってもらった服を着ているのを見て、がっかりしたようだった。いや、そういうのは求めていない、と彼は言い、学校の制服に着替えるように指示した。それから、学校を見せてほしいと頼んできた。校長のマダム・ロワゼルはムッシュ・バザンをあたたかく迎え、わが校が少女作家を誕生させたことをおおいなる名誉と考えていると話した。校長は最近、私にあたたかい態度で接するようになった。でも以前はたいして私に注目していなかったのだ。私は先生たちにへつらったことも、面倒を起こしたこともなかったから。でもいまや無個性で印象の薄い生徒ではなくなった。心の中では、注目を浴びて楽しんでいた。といってもあいかわらず目を伏せ、つつましくほほえむようにしていたけれど。

ムッシュ・バザンは、学校で私にポーズをとらせて数枚写真を撮った。それで私は本を何冊か胸に抱いて校門の近くに立ったり、席に座って両手にあごをのせたり、平行棒に逆さまにぶら下がったり、開いた本——私の本——を持って校庭を歩いたりした。できあがった本を目にしたのはそれが初めてだったけれど、じっくり見る暇もなくムッシュ・バザンにとり上げられ、もっとこの土地らしい背景で撮るために農場へ戻ろうと言われた。

その頃には噂が広がっていたので、幼い子供の集団が寄ってきてムッシュ・バザンに質問をしたり、写真を撮ってくれとしつこくせがんだりした。ジョリーヌのアメリカ人のボーイフレンドは、訪ねてくるときいつもチューインガムやチョコレートなどを用意していたものだが、ムッシュ・バザンは傍観している大人たちに助けを求めなければならなかった。すると大人の一人がムッシュ・マイネンを呼び出して、子供たちを取り締まってもらった。

　母が堆肥や泥の中を歩くためのゴム長靴をムッシュ・バザンに渡した。そして私と校庭を歩きまわったせいで埃だらけになった彼の革靴を、家の清潔なところに置いた。私は制服を脱いで、かつて母のものだった濃い灰色のオーバーオールの仕事着に着替え、ぶかぶかのゴム長靴をはいた。私はみっともない気がして、どうしてこんな恰好をしなければならないのか、ムッシュ・バザンにたずねた。

「読者たちに、君の日常の姿を覗《のぞ》かせてあげたいんだよ」と彼は答えた。

「農民の娘の？」

「桁《けた》はずれの才能と輝かしい未来を持った、農民の娘のね」

「輝かしい未来があるって本当に思う、ムッシュ・バザン？」

「新たに得た名声を君がどう利用するかにかかってるけど、そうだね。そこらの子供よりいい未来が待ってる」

「パリに行ったら、そこで生計を立てられるかな？」

「しかし君、いくつかな。まだ十四歳じゃないか？」

「うん」と私は言った。

「パリに働きに出ようと考えるには、若すぎると思わない？」

「ここにいて、どうやって名声を利用するの。あなたが来てあたしをスターにしたことなんて、明日になれば皆忘れちゃう。ウシやヤギやミツバチやキャベツのことが気になって。ここじゃ誰もあたしの本を読まないの」

　ムッシュ・バザンは首を振り、僕は進路について助言できる立場にない、と言った。そして、ムッシュ・シャスタンに相談するよう勧めた。

　ムッシュ・バザンの指示でカメラのレンズに向かってほほえみながら、ふすまを一握りニワトリに投げてやった。それから納屋の床に座って、二匹の子ヤギを抱いた。子ヤギはこれほど接近されるのに慣れていなかったのだけれど、子ヤギが抵抗してもムッシュ・バザンは動じなかった。子ヤギをもっときつく抱いて、にっこりして、話しかけて、またにっこり、と言い続けた。ブタの食事の時間ではなかったけれど、私は餌入れに餌を流しこんだ。ウサギ小屋からウサギを一羽出して、その毛皮に顔を埋めた。井戸から水を汲み上げた。物干し綱にシーツを干した。菜園の雑草を抜き、今季最後の豆を籠に収穫した。この二時間の間に普段の一日分よりたくさんの仕事をしたのだ。ばかを見た気分だった。

　ムッシュ・バザンは父の自転車を見つけ、それに乗って道を走ってくれないかと言った。でも自転車に触ることは父から禁じられていた。これは彼の宝物だ。忙しくない日の父は自転車を逆さまにし、オイルに浸したぼろ布で車輪の輻《や》を含め部品全部をぴかぴかの新品に見えるまで拭き上げるのが好きだった。

　乗り方がわからないと私は答えた。するとムッシュ・バザンは自転車を納屋の裏まで押していくように言った。それから恐いもの知らずでついてきて、泥のような堆肥に足を突っこんだ。ちょうど便利なものが、と彼は言い、自転車の車輪や輻で靴底の泥をこすり落とした。それで自転車が安物みたいになった。私は父が激怒しないよう祈った。でも私が得た名声のおかげで救われるかもしれない。ムッシュ・バザンが現れたら、母やほかの大人たちのように父も敬意を示したのだ。

私はムッシュ・バザンの指示どおり自転車にまたがり、片方の足をペダルにかけ、もう片方の足を地面につけた。バランスをとるのが下手で二、三度落ちそうになったら、ムッシュ・バザンが片手でカメラを握りながら、もう片方の手で支えてくれた。そのやさしげな手からは想像できないほどしっかりつかんできたけれど、悪意はいっさい感じられなかった。

彼がようやく成果に満足すると、私たちは自転車を家の近くの置き場所に戻した。私は木から手にいっぱい葉をちぎってきて、できるだけ泥を拭い取ろうとした。ムッシュ・バザンはおもしろがるような目で見つめていたが、数分たつと、撮影を続けようと言った。「ほかにどんなものを見せられる？　ここの日常生活をよく表すようなものはあるかな？」と彼はたずねた。

「ウシの写真を撮る？」と私は訊いた。

「うん。でもウシは見かけないね」

「うちにはいないの。親は畑が忙しいから。でも友達がウシを飼ってる。その子を見つけに行こうよ」

前の晩、パリのカメラマンが明日来ると念押ししても、ファビエンヌが一緒にいたいと言わなかったのでがっかりした。「その人が来たら、姿をちらっと見てみたくない？　本を書くにはできるだけいろんな経験をしたほうがいいって言ってたじゃない」

「あたしのウシとヤギはどうなるの」と彼女は答えた。

ファビエンヌは、私が提案することをしたくないときはいつも動物の世話で忙しいと言う。でも草地まで動物たちを連れていき、何時間も川べりに寝そべっているだけなのを私は知っていた。私がそばにいないとき、彼女は何を考えているのだろう。一度もこの質問をしようと思わなかったことに、私ははっとした。そのときまで私の生活は二つに分かれていた。ファビエンヌと一緒にいる時間。それと、残りの時間——この時間に起こることは重要だと思えなかった。学校も家も、ただ耐えるためだけにあった。ファビエンヌのそばにいられないのだから。でも彼女の生活はもっと連続したものだった。彼女も私がそばにいる時間といない時間を区別し、私と離れるのは耐えがたいことだと考えていないかぎりは。私がずうずうしくもそれを望んでいたか？　ありえない。

「その人に会えたらよくない？　パリに引っ越す手助けをしてくれるんじゃないかな？」私はたずねた。

「手助けなんて誰にもできないよ。それに、あたしは欲しいものを手に入れるのに誰の助けもいらない」

ファビエンヌの言うことはまちがっていた。彼女が何を求めようと、私がいつもそばにいて助けていた。でも私はこのことを口にしなかったし、ムッシュ・ドゥヴォーが私たちを助けるどころか多くを実現させてくれたことも言わなかった。あの晩からファビエンヌと私は彼の話をしなくなった。晩に一緒に出かけるときは、彼の家に通じる小道を避けた。ムッシュ・ドゥヴォーが犯罪をおかしたかどうか、ムッシュ・マイネンは結論を下せなかったと両親が話していた。それでも、村にとって醜聞《しゅうぶん》になるようなまねをしたことに変わりはない。じきに出ていくだろうね、と両親は言った。どこへ、と私がたずねると、わからないとのことだった。この知らせをファビエンヌに伝えたら、彼女はただうなずき、そうなると思ってた、と言った。

「本を読んだ？」ムッシュ・バザンを連れて会いに行ったら、ファビエンヌが彼に問いかけた。彼女は岩の上に座っていて、私たちが近づいても立ち上がらなかった。ムッシュ・バザンに無礼だと思われるかなと考えたけれど、彼は思ったとしても、そんなそぶりは見せなかった。

ムッシュ・バザンは、読んだとも、と答えた。だから撮影しに村までやってきたんだ。

「全部本のとおりかどうか知りたかったから？」とファビエンヌはたずねた。

「写真を公開すればアニエスに大きな恩恵がもたらされるんだよ」と彼は言った。

「本にじゃなくて？」

「もちろん本の後押しにもなる。写真があると物語の状況がわかりやすい」

「本は気に入った？」

ムッシュ・バザンは私をちらっと見て、うんと言った。

ファビエンヌはムッシュ・バザンに本を持っていないかたずねた。彼は小道具として持ってきた本を彼女に渡した。ムッシュ・シャスタンは何冊か送ると約束していたのに、私のところには届いていなかった。ファビエンヌと話し合ったほうがいいかなと私は考えた。ムッシュ・ドゥヴォーがパリから来た小包を燃やしてしまったと思うか、知りたかった。

彼女は本の表紙をじっと見た。「なんでムッシュ・ドゥヴォーの名前も表紙にのってるの」彼女はたずねた。

彼女の肩越しに私も見た。『幸せな子供たち《レ・ザンファン・ウールー》』という本の題名とアニエス・モローという私の名前が、一緒に青い長方形の枠に囲まれていた。その下に、小さい字でこんな一行が書かれていた。〝モーリス・ドゥヴォーが収集した物語《ルスィ・レクイー・パル・モーリス・ドゥヴォー》〟。さっき本を手にポーズをとったときは、表紙をよく見ようとも思わなかった。

「ムッシュ・ドゥヴォーが手助けする役割を演じたんだろうね」とムッシュ・バザンが言った。

「あいつは自分を偉く見せようとするんだよ。男っていつもそう」ファビエンヌが言った。

ムッシュ・バザンはファビエンヌを見ていたものの何も言わず、ついてくるよう私に合図した。彼がファビエンヌを気に入っていないのがわかった。気に入る人はあまりいない。村の大人たちは、彼女のことを礼儀知らずで攻撃的だと思っていた。でも面と向かって問いただすのは避けていた。彼女はニワトリや幼い子供はおろか、自衛できそうな犬にまで無慈悲ないたずらをしかけることで知られていたのだ。私は、パリから来た人にはファビエンヌをちがう目で見てほしかった。でもムッシュ・バザンの目に映る彼女は、田舎の生意気な女の子にすぎないのがわかった。しかも美人ですらない。どう思われようと彼女が気にしないのはわかっていたけれど、本の表紙に彼女の名前を入れないことにしたのは正しかったのだと気づいた。彼女はパリで、私の半分もうまくやれないだろう。

ウシは無関心だったので、ムッシュ・バザンはウシと一緒にいる私の姿を順調に撮影できた。ファビエンヌのところに戻ると、彼は彼女の協力に礼を述べた。「この序文は何を言いたいのか教えてくれない？」とファビエンヌがムッシュ・バザンに頼んだ。私たちが撮影をしている間に、本を読んでいたのだ。

「ムッシュ・シャスタンの憶え書きにすぎないよ。彼がアニエスをどのように見出したかが書かれてる。ムッシュ・ドゥヴォーの助けを借りてね」

「うん。ここにそう書いてある」ファビエンヌは言った。「字は読めるよ。あたしが訊いてるのはさ、作家がどう見出されたかを書いた序文なんて、どの本にも入ってるものなの？」

「いいや」ムッシュ・バザンが言った。「でもこれは特殊なケースだからね。当然ながら皆が疑問を持つ。アニエスが本を書いたことが疑われているわけじゃないけど、ムッシュ・ドゥヴォーがどう力を貸したか説明すれば、信用が増すんだよ」

「信用が増す？」ファビエンヌが言った。「何が信用できないっていうの」

「普通とはちがうできごとが起こると、人は説明や保証を欲しがるものなんだ。そして君の友人のアニエスは、普通じゃない本を書いたんだ」

ファビエンヌの質問が、ムッシュ・バザンをいらだたせるのではないかと心配だった。そして私が好きになることにした人々が、ファビエンヌにまるで好ましさを感じないかもしれないことに、そのときになって気づいた。

「たとえばね」ムッシュ・バザンは話を続けた。「本を書いて出版するという考えを、若い農民の女の子がなぜ思いついたんだろうと皆思うかもしれない。序文はそれに答えている。アニエスの潜在能力に気づいたのはムッシュ・ドゥヴォーだった。あるいは皆、文章のどれぐらいがムッシュ・ドゥヴォーの功績なんだろうと思うかもしれない。序文はそれも説明している。彼が文法には助言をしたが、言葉や文章はアニエス自身のものだとね。こういうことのすべてが本の成功を確実にするいい手段だということが、わかったかな？」

ファビエンヌはすぐには返事をしなかった。彼女は序文にちょっと目をやってから、私に言った。

「どれだけうまく書けるかテストされたなんて、言わなかったじゃない」

私はファビエンヌから本を奪いとった。彼女が序文の最後のページを指さした。そこにあったのは、ムッシュ・シャスタンのオフィスを訪れたときに私が書いた一節だった。その下に、彼はこう書いていた。執筆の腕前を直接テストしたら満足できた。そして二十分もかけずに書かれた一節は、読者が文学の神童を迎えることになる確かな証拠だと確信した。

「ああ、言うの忘れてた」と私は言った。

「忘れてた？」

彼女がムッシュ・バザンの前で意地悪なことを言うんじゃないかと恐かった。でも彼は数歩離れたところへ移動して、ツリガネソウの花房の写真を撮っていた。

ファビエンヌはムッシュ・バザンのほうを向いて、私たちを一緒に撮影してくれないかと頼んだ。

「どうして」と私はたずねた。何か考えを変えたのかと思ったのだ。

「二人で写真を撮ってもらったことないじゃない」と彼女は言った。

ムッシュ・バザンは私たちを菩提樹に寄りかからせた。私は胸の前で腕を組み、彼女は両手を私の両肩に置いた。私の顔を自分のほうへ向けようとでもしているみたいに。


本は十月に出版された。ムッシュ・シャスタンは私をもっと多くのマスコミ関係者と会見させるため、パリへの旅をまた手配した。その旅の間に、パリでファビエンヌと暮らすのは思ったほど簡単ではないことがわかってきた。少なくとも、もうちょっと年をとるまでは。ムッシュ・シャスタンの助手のマドモアゼル・ボヴラに出版社の職をどうやって見つけたのかたずねたら、彼女の話にがっかりさせられた。どんな勤め口であれ、マドモアゼル・ボヴラのおじさんみたいに推薦してくれるようなつては、私たちにはなかったから。

ムッシュ・ドゥヴォーがサン・レミから出ていったと聞いて、ムッシュ・シャスタンはちょっとびっくりしていた。転居の知らせは届いていない、と彼は言った。

「あの人がどうして必要なの。手紙なら私に書いて」と私は言った。

「問題は、君が彼を必要としているかどうかだ」とムッシュ・シャスタンは言った。

「本を書くのにあの人が必要か？　ううん、ぜんぜん」

「夏に会ったときに君が話していた本だけど。書き終えたかい？」

「うん」と私は答えた。

「一人で書いたの？　ムッシュ・ドゥヴォーは読んだ？」

私はどう答えるか思案した。「あの人はところどころ読んだけど、全部じゃなかった」それは必ずしも嘘ではなかった。ファビエンヌはまだ本の結末を語っていなかった。

「読んだ部分について何か言ってたかい？　何か意見を述べていた？」

「上達してるって言ってた」と私は言った。

「それから？」

「それだけ。あの、ムッシュ・シャスタン、本は村の郵便局長の話なの」

彼が好奇心をそそられたのが伝わってきた。きれいなノートに書き写したら、すぐに送ると約束した。

「ムッシュ・ドゥヴォーはほかのことでも助けてくれただろ。いまはまだ、君が仕事の意思決定をするときに監督や助言を与える大人がいてほしい。そういう助力をくれる人に、誰か心当たりはないかな？　たとえば、ご両親とか」ムッシュ・シャスタンはそう言ったけれど、気を遣って言っているだけだと私は思った。彼は両親に会ったことがある。両親が役に立つとは思っていないだろう。

「ムッシュ・バザンに監督してもらえる？」

「カメラマンのことかい？　いや、とんでもない！」とムッシュ・シャスタンは言った。

「あたしはいくつになったら自分のことを自分でやれるようになるの？」と私は訊いた。

「この件はもっと話し合おう。いまここで決めなくていい」

故郷に戻ってから、ムッシュ・シャスタンが次の本をやたら見たがっているとファビエンヌに話した。正直言って私は、若い郵便局長と妹の親友の恋物語がおもしろいのかどうかわからなかった。でもファビエンヌは、二人で書いたものに自信を持っているようだった。

「いつになったら本を書き終えるのかな」私はファビエンヌにたずねた。

「来週。もう一つ解決しなきゃいけないことがあって、それがすんだら本は完成だよ」

「これで終わりかっていう意味で言ったんだよ。この本が終わったら、もう本は書かないんだよね？」

「えっ、やりたくないの？」

「これがパリに引っ越すのにどう役に立つのかわからない」と私は言った。

「あんたにわかるわけないでしょ」

「じゃ、あなたにはわかるの？」

「あたしにわかってるのはさ、いま書くのをやめたら、パリには絶対行けないってことだよ。あのね、これはゲームみたいなものなの。ゲームはいつ終わるかわかんないよ。でも始めちゃったしさ、いまのところほかにやれるゲームはないでしょ。だから、このゲームを続けたほうがいい」

これほど長く続けたゲームはなかった。いつもはファビエンヌが辛抱できなくなるのだ。

『幸せな子供たち《レ・ザンファン・ウールー》』で得た現金は——ムッシュ・ドゥヴォーが報酬をファビエンヌと私に半分ずつ分けたので、半額になった私の分は——両親に渡した。両親が喜んだのはわかったものの、この喜びは変化をもたらすほどではなかった。年をとるとやかましくて気難しくなる人もいるけれど、ジャンが死んで一晩で年老いた両親は、しなびてうち沈み、何をするのものろくなったように見えた。学校では、先生たちから前よりちょっと敬意を払われている気がした。私の本やパリへの旅のことをたずねてくる女の子もいた。もし私がちがう人間だったら、この機会を利用して友達を作ったり、学校生活の小さな社会で有利な立場をつかんだりしただろう。でも私は何も変える意味はないと思った。いいかげんにしか親しくしなかったのに、私以外には目もくれないジュヌヴィエーヴからは、私が作家になったものだからお高くとまるようになった、と一部の女の子たちが話していることを知らされた。

一週間後、ムッシュ・シャスタンから手紙が届いた。『幸せな子供たち《レ・ザンファン・ウールー》』が英語に翻訳され、イギリスとアメリカで来春刊行されるという。私は手紙をファビエンヌに見せた。「これってあたしたちの助けになると思う？」と私はたずねた。

「何だって助けになるよ」とファビエンヌは答えた。

「いつかアメリカに行こうか」

「何のために」

「そこで仕事を見つけよう。それで、一緒に暮らそうよ」

「あたしら二人きりで？」

「そう。ほかの人は必要ないじゃない？」

ファビエンヌは不思議そうな顔で私を見た。からかっていたり、侮辱していたり、見下しながらも愛情がこもっていたりする、いつもの表情とはちがっていた。私は彼女の顔に浮かぶ表情のすべてを知っていた。同じように、彼女は私の頭に浮かぶ考えのすべてを知っていた。でもいま、彼女の目は別の何かを露《あら》わにしていた。警戒。不信。敵意までも。

「本気で言ってるんだよ。夫や子供は欲しくないでしょう？」

「あんたの夢はでっかいね」と彼女は言った。

私は首を振って言った。本を書くゲームは彼女が考え出したことで、私はただ従っているだけ。彼女がしてほしいことは何でもする。

「そういう意味じゃないよ。やることには何にでも理由があるとあんたは思ってる。あたしたちがすることは何でも後になって役立つって。しかも、いま起こっていることは全部、将来のいいことにつながるって思ってる」

「あたしがそう考えてる？」と私は言った。私はしょっちゅう、自分が何を考えているか彼女に教えてもらう必要があった。

「ほとんどの人がそんなふうに思ってる」と彼女は言った。その言葉の悪意のなさが、いつもとちがっていた。ファビエンヌは病気になったわけではないし、めったに疲れを感じない人だった。でもその声には、疲れた人や病気の人を思わせる何かがあった。

「あたしはほとんどの人みたいなの？」

「ほとんどの人みたいで何も問題ないよ。でも、あたしはさ」彼女は言った。「あたしは頭の中に大きな目的があってやってるわけじゃない」

「じゃあ、何のためにやってるの」

ファビエンヌはけがをした鳥の首をひねる前に、その鳥を見るような目つきで私を見た。生まれてこのかた、誰からもそんな慈悲の目で見られたことはなかった。「わかってないんだね」と彼女は言った。

「じゃ教えてよ」私はせがんだ。「あたしは何をわかってないの」

「あんたの問題はさ、あんまり考えないし、感じもしないこと。だから簡単におもしろがって、満足しちゃう」

「あたしがあんまり考えないのは、あなたが考えてくれるからだよ」と私は言った。

「そのとおり。あたしは二人のために考えてもかまわないけどさ、あんたはあたしのために何をしてくれるの」ファビエンヌは言った。

彼女がしろと言ったことは何でもしてきたじゃないか、と私は思った。彼女はポケットから折りたたみナイフを取り出した。「目を閉じて」と言われ、私は目を閉じた。すると彼女が私の左腕をつかんで、袖をひじまでまくりあげるのを感じた。「目を開けちゃだめだよ」と彼女は言った。

前腕に、何か鋭いものが突き立てられるのを感じた。私はまだ声を出してもいないのに、彼女にしっと黙らせられた。血管を切り開くつもりじゃないかと私は思った。「何を感じる」と彼女が訊いた。

「ナイフ」

彼女はナイフの先端を押しつけ、腕に沿って引いた。「これは？　痛い？」

「ちょっとね」

彼女は私の腕を放し、まだ目を閉じておくように言った。「いまは何を感じる」

「何も感じない」

彼女は目を開けるように言った。無傷の腕の隣に、彼女の腕が並んでいた。赤い切り傷が手首まで続き、血がにじみ出ている。切った痕が、妙に見事だった。

「感じられないでしょ？　確かにあたしは二人のために考えることはできるけど、もう一つのほうは、あんたにできる？　あたしら二人のために感じるなんてこと？　できない。これは――」彼女は親指で傷口を拭い、それから袖を下ろした。「これは、あんたがあたしらのために感じることはできないって証拠」

もし私の腕が切られても、彼女も私の痛みを感じることはできない。でも、私は黙っていた。ファビエンヌはナイフをたたんで、ポケットの中に戻した。彼女は特別なことなど何もなかったかのように声色を変え、恋物語の結末を全部思いついた、と告げた。

それまでに書いた内容からして、きっと郵便局員はついに恋人の心をつかむのだと私は思いこんでいた。ところが、ファビエンヌの計画はちがった。女の子は若者を拒み、あなたには何も感じない、と言った。彼は、いやそんなはずはない、二人の間には特別な何かがあると思う、と言った。でも女の子は、人間が二人いれば必ず何かはあるものだわ、と答え、だけどそれが何だろうと妹さんのしわざにすぎないの、と説明した。彼がどういう意味かたずねると、彼女は答えた。自分の妹に聞いてちょうだい。

そこで郵便局員が妹のもとへ行ったところ、彼女はこう言った。男は心を粉々に砕かれる経験をしたほうがいいけれど、それは一度きりでいい。それなら信頼できる人に砕いてもらうのがいちばんだと思った。これからは世間に出て、心を砕くほうの人間になればいい。私と親友があなたのためにできることは、このぐらいしかない。

「すっごい変な終わり方」と私は言った。

「変に思えるのは単にさ、普通は恋に落ちてほしいと思うものだからなんだよ」ファビエンヌは言った。「憶えておかなきゃいけないのはね、人に求めてるものを与えちゃいけないってこと」

「それって、あたしたちも求めてるものをお互いに与えちゃいけないってこと？」

彼女は私の横面に張り手を食らわそうとするような仕草をした。「究極のあほだね。あたしらはちがうに決まってるでしょ。あんたとあたしは、まるで……」

「双子？」彼女が言い終えないうちに私が口を出した。「一体？」

「ちがうよ。あんたとあたしは、まるで昼と夜」

「どういう意味」

「昼でも夜でもない時間なんてある？」ファビエンヌは言った。「ないでしょ。だからほら、あんたとあたしが一緒にいれば、時間を全部占拠できる。あたしらの間にすべてがあるの」


『幸せな子供たち《レ・ザンファン・ウールー》』はイギリスではまだ刊行されていないというのに、おかしなことがあった。ロンドンからミセス・タウンゼンドとかいう人が手紙を送ってきて、私の作品に敬服しており、ついては十二月前半に訪ねていきたいと持ちかけてきたのだ。手紙はムッシュ・シャスタンのもとに届けられ、彼が自分の手紙を添えて私に転送してくれた。フランス語版が刊行されたときにミセス・タウンゼンドが連絡をとってきて、その後パリで会ったとのことだった。彼の手紙によれば、二人で私の将来について話し合ったとき、ミセス・タウンゼンドが賢明な提案をしたという。彼は立場上、彼女の計画を明かすことも、私に代わって決断を下すこともできないので、私の家族との細かい調整はミセス・タウンゼンドにゆだねる。とはいえ、と彼は書いていた。彼女の提案におおいに賛成だ。文末で彼は、私が送る約束をしていた小説を書き終えたかどうかたずねていた。

「まだ送ってないの？」ファビエンヌが言った。「昨日送ったと思ってたよ」

私はできるだけきれいな字で本を書き写し終えていた。ファビエンヌによって、妙な題名がつけられた。『郵便配達される心《ル・クール・ダン・ラ・ポスト》』。私にはこの題名が理解できなかった。彼女は誰の心を思い浮かべたのだろう——若い郵便局員、それとも女の子二人のどちらか？ファビエンヌは本を送るように私に言い、次にどんなものを書くか話し始めていた。でも昨日、私は郵便局に行かない口実を見つけた。新しい郵便局員はムッシュ・ドゥヴォーよりも若い男で（でも私たちが本で生み出した男ほど若くもハンサムでもない）、愛想もよかったけれど、私は郵便局に行くと思うだけで疲れを感じた。私は彼と会話をせざるをえないし、彼はよけいな質問をしなくても、宛先を目にする。それで、あっというまに村中の人々が小包の中身を知ることになる。本を書くことがゲームだというなら、ファビエンヌと私だけでやりたかった。そうでないと校庭でやるゲームみたいに、いずれはほかの人たちから自分も参加できると思われてしまう。

「今日送る。ムッシュ・シャスタンの手紙に返事も書く」と私は言った。

「ちょっと。口のきき方がおかしいんだけど。どうしちゃったの」

「いつになったら終わるの、これ」

「心配いらないよ。永遠にやるわけじゃない。少なくともしばらくの間だけ。もっとおもしろいこと、見つかってないでしょ？」

ミセス・タウンゼンドは背が高いわけではなかったけれど、大きくそびえ立つような印象を相手に与えた。パーマをあてた髪が鋼のように硬いので、どうやって首を傷つけずに心地よく眠れるのか不思議だった。注文仕立てのスーツと近寄りがたいようなハイヒールの靴はパリなら場違いではなかっただろう。でも、ここサン・レミでは歴史の授業で教わった、宮廷に仕える廷臣みたいに見えた——彼らが重んじられるのは、こういう隙のない雰囲気をまとっているからというだけだ。彼女は一連の真珠のネックレスもつけていたけれど、後に彼女のことをもっと知ってからは、柔らかな色合いを持つこの真珠が、彼女が身につけるととげとげしい冷たさを帯びるようになるとたびたび思った。何を身につけても、とげとげしくて冷たく見えてしまうのだ。ミセス・タウンゼンドは、どういうわけでそう感じるかわからなくても、認めてもらわなければと感じさせるタイプの人だった。慈悲深くはなかったものの、不正なことはしなかった。神も、こんな感じなのかもしれない。

　彼女は午後早い時間にやってきた。でも私は知らされないまま、学校が引ける頃になって先生から、お母さんがここに来て、授業が終わったらすぐ家に戻るように言っていた、と伝えられた。そのときにはもうミセス・タウンゼンドが、提案を受け入れるよう両親を説得ずみだった。私はイギリスに行って、彼女の学校に通うことになっていた。彼女によればその学校は、世界中から集《つど》う若い英才の女子を教育する名門だとのことだった。私がその学校へ通うには、一年間は完全に彼女の監督下に身を置き、帰省しないことが条件になっていた。ミセス・タウンゼンドの説明では、こうすれば学校から最大の恩恵を得ることが確実になるという。「あなたはうちの最年少の生徒になるわ」と彼女は私に言い、ほとんどの女の子はそこで一年過ごしてから社交界に出るのだと説明した。「でも、そのほうがあなたのためになるのよ。尊敬できる年上の女の子たちがいるんだから。もちろんフランス語以外の全教科で後れをとっているでしょう。これもまた、あなたができるだけ早く適切な指導のもとに置かれるべき理由よ」

私たちは食卓の席についていた。私が片側に、両親とミセス・タウンゼンドがもう片側に座っていた。ミセス・タウンゼンドが話をする間、父は食卓の木目をじっと眺めている様子だったけれど、しかるべきときには同意してうなずいた。母は目の焦点が定まっていないようだった。

「でもうちにはそんな余裕がないじゃない」両親が反対しないので、私はそう言った。

「それはあなたが心配することじゃないの」とミセス・タウンゼンドは言った。ご両親にもお話をしたとおり、あなたの後援者を何人か確保してある、と彼女は明かした。

「でも、どうして」

「なぜ後援者があなたの教育に投資をするのか。それは、あなたが特別な女の子だということを自ら証明したからよ」

彼女の断固とした声で賞賛されると、告発でもされている感じがした。そして私は自分を弁護することを何も言えないのだ。「学校へ行くのはいつがいいんですか」と私はたずねた。

「新年が明けたらすぐ。ここで時間を浪費する理由は見つからないでしょ、アニエス。機会がめぐってきたらどうするかは、誰より自分が心得ていなければ」と彼女は言った。パリの出版社からは全面的な支持を得ている、と彼女はたたみかけ、仕事に関わる部分では、私に大人の指導が必要だとムッシュ・シャスタンと話し合ったことを付け加えた。「ムッシュ・ドゥヴォーにはもうこのような務めをお願いできないものと承知しているわ。そこで、もちろん私が尽力させていただくとムッシュ・シャスタンに申し出たの。私なら何かとうまくあなたを支えられるだろうってご賛同いただいたのよ。あら、納得できない様子ね」

「学校に行くのは一月ってことですか？」

「先延ばしにする理由なんてないでしょう？」ミセス・タウンゼンドは言った。私がパリに行けるように手配するので、パリで落ち合い、それから一緒にロンドンに向かうことになると彼女は話した。「あまりたくさん荷物を持ってくる必要はないのよ。ロンドンに行ったら、まずあなたの買い物をするから。それと」——彼女は私の髪を眺めた——「ウッズウェイへ行く前に美容院に行きましょう」

じきにちっとも私らしくなくなる、と思った。

「そのうち私に感謝するわ」ミセス・タウンゼンドは言った。「どれだけ自分が幸運か、わかっているのかしら」

「あたしがイギリスに行きたくなかったらどうする」その晩、私はファビエンヌにたずねた。

「だったら皆にばかだと思われるよ」と彼女は言った。

でも、皆にどう思われるかなんて私が気にするはずもない。私にとって重要なのはたった一人の意見だけであり、そのファビエンヌの前で自分の愚かさを隠したことがないのだ。「どうして行かなきゃいけないのかわからない。英語も話せないのに」

「きっと話せるって」ファビエンヌは言った。「〝やあ。元気？ 神かけて君は素敵だ。煙が目にしみるぜ、かわいこちゃん〟」これは、ジョリーヌのボーイフレンドのあとをつけたときに私たちが憶えた英語の言い回しだった。

「〝ラッキーストライク、一《ユンヌ》つくれ！〟」

「〝ラッキーストライク、一《ア》つくれ！〟」ファビエンヌが英語に修正した。「アメリカに行きたいなら、英語を学ばなきゃだめじゃない」

「まずアメリカに行って、そこで英語を学んだらいい」

「なんでいまやっちゃだめなの。英語の学校に行くことの何がそんなにいけないのかわかんない」

「帰省も許されないんだよ」と私は言った。

「その女はあんたの旅費によけいなお金を遣いたくないのかもね」

私はちょっと考えた。「わかった。親にお金くれって頼んでみる。少しはくれるはずだよ。あたしは本でもらったお金を全部あげたんだから」

ファビエンヌは首を振った。「ほかにもわけがあるかも」

「どんな」

「なんであたしにわかるの。もう帰ろう。寒いよ」

それほど遅くも寒くもなかったし、月のない暗い空や、葉が落ちた枝の間を吹き抜ける風は私たちの仲間だった。私はファビエンヌに追いついたけれど、半歩後ろについた。顔を見るのが恐かったからだ。

「あたしが行きたくないのはわかってるでしょ」私は訴えるような声で言った。彼女を説得して共感してもらえたら、勇気を出してミセス・タウンゼンドにやめると言うのだ。

「行かなきゃだめ」と彼女は言った。

「あたしに行ってほしいの？」と私はたずねた。

彼女は足を止めて靴を片方脱ぎ、木の幹に打ちつけた。小石が入ってうっとうしいのかなと私は思った。彼女は黙っていた。

「あなたが行ってほしいなら、行く。だけど、行くとしても二人のためにそうするんだってこと、知っておいて」私は言った。

「なんでそうなるの。あんたがイギリスの学校に行って、あたしに何の得があるわけ」

「じゃあミセス・タウンゼンドに手紙を書いて、気が変わったって言う」

「もう、ばかなこと言うのやめなよ。あんたがイギリスに行かないことにして、あたしに何の得があるんだよ」

私はどう答えればいいかわからなかった。

「あんたはその学校に行ったら、本を書く？」

「あたしだけで？」と私は言った。彼女の古いマフラーをはずして、足で踏みつけたい衝動にかられた。「何もかもあなたがしたことなんだよ。こんな窮地《きゅうち》にあたしを追いこんで」

「楽しい窮地じゃない」ファビエンヌは言った。「それって、あたしらがいちばん得意なことだよね？」

「それはあなたが得意なこと」と私は言った。こんな状況は楽しくなんかない、と思った。引っ越さなければならなくなったムッシュ・ドゥヴォーは、楽しい窮地だなんて思わないだろう。この村でずっと暮らしていた彼のハトでさえ、新居をわが家だと思うよう学習しなければならなくなった。ファビエンヌが何でもゲームにするのが好きなのはずっと知っている。でも私はただ彼女を見守ったり励ましたりしながら、そばにいたいだけだ。

「そんなにへそを曲げないで」彼女は両手で私の顔を上げさせた。「これはきっと大冒険になるよ」

私だけで？　ファビエンヌがいなかったら、いいことなんて何もない。でも彼女にそう言うときですら、かすかな居心地の悪さを感じていた。完全に正直なことを言っているわけではなかった。

「お互いに手紙を書けばいいじゃない。あたしらが心を郵便配達させるようなもんだね」彼女は言った。

私はほほえんだ。その晩、初めて慰めになるようなことを言われた。

「ほんとに、向こうに着いたら何でも全部書いて送らなきゃだめだよ。次の本に使えるから」

「あなたも手紙を書くって約束してくれる？」

ファビエンヌは私を黙らせる仕草をした。彼女は頭の中で何かを考え出すところだとわからせたいとき、よくそうした。「手紙は書くよ」しばらくして彼女は言った。「でもあんたにはジャックからも手紙が届くからね」

「ジャックって誰」

「あんたのボーイフレンド」と彼女は言った。

私はかつてなく愚かに見えたにちがいない。ファビエンヌがあきれたように高笑いした。「ああ、アニエス。頭を使いなよ。ジャックはあたしなんだよ」と彼女は言った。

「それでもあなたは自分として手紙を書くの？」

「ファビエンヌとしても、ジャックとしても書く」

「どうして二人として書きたいの」

「二人はいつだって一人よりいい。おもしろくなるもん。ファビエンヌとジャックの両方がそれぞれ、あんたにちがうことを書く」

ファビエンヌが手紙にどんなことを書くか、私は想像した。私は村のことをよく知っている。村人のことも動物のことも。ここでは何も起こらないのに、どうやって二通も手紙を書けるのか不思議だった。「二人がどっちもあなただったら、あたしは二人にどんなふうに書くの」

「それはあんたが考えなよ」ファビエンヌは言った「火の中に飛びこめって言われたような顔しないで。そんなに難しいことじゃないからさ」

「だけど……」私は口ごもった。「あなたがいないと淋しくなる」

「たったの一年でしょ。一晩寝たらぱっと終わるような感じだよ」

「うん」と私はけなげに言った。失望していることを悟られたくなかった。私がいなくなっても彼女が淋しがらないことは、とうに覚悟していた。それでも、彼女が一度でいいから嘘をついて、優しくて愛情のこもった言葉をかけてくれたら、もっと素敵なんじゃないだろうか。

親愛なる《モン・シェール》ジャックへ
　パリでこれを書いています。オステルリッツ駅に着いたとたん、いつかあなたも同じ旅をして、高窓がある灰色の建物や、煙で黒くなった塔や、駅のガラスのドームを見るんだと想像し始めました。あなたの旅のことを考えると、さびしさがまぎれます。
　ミセス・タウンゼンドは駅に迎えに来ないで、ホテルの人を使いによこしました。私は彼女の隣の部屋に泊まっています。私たちの部屋の間にはドアがあるんですけど、それに鍵をかけないようにと言われました。パリには二日滞在して、それからロンドンへ行きます。どうか心の中で私のことを思っていてください。学校の生活が落ち着いたら、また手紙を書きます。

アニエス

ロンドンへ発つ前にこの短い手紙を書いた。ファビエンヌではなくジャックに宛てた手紙だったので、あまりたくさん書く気になれなかった。ただ、ジャックに手紙を書くとちがう感じがするのか知りたかった。彼に会ったことはないけれど、パリへ向かう列車に乗って座っていたら、その姿が頭に浮かんできた。私はファビエンヌ以外の人のことを考えるのに、あまり時間を費やしたことがないし、たとえ想像上のボーイフレンドでも邪魔な存在に思えた。とはいっても、ジャックはファビエンヌより私を尊重してくれるだろうと思った。あほなんて絶対に言わないだろうし、彼女よりちょっとは私の話を聞こうとするだろう。それどころか私を愛しているかもしれない。

　そしてもちろん何よりうれしいのは、彼が本当はファビエンヌだということだった。

　ひょっとしたら彼女に話したためしのないことも、彼のおかげで言いやすくなるかもしれない。ファビエンヌのほうも同じように感じて、口にできないことを話すかもしれない。

　私はジャックから手紙が届くのが待ちきれなくなった。でも学校へ着くまでは受けとれない。ファビエンヌとジャックは私に届ける宛先をほかに知らない。私は初めてイギリスが、そして学校が、楽しみに思えた。

　ホテルの受付係に、手紙を出しておいてくださいと頼んだ。封筒の宛名は、ファビエンヌにしなければならなかった。ジャックの姓は何だろう。ファビエンヌは教えてくれなかったし、私は訊いてみようとも思わなかった。ホテルの受付係はほお髭《ひげ》とやさしい声を持つ男で、私はどちらにも惹きつけられた。彼は数日前の新聞を見せてくれた。そこに私の写真がのっていて、ページの中からこちらを見つめていた。背景の道はぼやけていた。お嬢さま《マドモアゼル》は高名な方ですね、と彼は言い、私はくすくす笑うのではなく、ほほえみを見せるよう自分に言い聞かせなければならなかった。彼は後で部屋に電話をかけてきて言った。ホテルの目玉となる展示品にするため、あなたの本にサインをしていただけないかと支配人が申しております。

　ほんとにおかしな世界。私のことを知らない人たちが、簡単に私を好きになれるなんて。


　翌日ミセス・タウンゼンドは、ムッシュ・シャスタンのオフィスの前で私を車から降ろし、後で迎えに来ると言った。彼女が外国人だからなのか、それとも彼女のことをよく知らないからなのかわからないけれど、ムッシュ・シャスタンと助手のマドモアゼル・ボヴラに会ったら、呼吸が楽になった気がした。

　ムッシュ・シャスタンから分厚い小包を渡された。「君の読者からの手紙だ」と彼は言った。

　小包を開けるべきかどうかわからなかった。会ったこともない人に手紙を書く人たちがいるとは――私にとっては新鮮だった。

「返事はもちろん送らなくていい」彼は言った。「それどころか、誰にも書かないよう勧めるよ」

「でも返事が欲しいんじゃないの？」と私はたずねた。

「欲しがるのはいいよ。でも、簡単に君と接触できるとは思われたくないんだ」

「読んだほうがいい？」

「試しにいくつか読んでもいいが、全部読む必要はない」ムッシュ・シャスタンは言った。「もしよければ君の代わりにうちから返事のカードを送るとしよう。そのカードに、君が来年はイギリスで過ごして高度な教育を受けると書いて、君の時間とプライバシーを尊重するようお願いをしておく」

ムッシュ・シャスタンが私を重要人物みたいに語るので、びっくりした。「わかった」と私は言い、膝の上に小包を置いた。ホテルに持ち帰って、寝る前に読もう。

ムッシュ・シャスタンが私をまじまじと見た。「イギリスに行くことに、あまりわくわくしていないようだね」

「知ってる？　あたしは家族にも会えずに長い間そこで過ごすことになるの」

「うん」ムッシュ・シャスタンは言った。「そのほうが君のためだということで、マダム・タウンゼンドと意見が一致した」

「ええっ」私は、マドモアゼル・ボヴラが気の毒だとか何とか言ってくれないかと思った。

彼はデスクの真ん中にある紙の束を指さした。「ほら、君の新作だ。全部活字になってる。僕たちはこの本に変化が見られることに気づいたよ。『幸せな子供たち《レ・ザンファン・ウールー》』とはちょっとちがう。そうだよね？」

私はこの本はだめだと言われることを半分は願い、半分は恐れながら、彼の顔をじっと見た。

「いい変化だ」ムッシュ・シャスタンは言った。「少なくとも僕たちはそう思う。批評家や一般読者も同じ意見だといいがね。前作よりもおぞましくないとか、君の知性が自然な発達をしているとか、そんなふうに論じる人もいるかもしれないな。それでいて、君らしさがある。登場人物が君独特なんだ」

「それじゃ、出版する？」

「ああ、もちろん。それは疑念の余地がない」ムッシュ・シャスタンは言った。「しかし僕が言うのも何だがね、アニエス、これで明らかになったよ。故郷の村を舞台にするのはこの本を最後にしたほうがいい。読者はこの土地のことをよく知ってしまうから、また読んでも得られるものはほとんどない。イギリスに移るのは賢明な手だ。フランスの農民の娘が、神童としてイギリスのフィニッシング・スクール（若い女性が上流の社交界へ出るために教養や作法を身につける寄宿制の私立学校）へ。これはいい物語になるぞ。注目を集めるし、可能性が広がるし」

「フィニッシング・スクールって何」と私はたずねた。

「向こうに着いたら、マダム・タウンゼンドが全部教えてくれると思うよ」ムッシュ・シャスタンが言った。「もちろん君はそこで異例の生徒になる。おかげで君と読者にとってますますおもしろくなるんだ」

「てことは、イギリスの学校に行く話をあたしが書くことになってるの？」

「急がなくていい」ムッシュ・シャスタンは言った。「それに、無理にやる必要もない。学校にいる間、君のマスコミへの露出は抑えめにすることでマダム・タウンゼンドと合意ができてる。目標はうまく両立させること。心配いらないよ。イギリスの田舎に完全に隠してしまうわけじゃない。そこでの生活を一般の人々にちらっと見せて、じらしたいんだ」

私はうなずいた。まるで彼の言いたいことが理解できたかのように。

「君が活躍の幅を広げられるようになるには、適切な訓練がいるとマダム・タウンゼンドは考えている。それと、彼女から聞いたかもしれないけど、ムッシュ・ドゥヴォーの代わりを務められる人が必要だと僕たちは感じているんだよ。彼に助力はもう頼めないからね。この件でマダム・タウンゼンドと僕が、君の力になれると信じてくれるかい？」

私はうんと答えた。ファビエンヌもやはりうんと答えるだろう。彼女はこういう仕事の話にたいして関心を示さない。だから、私がこれ以上かかずらう必要もないだろうと思った。

「そうこなくちゃ」ムッシュ・シャスタンは言った。「それからね、少し助言してもいいかい？

マダム・タウンゼンドの学校にいる間、細かいことまで日記に書いておくんだ。そこのすべてが興味深いから、将来役に立つ。何が言いたいかわかるかな、アニエス？」

「〝さようなら《オ・ルヴォワール》〟、パリ」とミセス・タウンゼンドは言った。列車がパリ北駅を出るところだった。この街に別れの挨拶をしたくないのか、彼女に訊かれた。パリは私のものではないし、列車の窓の向こうで街が後ろに過ぎ去っていくのを見ても、うれしくも悲しくもなかった。でもミセス・タウンゼンドがじっくり見定めるような視線をそらさないので、手が重すぎて振れないとでも言わんばかりに、窓ガラスにてのひらをあてた。

　カレーの港から船が出るとき、ミセス・タウンゼンドが「〝さようなら《オ・ルヴォワール》〟、フランス」と言った。私は手すりを握った両手の上に、あごをのせていた。船に乗るのは初めてだった。私と陸の間に広がる海がくりかえしうねるので、吐き気がしてくる。三日前にはサン・レミにいて、ニワトリやブタに餌をやり、土間の上にありあわせのものを敷いて寝ていた。パリでは、本を書いて、自分の肌より柔らかい布がかけられたホテルのベッドで寝た農民の若い女の子だった。イギリスでは、私は何になるのだろう。

　あなたの名声は私たちより先に海峡を越えて伝わっているのよ。出発前の朝食の席でミセス・タウンゼンドはそう言うと、イギリスの新聞を見せてくれた。私が読めたのは写真のそばに書かれた自分の名前とサン・レミの文字だけだった。写真の中で、私は嫌がる子ヤギを抱いていた。

　実家に帰らせてもらえる頃には、子ヤギは自分の子供がいるほど大きくなっているかもしれない、と私は考えた。

「ムッシュ・シャスタンはメディアの切り抜きサービスを手配してくれた？」ミセス・タウンゼンドが言った。

　私はぽかんと彼女を見た。

「その件については、私から手紙を書いておくわ。新聞の切り抜きは多少とっておいたけれど、もっとあるかもしれないから」

　ミセス・タウンゼンドが優れた記録者であることを、そのうち私は知ることになる。彼女自身の生活だけでなく、彼女の監督下にいる私の生活を記録する者。とり憑かれたように何から何まで生活を記録するミセス・タウンゼンドみたいな人は、だまし絵の画家みたいなものだ。どこであっても一年は一年だし、誰にとっても一日は一日だというのに、こういう記録者は多少のからくりを使って、皆には手に入らない魅力的で不朽で貴重なものが自分の一日一日には詰まっている、と他人に思わせるのだ。


　サン・レミよりもロンドンのほうが日暮れが早い。ミセス・タウンゼンドと私がデパートを出る頃には、通りのそこかしこに灯りがともり、一刻も早く雨に濡れたこの薄暗い世界から去らねばと言わんばかりに、人々が急ぎ足になっていた。ドアマンが私たちのためにタクシーを呼び止め、包みや箱を私たちの足元に手際よく積んだ。ミセス・タウンゼンドのスエードの手袋を除けば、買った品のすべてが私のものだった。ワンピース、ジャケット、ブラウス、スカート、ストッキング、靴、帽子、手袋、ナイトシャツ、牡丹《ぼたん》の花束が裏に描かれたヘアブラシ、水色の箱に入った同じ色の歯ブラシ。うっとりするような白のイヴニングドレスまである。これを試着したら、雲の中に足を踏み入れたような感じがした。学校で六月に夏のダンスパーティーをやるのよ。店員が私に合わせてドレスの肩の部分を調整するのを見守りながら、ミセス・タウンゼンドが言った。彼女たちは英語で会話をし、それからミセス・タウンゼンドがフランス語で私に、まだ成長するから一、二センチほど大きめにしておいても大丈夫だろうという結論になったと告げた。

感謝や感激の気持ちを表すことを何か言うべきだと思ったものの、どう言えばいいかわからなかった。タクシーに乗りながら、何か言ったほうがいいとまた考えた。それでも、何も言えなかった。私はポケットの中にあるトンボの髪留めに触れた。実家を出てからずっと持ち歩いていて、暇さえあればその滑らかで細長い体をなでていた。もう片方はファビエンヌが持っていると思うと、気分がなごんだ。彼女が私みたいに持ち歩いたりしないのはわかっていても。

タクシーの中から、雨をとおして街灯を見た。私は雨垂れがガラス窓に長く延びる様子を、車の中から見たことがなかった。車が前へ進むと、水の筋は向きを変える。故郷では、雨は雨でしかなかった。この新しい生活では雨垂れも街灯も、裸になった木の黒い輪郭も、私に向かって何か言いたげな感じがした。でも口がきけるとしても、それは英語というまだなじみのない言葉だろう。故郷にいたとき、雨が語りかけるフランス語に耳を澄ませばよかった。

「何を考えているの」とミセス・タウンゼンドは言った。

「別に」私は言った。「たいしたことじゃありません」

「一月のロンドンは、そう明るいところじゃないの。でも、そのうちまた来ますからね。春になれば、きっとこの街のとりこになるわよ」

私はうなずいた。

「でも、何よりも心を寄せるべきなのはウッズウェイだと憶えておいて。あなたはこれまで経験がないほど学校を愛するようになると思うわ」

　ミセス・タウンゼンドは、返事を求めずに会話を続けることがよくあった。とはいえ、一瞬たりと気を抜くわけにはいかなかった。パリでムッシュ・シャスタンが、革表紙の分厚い日記帳を餞別《せんべつ》にくれた。何でも書き留めておくんだよ、と彼は四、五回くりかえしていたけれど、生活のすべてをその本に入れることにならないのはすでに明らかだった。たとえばミセス・タウンゼンドの言葉には、入れないほうがいいものもある。

　ミセス・タウンゼンドがウッズウェイについて語り出した。言葉を交わせばいつもウッズウェイはただの学校ではなく、彼女が熱烈に見据えている未来――私の未来――だった。向こうに着き次第、私は英語を学び、その後イタリア語とドイツ語も学ぶことになっていた。「それからもちろん、うちが誇りをかけて提供するほかの学科も全部。あなたは変身するまで学校から出ることはできないわ。なにしろ教育者というものは、彫刻家のように仕事をするの。目の前にどんな素材が現れようと、そこから何かを必ず生み出してみせる。しかもそれは美しくて非の打ちどころがないものでなければならない。これが私の基準。役に立ったり飾りになったりするだけでなく、永続的な質の高さを持つものよ」

　さっきデパートに入ったとき、二、三人が私のことをちらっと見て、それからミセス・タウンゼンドの姿を目にすると、さらにじろじろと私を見た。彼女は身にまとっている毛皮のコートのように、洗練されて人を寄せつけない感じがした。私がどんな身の上だと想像されているのか、うかがい知ることはできなかった。彼女が街角で拾った聾唖《ろうあ》の孤児？　ホテルのロビーでは制服姿の男たちがいつも私の頭のてっぺんか、その向こうにある空間を見ている感じがした。たとえ全員がミセス・タウンゼンドに隙のないマナーで挨拶をしていてもだ。その晩、レストランでミセス・タウンゼンドが私のために注文した料理が運ばれてくると（おいしくないと私は思った）、腕の置き方やフォークとナイフの使い方を指導された。「ウッズウェイに行ったら、女の子たちの様子を観察しなさい。そうすれば私たちも少しは恥ずかしい思いをしなくてすむようになるでしょう。私はあなたにいちいちすべてを教えることはできないわ。でも、本を書けるぐらい頭がいいなら、周囲を観察することできっと多くを学べるはずよ」と彼女は言った。

　私たちは翌日、イギリスで私の本を出版するミスター・ソープという男と昼食をとった。彼はかなり背が高いので、私と握手をするとき身をかがめなくてはならなかった。私の考えでは、背がとても高い男は背がとても低い男に似ている。彼らは重要視してもらえない。私は笑いをこらえるために、ミスター・ソープが自分の代理と呼ぶミス・ウエストという人をほぼずっと見ていた。彼女の唇は、見たことがない色合いの赤い口紅できっちり塗られていた。

　ミスター・ソープとミス・ウエストは主にミセス・タウンゼンドと話をしていた。昼食が終わる頃、ミスター・ソープが私のほうを向いてフランス語で言った。「二冊目の本のことを聞いたよ。ムッシュ・シャスタンは今度の夏に出版するつもりだね」

「はい」と私は言った。

「故郷の村を舞台にした本をもっと書くの？」

「いいえ」と私は言った。

「どうして書かないの」ミス・ウエストに訊かれた。「ミセス・タウンゼンドの学校で過ごした後、そこに戻ろうと思ってる？」

私はどちらの質問に答えるべきかわからなかったので、ミセス・タウンゼンドの顔を見上げた。

「どうぞ答えて。あなたの計画を私たちに教えてちょうだい」と彼女は言った。

特に計画していることはないけれど、ミセス・タウンゼンドの学校に通う間に自分を向上させたい、と私は言った。「新しいことをたくさん学ばなきゃいけません」

「イギリスでの経験は本に書く？」とミスター・ソープがたずねた。

「学校生活のことですか？」と私は訊いた。

「そこまで先のことを、アニエスはまだ決められないんじゃないかしら」とミセス・タウンゼンドが言った。

「はい。すみませんけど、いまは次に何を書くかなんて考えられないんです」

「そうだよね」ミスター・ソープは言った。「でも、一つだけいいかな、お嬢さん《マドモアゼル》。世間の人は君がどんな発言をするか、とても聞きたがっている。皆をあまり長く待たせないようにね」

そのときウェイターがそばをとおりかかり、盆の上から私の顔を見て、それから両手を見た。世間の人は私がしくじるのを待っているんじゃないかと思えた。スプーンをまちがったやり方でスープに入れるとか、新しいワンピースを目立たない釘に引っかけて裂いてしまうとか。遅かれ早かれ私は、尋問に耐えきれなくなった犯罪者みたいに屈服してしまうだろう。

それなら早いほうがいい、と私は結論を下した。こういう決意なら、ファビエンヌも認めてくれるだろう。たえず世間を驚かせなければいけないと言っているのは、彼女なのだから。

「あたしはもう二度と本を書かないかもしれません」と私は言った。

大人三人の顔を見たら、まったくとんでもないことを言ってしまったのがわかった。ミスター・ソープとミセス・タウンゼンドが英語で何か言葉を交わしてうなずいたので、私は目の前にあるコップに彫られているのは何の花かと見てみた。目を上げたら、こちらをじっと見ているミス・ウエストと目が合った。私はにっこりした。イギリスで初めておかしたへまを何と思われようと、どうでもいいと言わんばかりに。

もう本を書かないかもしれないとは、どういう意味かしら。その日の午後、ミセス・タウンゼンドがたずねた。ウッズウェイへ行くために、荷造りのやり方を私に見せているところだった。彼女は私のために、さまざまな機会で身につける服や装身具に加えて、革のスーツケースも買った。私は彼女から好きな色を選ぶように言われてピンクにしたのに、それは認められず、別の色が選ばれた——彼女はそれをパウダーブルーと呼び、このほうが上品でふさわしいと言った。

「また本を書きたいか、わからないんです」と私は言った。

「〝くだらない《ラビッシュ》〟」とミセス・タウンゼンドは言った。それは不快なことを私が口にしたときに使う英語であることを、後になって知った。「〝くだらない《ラビッシュ》〟。あなたはものを知らないから自分の運のよさがわかっていないの。しかも若いから、自分が何を望んでいるか判断することもできない」

謝ったほうがいいのかわからなかったものの、やはり謝っておいた。

彼女は私を見てため息をついた。この深いため息が、私のことを未熟だとか粗野だとか、道理が通じないなどと感じたときに出てくることも、私は後になって知ることになる。〝道理が通じない〟というのは、ミセス・タウンゼンドの言葉だ。とはいえ彼女は、私にちゃんと道理を説いたことはなかった。

「アニエス、これを憶えておくこと。世の中には何百万人もの女の子がいて、その多くがあなたよりも器量よしで賢いの。あなたより生まれも育ちも恵まれていてね。それなのに、あなただけがこうも幸運なのはなぜ」

　私が幸運なのは、ファビエンヌが私の立場に立ちたくなかったから。

「この女の子たちの誰もがあなたの立場に立ちたくてたまらないでしょう。あなたはなぜこんなに特別なの。あなたは本当にマスコミが書き立てるような神童なの？」

　どう答えていいものかわからなかったので、ただ彼女を見た。彼女が私の答えを求めて質問することなどめったにないということを、私はじきに学んでいく。

「あなたには見どころがある。それはまちがいないわ」ミセス・タウンゼンドは言った。「でなければ、そもそも本を書いたりしない。自分が何をしているかわかっていなかったのかもしれないわね。たまたま作家になっただけ。でも、努力をやめて書かなくなれば、ほかの女の子たちと同じになるの。それは、とるに足らない人間になるということなのよ。わかった？」

「はい、マダム」と私は言った。

「マダムなんて呼ばなくていい。ウッズウェイの女の子は皆、カズミという特別な名前で私を呼ぶのよ。日本の名前。さあ、言ってごらんなさい」

　ミセス・タウンゼンドのことを、ミセス・タウンゼンド以外の誰かに重ねることなど想像もできなかった。カズミという名前が彼女に合っていないことは誰から見ても一目瞭然だ。カズミは手足が長くてしなやかで、ほんのりといい香りがするすらりとした人のはずだ。角ばった体つきでとげとげしいミセス・タウンゼンドは、カズミと呼ばれるのにふさわしくない。

「日本に住んでいたときにつけてもらった名前なの」ミセス・タウンゼンドは言った。「日本がどここにあるか知ってるかしら」

「はい、マダム」

「はい、カズミ」彼女は訂正した。

「はい、カズミ」と私は言った。彼女にこの名前を使わなければならないと思うと、ぞっとした。体中がむず痒《がゆ》くなるけれど、彼女の前で掻くわけにはいかない。

「日本は美しい国よ。旅をしようと思ったことは？」

私はぽかんと彼女を見た。

「旅の大切さがまだわからなくても無理はないわね。世界には行く価値のあるところがたくさんあるのよ」

「いつかアメリカに行きたいです」と私は言った。

「何のために」ミセス・タウンゼンドは眉根を寄せた。「あなたにふさわしい望みとは言えないわ」

ジョリーヌのボーイフレンドが気前よく配ったチョコレートのために、と私は思った。香り付き石けんやチューインガムや、子供時代の記憶の中で脚の長い兵士たちが屈託なく笑う声のために。そして彼らが持ってきてくれたオレンジのために。私たちがその果物を見るのは初めてだった。以来ずっとオレンジが大好きだ。手頃な価格なのに、いつでも暮らしに贅沢感をもたらしてくれる。ファビエンヌにアメリカのことを話したら、彼女は素っ気ない反応を見せて、でっかい夢だね、ときつく言い放った。でも同時に、初めて警戒と敬意の目で私を見た。なぜかというと、私のほうが先にアメリカという考えを思いついたからだ。何が私にふさわしい望みかなんて、ミセス・タウンゼンドにわかるものか。本を書いたことは、たいそうすばらしい業績だと彼女は思っている。彼女にとっては、そうなのかもしれない。でもファビエンヌはただ墓石から体を起こし、新しいゲームをやろうよ、本を書こうよ、と言っただけだ。ゲームは望みとはちがう。

「行くべきところはほかにあるわ」ミセス・タウンゼンドが言った。「歴史と文化と美があるところよ」

その夜、寝る前にファビエンヌへ手紙を書いた。朝起きたら、真っ先にホテルの受付係に手紙を出すように頼もうと思った。駅へ向かう前に。

手紙は短いもので、おおよそこんな感じだ。

親愛なる《マ・シェール》ファビエンヌへ

　ロンドンからお便りするね。ここはパリに負けないほど大きな町だけど、パリほど好きになれるかはわからない。春になれば好きになれる理由がわかるんだって。ミセス・タウンゼンドによると、いい季節になったら学校の遠足でロンドンへ出かけて、博物館に行ったり劇場や演奏会を見たりするとのこと。この人は、こんなに必要なわけないと思うほど服を買ってくれたの。私は新しい学校でお人形さんみたいなかっこうをするんだ。ミスター・ソープという人にも会いに行ったよ。本をロンドンで出版する人。とても背が高いから、特注のベッドが必要なんじゃないかな。死んだら特注のお棺も必要になるかも。

　親愛なるファビエンヌ、あなたがいなくてさびしい。それどころか、すごくみじめ。ミセス・タウンゼンドから、ふざけた名前で呼べと言われたの。カズミだって。まるでブタのババアが自分の名前をミニョネットにすることにしたみたい。

　明日、別の列車に乗って家に帰れたらいいのに。

アニエス

　手紙に封をしてから、床に入って毛布に顔を埋めて泣いた。家を出てから、泣いたのは初めてだった。いわゆるホームシック《ル・マル・デュ・ペイ》だったのかもしれない。でも、私のホームシックは故郷が恋しいのではなかった。恋しいのは場所ではなく、人間だった。


　翌日、ロンドンのウォータールー駅で一人の男が近づいてきて、アニエス・モローかとフランス語で私に問いかけた。ポーターと話をしていたミセス・タウンゼンドは、振り返って男の姿を見ると冷ややかな表情になった。

「ご用の向きは？」彼女は言った。

　男はパリの写真エージェンシーに所属するカメラマンだと言った。マドモアゼル・モローがイギリスの学校に行くと耳にしたので、その学校で写真を撮ってもいいか訊きたいという。

「この子が決めることではありません」とミセス・タウンゼンドは言い、自分はウッズウェイの校長であり、イギリスで私の後見人を務めている、と自己紹介をした。「うちの生徒を無用な衆目にさらすことは認められません。わかってくださいますね？」

「わかりますよ」男は言った。「それでもマドモアゼル・モローの旅のこういう場面は、記録に残す価値があるでしょう」

ミセス・タウンゼンドは首を振り、列車に乗り遅れてはいけませんので失礼いたします、と冷淡ながらも礼儀正しく言った。彼女は私を車両の中へせきたてた。窓辺の席に座ると、プラットホームにいる男の姿が見えた。私は無礼でもよそよそしくもないことを伝えるために、ほほえみかけたかった。なにしろロンドンで初めて会った同国人なのだ。村に写真を撮りに来たムッシュ・バザンとちがい、この男は背が高くてハンサムで、目が美しく、あごをきれいにそり上げている。しかもムッシュ・バザンより身のこなしがさっそうとしていた。

「あの人は、そう簡単にはあきらめないでしょうね」とミセス・タウンゼンドが言った。私の向かい側に座った彼女も、彼が顔をそむけるのをじっと見ていた。

私は何も言わなかった。ミセス・タウンゼンドと数日しか過ごしていないのに、ほとんどのことで意見が合わないのをすでに悟っていた。私は不満を表明できる立場にないけれど、少なくとも黙っている手はある。記者よりもカメラマンのほうが好きな理由の一つはそれだと気づいた。私がしゃべるのをカメラマンが期待することはめったにない。ところが、記者はたえず質問攻めにする。

「軽薄なことからあなたを守るのは私の仕事」とミセス・タウンゼンドが言った。

「うちの村にカメラマンが来たことがあって……」と私は言った。

「ええ、その人の写真は皆が見たわ」ミセス・タウンゼンドは言った。「誤解しないで、アニエス。さっきの男性が言うことに異論はないの。イギリスで過ごすあなたを記録するのは価値あることよ。でも、あなたにこっそり近づくのは受け入れられない。まず私に話をするぐらいのことはできたはずよ」

「はい、カズミ」

「フランス人ていうのは」私はきっとびくっとしたのだろう。彼女がほほえんだ。「あなたの気分を害するつもりはないの。私の父はイギリス人だけど、母はフランス人なのよ。だからあなたと同様、フランスを批判する資格があるわけ」

フランスでもどこの国でもいいけれど、どうして私が批判しなきゃいけないのだろう。でも、それは口にしなかった。「フランスで生まれたんですか？」と私はたずねた。

「あら、あなたらしくなってきたじゃない。いまのところはいろいろあって、いっぱいいっぱいのように感じるでしょうけど、あなたは作家なんだから、何にでも好奇心を持って質問するのは仕事のうちよ」

では、これもまたやる必要があることなのだ。質問をすること。知りたかろうと、そうでなかろうと。

列車が長い警笛を鳴らした。イギリスの列車の警笛。それは、この新しい国で初めて気に入ったものだった。フランスの列車は誰かが金切り声を上げたような甲高い音を立てるけれど、私たちが座っているこの列車では警笛が挨拶のように聞こえた。ファビエンヌがそばにいればと思った。彼女は鳥や動物の鳴き声をまねるのが上手だ。この古くて穏やかな列車が出す音を、口笛でやすやすと吹くだろう。

快適かどうかミセス・タウンゼンドにたずねられ、私はうなずいた。「そうそう、アニエス、さっき話したように父はイギリス人で母はフランス人だけど、二人はスイスで出会って、そこで私が生まれたの。父はそこで全寮制の学校の校長をしていたから、私は自分の職業のもとに生まれ合わせたと言ってもいいぐらいなのよ」

私はただほほえんでうなずいた。

「スイスは美しい国だから、いつか訪ねたほうがいいわ」

「はい、カズミ」と私は言った。

「それから、ウッズウェイがあるサリー州も美しいところよ。イギリスのスイスと呼ぶ人もいるぐらい」

そのとき地図を見せられても、私はサリー州の場所もスイスの場所も指せなかっただろう。かなり後になってフランスからアメリカへ向かうとき、船にいた女に〝デルタ地帯のパリ〟ことサクラメントの出身だと言われた。いったいどこのデルタ、と私は思った。ある場所を別の場所の名前で呼ぶのは、人々が飽きずに使うばからしいからくりだ。

通路の向こうに二人の女が座っていた。一人は中年で、もう一人は年寄りだった。二人とも私たちを見て、それからほとんど聞こえない声でまた会話を始めた。彼女たちはフランス語がわかるのだろうか。ミセス・タウンゼンドは、盗み聞きされないかと気遣ってはいないようだった。

「私はいくつもの国で暮らしたことがあるの」ミセス・タウンゼンドは言った。「でもスイスと日本がいちばん好き。オーストリアは、まあ、やっかいなところね。中国とシンガポールとマレーシアは観光にはいいけれど、地元の人以外でくつろいだ気持ちになれる人はいないと思うわ。イギリスは抜きん出ていいところ。あなたはここで過ごせて運がいいのよ」

「フランスで暮らしたことはないんですか？」と私はたずねた。

「行ったことしかないわ。フランスで暮らすという考えに魅力を感じないから」

そう言われて、私は二の句がつげなかった。

「あなたぐらいの年の頃、いいえ、それよりずっと小さい頃から、私は作家になりたかったの。九歳になったときから日記をつけているし、詩や物語や戯曲を書いてきたのよ」

「ええっ」と私は言った。

「書くのをやめたことがないんだから、ある意味で私はずっと作家だったと思う」と彼女は言い、しばし物思わしげな表情を浮かべた。「でも職業的には何も業績がない。あなたのようにはね」

私は作家でないとしてもかまわない、とミセス・タウンゼンドに告げたかった。ほら、私の業績を持っていって。何でも欲しいものを持っていって。そして私を家に帰して。

彼女は人生についてほかにもいくつか話してくれた。主に旅のこと、作家になりたいとずっと夢見ていること、そして教育への献身。「教育者でいれば変えられるものがあると、心から信じているわ」彼女は言った。「私の生徒の中でも、アニエス、とりわけあなたは私からの影響を最大限に発揮してくれる生徒よ」

「はい、カズミ」と私は答えたけれど、不安のあまり憂うつになっていた。

この旅のことをいま思い返すと、私みたいなにぶい女の子が正確すぎるほど未来を見とおせたまれな瞬間があったことに、びっくりしてしまう。その列車の車両でミセス・タウンゼンドの向かいに座っていた私は、叫び声を上げたい、列車が目的地に着く前に逃げ出したい、そんな衝動に駆られていたのだ。とはいえ振り返るときは、過去正しかったことを証明できる現在にいるので、誰もがまやかしの予言者という立場を得られる。


イーストハンブルの駅に着いたら、プラットホームにまたフランス人カメラマンがいた。彼は同じ列車に乗り、目的地も知っていたのだ。誰かが旅の情報を漏らしたかもしれないという考えは浮かばなかった。ただミセス・タウンゼンドが彼に腹を立てるのではないかと心配だった。そして彼女は腹を立てた。ベンチに腰かけて誰とも口をきかないよう手短に私に命じてから、カメラマンと離れたところへプラットホームを歩いていった。私は誰かと話などしようがなかった。列車から降りたのはカメラマンと私たちのほかに二人しかいなかったし、あとは片手に帽子を持った男が一人、考えこみながらプラットホームを行ったり来たりしていた。私のところに来て〝こんにちは《ボンジュール》〟と言う人などいないだろうと思った。

　列車がしゅーっという音を立て、私を置いていくのは惜しいとばかりにゆっくりと走り去った。私は駅長の広い背中を見て、彼の制服を立派だと思った。それから新しいブーツの中でつま先をくねくねと動かし、両手をじっと眺めた。子ヒツジのお腹みたいに柔らかいスエードの手袋だ。前夜流した涙は子供時代のように、そしてフランスのように遠く、現実ではないような感じがした。私の人生はそう悪くない。もしかしたら、ウッズウェイに行けばもっといいものがあるかもしれない。もしかしたら、いろんなことにゲームを発見して楽しむファビエンヌのようにすらなれるかもしれない。

　ミセス・タウンゼンドとカメラマンが戻ってきた。ムッシュ・ランベールと合意に達したと彼女は言った。ウッズウェイに滞在するあなたを記録するのは価値ある試みだとどちらも考えているので、ムッシュ・ランベールに駅で何枚か写真を撮ってもらうわね。学期が始まっていないから今日のところは学校まで来ないけれど、あなたが落ち着いたらじきに訪問していただくわ。

　有名な少女作家になるということは、ゲームになる。ムッシュ・ランベールのカメラのレンズに向かって明るくほほえんだり、木の頂に低くかかる一月の霧を物思わしげに眺めたり、駅に貼られた（私には読めない英語の）時刻表をじっと見たり、素直な様子で一心にミセス・タウンゼンドの話に耳を傾けたり――このすべてがゲームの一部になりうる。本を書くのとはちがう。私はファビエンヌがいなければ何も書けないけれど、私は私なりにゲームを作ればいい。ムッシュ・ランベールから幸運を祈るという言葉とともに別れの挨拶をされたとき、彼の目をまっすぐに見た。「すぐにフランスのできごとを知らせに来てくださいね、ムッシュ」と私は言った。知らない人にこれほど積極的に接したことはなかった。

ミーカーという男が駅に迎えに来ていて、ムッシュ・ランベールが私の撮影をしている間に荷物を車に積みこんだ。私はミーカーに挨拶をしたが、彼はフランス語を話せなかった。いまこそ英語を使うときだとミセス・タウンゼンドに言われ、「はじめまして」と口にするよう教えられた。彼の赤毛はよく櫛を入れる必要がありそうだった。つま先立ちをして、乱れた髪のてっぺんに触ることをすぐさま考えた。ミーカーは彼のために何かしたり、彼をどうにかしたりしてあげたくなるタイプの男だった。握手をしてはじめましてと味気なく言うのではなく。

ミーカーはウッズウェイに住むただ一人の男だった。運転手を務めるだけでなく、庭師や用務員としても働いていた。彼はすぐ私の日記に――新しい学校で与えられた最初の課題に――登場した。私は夕食後の一時間、ミセス・タウンゼンドの居間にある机の前に座らされ、ムッシュ・シャスタンがくれた革装の分厚いノートに書きものをしなければならなかった。

どんなことを書くべきかわからなかったが、ミーカーはいい題材になるように思えた。彼は木のように無害だからだ――風格ある古木でも若木でもなく、ありふれた木。でも用心して日記に彼の名前は書かず、イギリスに着いたとき最初に私を迎えてくれた男は頭のてっぺんに鳥の巣がある男だった、と書いた。翌日、その巣にヒバリの卵をいくつか入れることにした。それから、果樹園の作業ではしごを使わなくてもいいように、彼を竹馬で歩き回る曲芸師にした。巣から卵を落とさないのだからバランスをとるのがうまいのだ。彼は頭のてっぺんで休む母鳥に親切で、母鳥が卵をかえすときは椅子に座ったまま眠った。さらに雛たちが卵からかえると、お腹を空かせた雛たちのもとへ母鳥がなかなか戻ってこないときは餌をやった。こうして彼は雛たちと仲良くなったものの、雛たちは成長して巣立ちをする頃になっても去っていかなかった。彼が庭でとってきたミミズや地虫をいつもたっぷりくれるからだ。

ウッズウェイには女の子が十五人いたので、私は十六番目になる。ほかの女の子たちは冬の休暇からまだ戻っておらず、実家や友人宅やスキー場にいた。

シェルブルック・マナーというこのハウスは、さほど大昔に作られたものではないとミセス・タウンゼンドが教えてくれた。チューダー様式だけれど、そこまで古くはないの、と彼女は言い、もちろんこのハウスでは古い家にない現代的な利便性が約束されていることをつけ加えた。かつてシェルブルック工場が近くにあり、その経営者が家族のためにこのハウスを建てた。でも、まだ完成しないうちに亡くなり、それから息子たちが二人とも第一次世界大戦で亡くなった。経営者の未亡人と娘三人が一度はここに住んだが、七年前からは女子のためのウッズウェイ・フィニッシング・スクールがシェルブルック・マナーを拠点にしている。女子校にはうってつけのハウスなのよ。私が着いた日に内部を案内しながら、ミセス・タウンゼンドが言った。

ハウスには人けがなかったが、料理人、彼女の助手、二人のメイドがいて、謎めいた動き回り方をしていた。彼女たちは、見かけるよりも気配が聞こえる——感じられる——ことのほうが多かった。自分の胃みたいに。この数日間、私は食堂で一人で食事をした。二人のメイドのうち若いほうのエッシーは、私の食事のお盆を運んできてもフランス語を話せず、私がたどたどしい英語を話すと代わりに恥ずかしがっているように見えた。彼女は私よりさほど年上ではないのに、すでに生計を立てている。私はフランスにもフィニッシング・スクールはあるのかなと考えた。ファビエンヌと私はそういう場所で働けばいい。大邸宅の下層社会に入るのだ。私たちが何者なのか、誰も正確にはわからない。だからこそ私たちは自由で幸せになれる。

一日に二度、午前と午後にミセス・タウンゼンドから英語の授業を受けた。彼女の居間は数々の東洋風の品物で飾られていた。品物の名前を教わったのに、後で忘れてしまった。普段はこの部屋で授業はおこなわない。でも女の子たちがまだ戻っていないのだから、私たちで心地よく過ごしてもいいでしょう、と彼女は言った。

「何か新たなことを試みているようね」ある日の午後、ミセス・タウンゼンドに言われた。「ちがう手法に取り組んでいるの？」

何の話なのか、私にはちんぷんかんぷんだった。

「あなたが書いているもののことよ。新しい試みをしているの？」

「私が書いているもの？」

「先週の日記に書かれた内容を見たわ。よくできてるじゃない」

日記ですって。私は危機感を覚えるのではなく、やっぱりそうだったのかと感じた。晩に私が書きものを終えるとき、ミセス・タウンゼンドから日記を読ませてと頼まれたことはないけれど、留守中に部屋に入られているのではないかと疑っていたのだ。それはきれいな部屋だった。本当に、とてもきれいな部屋。窓から果樹園を見晴らせたし、白いレースのカーテンが見事なので、ときどき窓辺に座って衣装のように身にまとった。水色の壁紙には淡い色のバラが何列も花を咲かせていた。どの花も美しくて完璧で同じに見えた。ベッド、引き出し付き整理ダンス、そして机――新品は一つもないとわかっていても、サン・レミの人間なら一度も見たことがないほどに素敵だった。ミセス・タウンゼンドが私の部屋に入って日記を読むというなら、それは私が払わなければならない代償だ。パーマをあてた髪が針金みたいで、調理ずみの魚の目玉をつらねたような真珠のネックレスをした、ミセス・タウンゼンドそっくりの魔女について書かなかったのは利口だった。

「髪に鳥の巣をのせたある男って、ミーカーのことかしら」

「いいえ、そんな。ぜんぜんちがいます」

「じゃあなたが作った男なのね」

「はい、カズミ」

「どうやって思いついたの」

　私は自分でも理解できないというように首を振った。パリで記者たちから、物語のいろんな案をどのように思いつくのか質問された。私はいつも彼らの質問がややこしく、またばかげてもいるので答えられないかのようにふるまった。「わかりません」私はミセス・タウンゼンドに言った。「どうやって思いつくか説明できたことがないんです。うちには卵をよく産む雌鶏がいますけど、どうやって卵を産むのか雌鶏は説明できませんよね」

「〝くだらない《ラビッシュ》〟」ミセス・タウンゼンドは言った。「作家は雌鶏じゃないでしょ」

「ええ、もちろんそうです。私が言いたいのは――」

「何が言いたいかはわかってるわ。以前あなたがそう発言したと新聞に書かれていたもの。そのたとえを自分で思いついたのか、それとも誰かに言えと教わったのかは知らないけど、これだけは忠告しておくわ。そういう言い回しをすることで、あなたは自分をおとしめているのよ。雌鶏というのは代わりがきくものだし、卵はどれも同じに見えるでしょ。わかった？」

「はい、カズミ」と私は言い、神妙な顔をしようと努めた。雌鶏がちがえば産んだ卵もちがって見えることを知らないなら、救いようがない。

彼女はうなずいて、私と椅子の全体像をつかもうとするようにソファの背にもたれた。「あなたの想像をおさえこむなんて差し出がましいでしょうから、助言するならあなたがいちばん自然に感じられることを続けなさいと言うわ。それでもね、私の考えでは、あなたが書いているような幻想的な話は期待はずれよ」

「あれを書くのはやめます」と私は言った。

「いえ、そういうことじゃないの」ミセス・タウンゼンドは言った。「していることは続けて。あなたが書くものに新たな発展が見られれば、私にとっても一般の人にとっても興味深いのよ」

「どうしてですか」と私は訊いた。

「これは理解しておいて、アニエス。世間にとってあなたは、未熟な精神が別の環境にさらされるとどう変わるか観察できるめったにないチャンスなの。私はあなたに対して慎重にならなくていい。もう故郷の村を舞台にした本を書いて、いい出来だったのだから。ムッシュ・シャスタンが出版する二冊目の本の舞台は、同じ場所なんですってね。きっとそれなりの注目を存分に浴びるでしょう。でも一般の読者がサン・レミみたいなみじめな土地のことを、農民の子からあとどのくらい聞きたいと思う？　来月になったら浮浪児が書く裏通りの話とか、若いろうそく職人が書く工房の生活の描写に新たな喜びを見出すわ。私の言ってることがわかる？」

わからなかった。「はい、カズミ」と私は言った。

「ウッズウェイに来たことは、本の新しい一章のようなものなのよ」ミセス・タウンゼンドは言った。「日記に何を書こうと――幻想小説だろうと叙事詩だろうと現実的な生活記録だろうと――あなたが書くものには何にでも可能性がある。わかる？」

「はい、カズミ」この二つの言葉だけで事足りることに、私は気づいた。

「だから、この新しい章の初めのうちは、自然に思えることを何でも書けというのが私からの助言よ。でもね、潜在能力とそれに気づく能力の間には隔たりがあると、常に肝に銘じておくこと」

潜在能力がある人がいるとしたら、それはファビエンヌ。でもその潜在能力のせいで、この家でとらわれの身になったのが私だった。

その晩日記の中で、頭に鳥の巣をのせた男が鳥たちにミミズをたくさんあげるようにした。さあそろそろ巣立ちをして森で生きる道を見つけなさい、と彼は鳥たちに告げた。まだまだまだ、と鳥たちがさえずった。でも男は耳を貸そうとしない。彼は冷たい人ではないけれど、鳥といつまでも仲良しなのは不自然だと思ったのだ。わかるね、座ったまま寝るのに疲れてきたんだ、と彼は鳥たちに言った。

きっとどこかには、頭のてっぺんに鳥がいても平気で、座ったまま眠っても疲れない人もいるよ――鳥たちはそう話し合い、赤毛の男に別れを告げるとき、ちっとも悲しまなかった。もしかしたら公園で銅像を見つけるかもしれないな、と男は独《ひと》り言を言った。鳥たちがいないと淋しくなることはわかっていた。でもまた春になれば別の母鳥がやってきて、髪に新しい巣を作るかもしれない。

翌日の晩に日記を開いたとき、鳥を追い出したことを一瞬後悔した。男のことを書けなくなったら、まるでウッズウェイで最初にできた友人を失ったような気がした。何かほかに書くことはないか、探してみようとあたりを見回した。ちょうどそのとき、ミセス・タウンゼンドの犬たちが彼女のあとについて居間に入ってきた。エイジャックスという大きな犬とウィロウという小さな犬の、ちぐはぐな二匹だ。エイジャックスはグレート・デンで、ウィロウはポメラニアン。対照的なものを完璧に釣り合わせることに調和は存在するの、と彼女は解説した。何を言っているのか、わからなかった。彼女のたわごとを聞いていると、ファビエンヌと私が考えたたわごととちがって、眠くなった。

　ミセス・タウンゼンドの犬たちは調和した生活をし、餌を求めて争う必要もなく、私の村の犬より楽な暮らしをしているかもしれないけれど、私は彼らのことを憐れんだ。彼女は犬が脇にいないと気づくと、いつもポケットに入れている笛を吹く。その笛は犬にしか聞こえない音を出すのだと聞かされた。彼女が笛を吹くと、このみじめな獣たちは尻尾を後ろ足の間にしまい、彼女と目を合わせないようにしながらただちに参上した。するとミセス・タウンゼンドは叱るような口調で言うのだ。〝どうかしちゃったの〟とか、〝どうしたっていうのよ〟とか。

　憐れみを感じても、その憐れな者たちとは親しくしなかった。犬は好きではなかった。でも、犬は着想を得るためのじゅうぶんな刺激になった。その晩、私はトラとキツネについて書いた。たくさん並んだ狡猾《こうかつ》な目のような黒っぽい窓枠付きの窓から噴水や広い芝生を見渡せるマナー・ハウスでどちらも暮らしていた。トラは獰猛《どうもう》ではなく内気で、キツネは虚栄心が強いけれどきれいではなかった。互いに美貌や知性をたたえ合い、自分たちは王国一の幸運な動物だと言い合った。そして二つの磁器の器で並んで食事をし、自分たちの毛皮よりも柔らかい毛織の毛布をかけて寝て、調和した暮らしをしていた。いつかは災難がふりかかる、と私は思った。そうなれば飢え死にしないよう、どちらかが相手を食べなければならなくなる。

「来週には女の子たちが戻ってきますからね」ある日の午後、英語の授業を終えた後でミセス・タウンゼンドが言った。「彼女たちが落ち着いたらすぐにカメラマンが来るわ」

「はい、カズミ」

「聞かせて。いまのところウッズウェイはどう」

「素敵なところです。ここが好きです」

「学校のどこが好きかしら。もちろん、ちゃんとした学校生活はまだ味わっていないけれど」

「ここの全部が好きです」私はもっといい答えを探しながら言った。「この家にたくさん本があるところが好きです。それと、じゅうたんやランプが好きです。ミセス・フィッシャーのお料理が好きです。それに、自分の部屋があって、お風呂に入れることも」

ミセス・タウンゼンドはうなずいた。「じゃあ、お風呂が好きになったのね？」

「とっても」と私は言った。ここへ来た日、ミセス・タウンゼンドから入浴するように言われたのに、断ったのだった。パリとロンドンのホテルの部屋で浴槽を見かけたけれど、低い連続音とともに謎の力で勢いよく水が流れる便器と同じぐらい、うさんくさいと思った。ウッズウェイではミセス・タウンゼンドが浴槽に湯をためて泡を足し、私が服を脱ぐのを見守り、湯に全身を浸すよう促した。じきに慣れる、と彼女は言ったが、それは正しかった。風呂上がりに温かくすべすべになり、いい香りが漂うのが好きになった。

「よかった」ミセス・タウンゼンドは言った。「それから、教えたとおりに一日に二回、歯を磨いている？」

私はうなずいた。歯磨きもまた、来たときに学んだことだった。とはいえ入浴と同じ喜びは得られなかった。歯磨き粉の味で吐きそうになった。

「ご両親やお友達に手紙は書いた？」

「はい、カズミ」

「手紙はどこ。見せてちょうだい。私が出しておくわ」

私はためらってから口を開いた。「クララに出すよう頼みました」

「クララに！」ミセス・タウンゼンドは言った。「あの子はミセス・フィッシャーの助手なのよ。あなたの手紙を出すのは彼女の務めじゃないの」

私は顔がほてるのを感じた。パリとロンドンでは、ホテルの受付にいる人がいつでも手紙を出してくれた。この新生活では、助力を求めさえすればいいと思っていた。

「今後、手紙を出したいときは、必ず私のところへ来なさい」ミセス・タウンゼンドは言った。そして引き出しの中から手紙の束を取り出し、この二日の間に届いたものだと言った。「ファビエンヌ・マルタンて、誰なの」彼女はたずねた。

私は落ち着いた顔つきでいるよう努めた。「友達です。幼なじみなんです」

「それと、ジャック・マルタンというのは？　彼女のお兄さん？」

「あ、そうです」と私は答えた。うまく解決した、と思った。どんな暮らしをしているのか、まるで知らないジャックという人間を想像するより、そのほうが楽だ。

「なぜ二人とも手紙を書くのかしら。あなたが二人に送ったの？」

「ファビエンヌはもう学校に行ってないんです。パリに旅したり、イギリスの学校に通ったりするのはどんな感じなのか、書いて教えてほしいって頼まれたんです。その子は知りたいんです」

「それは理解できることだけど」ミセス・タウンゼンドは言った。「ジャックはどうなの」

「彼……彼は……」私は口ごもった。「ジャックは……私のボーイフレンドなんです」

「思ったとおりだわ」とミセス・タウンゼンドは言った。「ジャックはいくつ」

「十六歳です」私は言った。「本当は十七歳です。先週十七歳になったんです」

ミセス・タウンゼンドは封筒をじろじろ見た。ファビエンヌはジャックの字を自分の字とちがって見えるように書いただろうかと私は考えた。

「私に言わせると、あなたにボーイフレンドはまだ早いわね」ミセス・タウンゼンドは言った。「おまけに、このジャックの筆跡からして釣り合いがいいようには思えないし。村では彼氏《プティ・タミ》と呼んでも問題ないかもしれない。でも、いまはもう将来のことを考えるときよ。ファビエンヌとご両親にはもちろん手紙を書いていいけれど、ジャックとのこの子供っぽい恋のゲームはやめるよう勧めるわ」

すぐには返事をしなかった。ファビエンヌが私に二人の人間として手紙を書きたいなら、その約束を破らないようにするのが私の務めだ。

ミセス・タウンゼンドは私の顔を見つめた。「あら、不満なの?」

「どうしてジャックに手紙を書いてはいけないのか、わかりません」

「それで何を得られるっていうの」

問題なのは、何を失うかだ。その答えは、多くのもの。この二週間、私はジャックとファビエンヌのそれぞれに手紙を書いた。ファビエンヌへの手紙では、自分のことはあまり書かずに新生活のすべてを詳しく紹介した。パリとロンドンの建物や通りはほかの人々のものだし、私の部屋の家具もカーテンもじゅうたんもウッズウェイのもの。洋服ダンスに入っている新しい服は、偉そうな他人みたいにハンガーから私を見下ろす。ジャックへの手紙のほうが、ばか呼ばわりされる心配をしなくてすんだし、おしゃべりになった。部屋の中だけではくことになっている柔らかい室内履きをはいてみました。金縁のカップで紅茶を飲みました。その持ち手はとてもきゃしゃなので、かじってみたらどうなるかときどき想像するんです。半透明の楕円形で、はちみつみたいな金色の甘い香りがする石けんが、顔や手をなめらかでいい香りにしてくれました。うちで使っている汚い色の角ばった棒石けんは肌を乾燥でひりひりさせるけれど、それとはちがいます。ジャックほどいい男の子はいなかった。彼はファビエンヌの特徴のすべてを持ち合わせ、しかもファビエンヌより愛してくれる。

私は手紙をちらっと見た。ファビエンヌとジャックから届いた初めての手紙だ。二人の書き方はどうちがうのだろうか。「手紙をもらうのが好きなんです。故郷から知らせが届くのが好きです」

「それはご両親からもらいなさい。それとこのお友達のファビエンヌから」

「ジャックはちがうことを教えてくれるんです」

ミセス・タウンゼンドは私を見た。その目に驚きとうとましさが読みとれた。はいカズミ、いいえカズミ、ありがとうございますカズミ、そういう規格からはずれた答えを返したのは初めてだった。飼っているオウムがみだらなことを言うのを聞いた人は、似たような動揺を覚えるだろう。

「わかったわ。手紙を調べましょう。妹が教えられないようなどんなニュースをジャックが知らせてくれるのか、見てみましょうよ」

ミセス・タウンゼンドがどういうつもりでそう言ったのかわからないけれど、彼女は返事を待たずにジャックとファビエンヌの手紙の封を破って開けた。彼女は薄いナイフを見せてくれたことがある。魚が彫られた翡翠《ひすい》の柄がついていた。レターオープナーを目にしたのは、それが初めてだった。無礼な指のせいでずたずたになった裂け目が、とても嫌だった。いや、とても嫌だったのは彼女のことだ。

彼女は手紙を二通とも私に渡した。「読み上げたら？　私がその価値を評価できるように」

ファビエンヌが使った便せんには見憶えがあった——学習帳から抜いた紙。私が二人の物語を書き留めたようなノートだ。手紙の匂いを嗅《か》いだら牧草地の新鮮な香りや、納屋の庭の泥みたいな臭いがするかもしれない。私はいったいどういうわけでこの知らない国の知らない学校にはまりこみ、カズミのようにはとても見えないのにカズミと名乗る人間にあれこれ指図されているのだろう。その望みが私の望みでもあり、その生活が自分の生活と変わらないほど大事な人は、世界にたった一人しかいないのに。私は手紙をポケットに入れた。「後で読みます」

「私はそんな指示をしていないわよ、アニエス」

わかってるけど、言うことをいつも聞かなくちゃいけないとは誰も言ってない、という声が頭の中で聞こえた。私は椅子に落ちるように座り、ミセス・タウンゼンドと自分を隔てている机を見つめた。私はすねるようなタイプの女の子ではない。でも、たまにファビエンヌが言うところの「死んだふり」状態に陥ることがあった。先生や両親の前でやったことはないけれど、ときどきファビエンヌにあまりにもつらく当たられたり、情け容赦なくばかにされたりすると、木の幹や大きな岩になったつもりで動きを止めた。すると、ファビエンヌは激怒した。でも体をいっさい動かさず、呼吸を浅くし、ぼんやりとしか見えないぐらいに薄目にしたら、たとえファビエンヌが怒りをつのらせて脅すどころか、強く殴っても私は傷つかなかった。その状態から私を連れ戻すには機嫌をとるしかないことを、ファビエンヌは知っていた。彼女は決して謝らないものの、その怒りが別の何かに——敬意やあきらめや、私が生き返るのを見たいというただの望みに——変わるときは、それを感じとれた。ときには彼女が野生の実を少し見つけてきて私の唇にこすりつけたり、二枚の葉を私のまぶたにあてがってから、新しい世界を見せる手品師みたいにぱっとはずしたりすることもあった。こんなふうに目覚めさせるのが彼女のやり方だった。そして私は必ず目覚めた。

「アニエス」ミセス・タウンゼンドが言った。彼女はあくまで私の気を引こうとしていたのだけれど、私は頭をぼんやりさせていれば彼女から離れていられるのを知っていた。薄目にしながらにやにやしちゃったかなと考えた。ついさっきまで、実の甘酸っぱさを味わえそうなほどだった。ファビエンヌはときどき私を生き返らせようとして、閉じた口に実を押しこんだ。私は一度きりだけれど、彼女の指を噛んで不意を打ったことがある。彼女は腹を立てるどころか、げらげら笑い出した。

「アニエス」ミセス・タウンゼンドがまた言った。今度はさほど厳しい声ではなかった。

私は目を開け、ロンドンからサリー州へ向かう列車内にいた女の一人を見るような目つきで、彼女を見た。

「何をしているの」

「何か言いましたか」彼女がじっと観察しているのが感じられた。私は無表情のまま、目を泳がせていた。狂った女の子だと思われるかもしれないけれど、天才の多くが狂っているとムッシュ・ドゥヴォーが話していた記憶がある。

「手紙のやりとりについて話しているのよ」ミセス・タウンゼンドは言った。

「ああ、はい」私は片手をポケットに入れ、二通の手紙に触れた。

「それで手紙の内容を教えてと頼んでいるの」ミセス・タウンゼンドはこれまでとちがう、穏やかにさとすような口ぶりで言った。

「でも、私に宛てて書かれた手紙です」と私は言った。

「それが内容を教えられないもっともな理由になる？」

ファビエンヌは、手紙がミセス・タウンゼンドの目を避けられないかもしれないことを見通せただろうか。判断がつかなかった。もしファビエンヌが手紙の中で本のことを書いていたら、ミセス・タウンゼンドは怪しむかもしれない。私は無表情で彼女を眺めた。

「アニエス？」

「でも、私への手紙です」私はまた言った。

ミセス・タウンゼンドは深いため息をついた。それから何か言おうとして、口をつぐんだ。彼女は机の上にある手紙の束を指さした。「実はあなたと本当に話したいのは、この手紙のこと。読者からよ。あなたのフランスの出版社が私に転送してきたの。読みたい？」

パリでムッシュ・シャスタンから渡された読者の手紙を読んだことがあった。四、五人が私のサインを求めていて、そのほかは文通を求めていた。ある男は、ブタが死んだ赤ん坊を食べるのにどれだけかかるか——数秒か、数分か、正確にはどれだけの時間なのか——たずねていた。犯罪の証拠を消す——かなり巧妙なやり方ですよね？——新しい手口を殺人者に教えることになるのを、予見していたか知りたがっていた。

ミセス・タウンゼンドから手紙を読み上げるよう迫られなくなったので、私はこのゲームの一回戦に勝ったのだと思った。だから何かお返しをすることにした。「あなたが最善と思うとおりにします」と私は言った。

「ずいぶん聞き分けがいいこと」ミセス・タウンゼンドは言った。「あなたはこんなものを読んで時間を無駄にしなくていい。さしあたりしまっておくわ。手が空いたら私が見てみる。この中に光るものはないと思うけれど、おもしろい手紙があれば教えるわね」

私は礼を言った。部屋に戻ってファビエンヌとジャックの手紙を読みたくてたまらなかった。ミセス・タウンゼンドは一度開いて読み、また封をしたのではないだろうか。たとえそうでなかったとしても、後で私の部屋に入って読むのを止めることはできない。命じられて私が書いている日記を読むのを、止められないのと同じで。

一九五四年一月二十日

親愛《マ・シェール》なるアニエスへ

昨日ファビエンヌが、自分と僕への君の手紙が入った封筒を郵便局から持ち帰った。手紙をくれと言ったら、とっくみ合いのけんかをして僕が勝てば渡すと言う。だから僕は、また今度渡してくれてもいいし、代わりに読んで返事を書いてくれてもいいと言った。負けるのが恐いのかって言われたから、僕は女の子とはとっくみ合いをしないと答えた。するとあいつは言った。心配いらないよ。あたしを傷つけることはできないから。

でもあいつを傷つけるのを心配してたわけじゃない。もしあいつに負けたら、村中の人に知られて笑い者にされるだろう。勝ったとしても、女の子ととっくみ合いをしたんだからやっぱり笑われる。

ファビエンヌは真夜中に君の手紙を丸めて僕の顔に投げつけた。僕は目が覚めないふりをした。あいつが消えてから懐中電灯の灯りで手紙を読んだよ。僕に直接送ってもらえたらいいのにと思うけど、ファビエンヌは自分宛ての一つの封筒で受けとるほうが安全だと言っていた。もし君が男に手紙を書いていることがマスコミにばれたら大騒ぎになると言うんだ。なんでそうなるんだよ。あいつが君にこういう形をとらせるのは、僕への手紙を読むためだと思う。あいつは君に対する僕の気持ちを知っている。だからどうしても僕らの邪魔をしようとするんだろう。

　村にたいした事件はないよ。君の生活は活気があって、すばらしいみたいだね。

　君が恋しい。

　これは立派な手紙とは言えないね。ファビエンヌのこと、さっきみたいな言い方してごめん。君の友達なんだから、悪く言うなんて面目《めんぼく》ないよ。でもあいつと一緒にいるとどうなるか知ってるだろ。あいつのことは絶対に理解できない。でもまあ、君と親しいもう一人の人間ということで、許してやるよ。

ジャック

一九五四年一月二十日

親愛《マ・シエール》なるアニエスへ

　あたしと兄ちゃんへの手紙、えらく楽しく読ませてもらったよ。あいつに手紙を書くときのあんたって、最高にばかっぽくなるね。無理もないけどさ。女の子って恋をしてると思うとチュンチュン騒ぐ小鳥さんになっちゃうからね。あたしに言えるのは、ジャックを逃したらもうほかの男には惚れないようにしたほうがいいってことだけ。ジャック――こいつは大丈夫。それほど頭はよくないけど、あたしもたいていの男よりは好きになれる。あんたは好きなだけこいつに惚れていいよ。

　だけど信用したらだめ。男の子なんだからね、すぐ男になるんだよ。男の心はすごく変わりやすいんだ。

あんたがいなくなってから、いろんなことがあったよ。ギムレットおじさんが死んだ——あんたも親から聞いたかもね。凍えるほど寒い日に屋外便所へ行くとき、足を滑らせて頭を打ったの。気の毒なジジイ。おしっこ満タンで死んじゃって。

二週間前、ルイーザが男の赤ちゃんを産んだよ。だから賭けはあんたの負け。その子はピエールって名前になった。次に赤ちゃんを産むのはジョゼフィーヌ。三月にね。あたしはやっぱり男の子に賭ける。だからあんたは女の子に賭けて。

先週、ウサギをくれないかって、あんたの親に頼みに家まで行ったの。あんたがいなくてさびしいから、あんたのものを何か持っていたいって言ってね。あんたの母さんは信じてくれてないのがわかったけど、父さんがいいよって言った。父さんもさびしいのかもね。

さあ、どのウサギをくれたでしょう。それからウサギはどうなったでしょう。

どんなことでも書いて送ってね。忘れないで。どんなことでもだよ。

ファビエンヌ

この二通の手紙だけでなく、ファビエンヌが同じ年に彼女とジャックとして書いてくれたほかの手紙も、いま読み返したところだ。彼女に送った私の手紙がどうなったのか知りたい。彼女はとっておかなかったんじゃないだろうか。でも、それでいいのかもしれない。彼女が死んだ後で、あれこれ調べ回って私の手紙を読む人はいないだろう。

私はウサギとニワトリとブタの全員に名前をつけていたけれど、だからといって解体されずにすむわけではなかった。この手紙を初めて読んだときは、どのウサギのことを指しているのか考えたにちがいない。もうウサギたちの名前は憶えていない。でも、ファビエンヌが両親にウサギをくれと頼んだのは、私がいなくて淋しいからではなくひもじいからだということを、当時ですら知っていた。

あの日、この二通の手紙を四、五回読んだ。私がジャックに書いた手紙は架空の人物に宛てたものなのに、ファビエンヌから返事が来たので彼は現実味を帯びた。私は筆跡がちがう二通の手紙を並べてじっくり見た。ミセス・タウンゼンドが読んだら、何か疑うだろうか。私は部屋を歩き回った末、最高の隠し場所を見つけた。サン・レミを出るときに着ていたコートの内ポケットだ。コートは洋服ダンスのいちばん奥に掛かっていた。手紙を折りたたんで内ポケットに隠してから、そのコートをミセス・タウンゼンドにもらったスーツケースの一つに押しこんだ。スーツケースには銀のロックが一つあり、銀の小さな鍵が二つついていた。二、三度やって鍵をかけることに成功した。ミセス・タウンゼンドの目から何かを隠しおおせられる場所があるとは、それまで思いもつかなかった。鍵をかけたスーツケースの上に鍵のかかっていないスーツケースをのせ、それから鍵の一つを歯ブラシをしまう箱の中に、もう一つは整理ダンスの引き出しに入っている古い冬用靴下の中に入れた。

女の子たちが戻ってくると、ハウスはちがう場所になった。ミセス・タウンゼンドは前の晩、女の子たちの生活が落ち着くよう手助けするので、私との勉強は一日中止すると言っていた。私はどうすればいいか指示されなかったので、客間に座っていて、皆が到着したら挨拶したほうがいいのだろうかと考えた。詩集（でもどうして私が詩を読む必要があるのか）や、ラ・ロシュフコーの箴《しん》言集《げんしゅう》（最初のページは見たけれど、目で読んでも脳が吸収するのを拒否した）など、ミセス・タウンゼンドに読むように言われたフランス語の本を一冊持って座っていることもできる。または、日記を書いているふりをすることもできる。きっと自己紹介のいちばんいい方法は、学校生活を送るなかで気づいてもらうことだ。自分の立場を説明しなくていい。

私は『幸せな子供たち《レ・ザンファン・ウールー》』の著者として、この新生活で自分の立場を説明する必要に迫られていた。作家は誰もが同じ要求に直面するのだろうか。何かを書いたことがある人なら、誰もが私よりは自分の立場をうまく説明できる。もしかしたらただソファに座って、足元に犬のエイジャックスとウィロウの二匹をはべらせていればいいのかもしれない。私たち三人とも、客間に家具のようになじんでしまう。

でも実行に移す勇気をなくしてしまったので、私は部屋にいた。女の子たちの声に耳を澄ませると、さまざまな言語で話したり、この雨模様のどんよりと冷える冬の日には場ちがいな感じで笑ったりしていた。部屋のドアを閉めていても、ハウスの空気が変わっていくのが感じられた。あたたかく濃密になり、そこへ樟脳玉《しょうのうだま》やなじみのない香水のほのかな匂いが加わる。私は二度くしゃみをし、部屋を出なくてよかったと思った。女の子がはりきった子犬みたいに体を揺らしながらそばをとおるたび、くしゃみが出たら！

お茶の時間までに女の子全員と会った。彼女たちは愛想がよかった。フランス語で挨拶する子も、英語で挨拶する子もいた。その頃にはちょっとだけれど、英語がわかりかけてきた。でも、すぐに彼女たちは近況を伝え合おうと二、三人ずつでおしゃべりを始めた。

カタリーナという女の子は波打つ豊かな髪が青く見えそうなほど黒くて、赤味を帯びた焦げ茶色の大きな目をしていた。カタリーナはお茶の後で、友達二人と一緒にサンルームに腰を下ろそうと誘ってくれた。

「新聞の写真よりもっと若く見えるわね」と彼女は言った。そのフランス語は完璧だったけれど、耳慣れないなまりがあった。私は同意したほうがいいのかわからず、ほほえんだ。「そうじゃない？」と彼女は友達にたずねた。すると友達が二人とも私をじっと眺めたのだけれど、驚くことに私はさっきよりも気楽でいられた。さっきは彼女たちに混じり、仲間のふりをして座っていなければならなかった。女の子たちからの注目を喜んで受け入れられたことは、私にとって新たな発見だった。動物園の動物は、森でほかの動物たちに混じって放浪できるよりも、檻の中で観察されるほうが幸せを感じられるのだろうか。

「作家になるって、どんな気分」マルガリータという別の女の子がたずねた。彼女のフランス語はちょっとおかしかった。

「ほとんどの日は、自分が作家だなんてぜんぜん考えない」と私は正直に答えた。

「また本を書くの？」マルガリータは訊いた。

「皆知りたがってるのよ！」ローズという名前の三人目が言った。

「二冊目の本は、今年出版されるの」私は言った。「でもその次は、わからない。もしかしたら書かないかも」

「どうして」三人全員が声をそろえた。

「書くのって、すごく時間がかかるから。故郷よりもいい教育を受けるためにウッズウェイに来たのに」

女の子たちは笑った。でも意地悪な笑い方ではなかった。「あなたが言うような教育を受けるためにここにいる子は、私たちの中にはいないわよ」とカタリーナが言った。

「あなたはもう有名人。教育のことなんて考えなくていいじゃない」マルガリータが言った。

「そうかな？」

「新作を書くほうがいいわよ。本に私たちのことを書いてね」マルガリータは言った。

「そうそう！」ローズが言った。「この前の夕刊の記事で見たけど、あなたが新作でウッズウェイを舞台にするかどうかが街の話題になってるんですって。それこそあなたにぴったりの仕事だと思う！」

　マルガリータとカタリーナも賛成だった。皆が私の将来について意見があるようだった。私は何も言わずにほほえんでいた。

「あなた、文学界のスターにしては謙虚すぎる」とマルガリータが言った。

「アニエスは恥ずかしがってるのかもね」カタリーナがそう言って、私のほうを向いた。「うんざりさせたくはないんだけど、私たち皆、あなたに会いたくてたまらなかったの」

　私は彼女たちがどこの出身なのかたずねた。マルガリータはアルゼンチンで、ローズは（私には東洋人のようにはまったく見えなかったけれど）シャム（タイの旧称）出身だった。カタリーナは父親がイタリア人で母親がアメリカ出身で、両親はローマに住んでいると話した。

「全員が外国出身なの？　フランス出身の人は誰かいる？」私はたずねた。

「あなただけ」マルガリータが言った。「うちの両親にこのことを手紙で書くから見てて。私をスイスの学校にやらなかったのはまちがいだったって、伯母さんが両親にうるさく言い続けてるの。でも、いまやこう言えるわ。世界的に有名なフランス人少女作家を輩出できたスイスの学校はないって！」

「伯母さんがスイスの学校に入れたかったのはどうしてなの」

マルガリータは手を振った。「あら、そんなことであなたに退屈な思いはさせられない」

三人組を率いているのはカタリーナだとわかった。彼女の説明によると、ほとんどの生徒はイギリスをはじめとする英連邦諸国の出身だった。この三人と、それからアメリカ出身の二人だけが〝女王陛下の臣民《ハー・マジェスティーズ・サブジェクト》〟ではなかった。

「それは何」と私は質問した。この英語の言い回しは、私には通じなかった。

「レ・シュジェ・ドゥ・サ・マジェステかな？」ローズがためらいがちに言った。

やはり何の話かわからなかったけれど、私はわかったかのようにうなずいた。「ところで、全員が英語を話せるの？」と私は言った。

彼女たちはそうだと答えた。

後で夕食のとき、カタリーナが隣に座るように私を促した。「力を貸すようにカズミに言われているの。何かあったら遠慮なく言ってね」

「あなたやお友達は私にいつも英語で話しても大丈夫かな？」と私はたずねた。ミセス・タウンゼンドが以前、女の子たちは月曜日と水曜日と金曜日と日曜日にはフランス語で、ほかの曜日には英語で会話しなければならないと話していたのだ。

「いつも英語なのは無理ね。フランス語の日に英語を話してはいけないの。それに、私たちはあなたとフランス語の練習をさせてもらいたいし」とカタリーナは言った。それから私のことをじっと見つめた。「あら、決まりは忘れて。あなたが望むなら英語を話してもいいわ。ただ通じないのを覚悟するだけ！　いまからやりましょうか」

「うん、お願い」と私は英語で答えた。

でもカタリーナはすぐには何も言わず、ミセス・タウンゼンドを見た。彼女はテーブルの上座にある座面の高い椅子に座り、緑色の布がかかった腰かけに足をのせていた。そうすれば女の子全員を見渡して会話を聞けるのだと、後でカタリーナが教えてくれた。

ミセス・タウンゼンドは黙っていたものの、普段より大きく目を見開いた。カタリーナはうなずき、テーブルからひじをはずして姿勢よく座るようにと私に小声で言ってから、同じ指示を英語でくりかえした。私が謝ると、あなたが申し訳なく思ういわれはないと言った。「皆が見ばえよく上品に見せる方法を知っているし、完璧な昼食の準備ができる。でも、誰一人として本を書いたことはないのよ」

ミセス・タウンゼンドが言っていたように、女の子の全員が私より年上だった。最年少はマルガリータで、十六歳。あとは十七歳と十八歳だった。夏にはほとんどの子が社交界に入れるようになっているでしょう、とカタリーナが言った。またはイギリス人の子の一部は、秘書養成学校に入ってから外務省に勤めて、そこでふさわしい夫を見つける。

カタリーナの隣に座っていたヘレンというアメリカ人の子が、ナイフとフォークを置いて私のほうを向いた。「教えて、アニエス」彼女がそう言ったとたん、ひどいフランス語なのがわかった。

「ここに来る前、世話してた《マインデッド》って本当なの？」——ここだけ英語を使った——「ブタやヤギの」

「世話してた《マインデッド》？」と私は言った。その英単語は知っているような気がしたが、質問の意味はわからなかった。

ミセス・タウンゼンドが言った。「複数の言語を交ぜて話してはいけませんよ、ヘレン」

「はい、カズミ」とヘレンは英語で言い、それから私のほうを向いてフランス語でたずねた。新聞に書かれていたけど、あなたは同じ年頃の人たちより農場の動物たちといるほうが心地いいって本当？

「あなたは肉を食べないの？」と、私は好奇心を装ってたずねた。

「でも、私は自分が食べる動物と知り合いにならなくていいわ」ヘレンは言った。

「残念ね。全員にかわいい名前がついてるの。礼儀正しいのもいるし、そうでないのもいる。エレーヌっていうブタがいたけど、とても無礼だった」（エレーヌに相当する英語名はヘレン）と私は言った。

ミセス・タウンゼンドからじっと見つめられているのを感じた。ほかの女の子たちからもだ。カタリーナはテーブルの向かい側にいる女の子と目を見合わせていた。

「まあおもしろい。あなたが来てくれるなんて、私たち、ほんとに運がいいわね」ヘレンは最後まで言わないうちに顔をそむけた。

私はヘレンの後頭部を眺めた。ファビエンヌなら彼女の美しい首を軽々とひねってやれるのに。そう考えて落ち着いたけれど、晩になってその考えがまた浮かんだら、ぎくっとした。ファビエンヌは優しくはないけれど凶悪ではない。彼女だったら何か率直なことを言い返し、ムカデを手にいっぱい捕まえてきてヘレンのベッドに放つだろう。でも、人を殺して解決しようなどとは考えもしないだろう。

ファビエンヌと私では、私のほうが真におぞましい人間だなんてことがありうるだろうか。

こうして私の新しい学校生活が始まった。生々しい奇妙な夢みたいに、いまでも憶えている。この夢は、語り直すたびに鮮明になり、新たな細部が露わになって、忘れられた展開がよみがえってくる。
陽射しが窓を抜けて床を横切る。同じ窓から入る月光は、額に入ったスペインの大聖堂の水彩画をかすめていく。日光は翼で飛び、月光はカタツムリの背に乗っているようだとでも言おうか。広がってはたたまれ、広がってはたたまれるミヤマガラスの翼が、やがて黄昏《たそがれ》に溶けていく。その頃女の子たちは宿題の時間を終え、優雅な仕草であくびをする――こんな仕草をしながら、その体は少女時代から抜け出して実生活を始めるのを待っていた。毎週金曜日にはフィッシュパイが出された。私にとってはごちそうだったのに、ほかの子たちはパリのカフェや南仏のマントンのホテルで親と平らげたエスカルゴを思い出しながら、ちょっと口に運ぶだけだった。でも、可憐な女の子たち――あなたたちの中で疑問に思ったことがある子はいるのだろうか。なぜかわいそうなカタツムリは、身を守るのにまるで役に立たない殻をあえて背負っているのか。

この春初めて咲いたライラックがあたりに放つよい香りは、日が暮れると濃くなった。果樹園で花を咲かせている木は、サンザシとクラブアップル。牡丹の花は華麗で短命だ。ミソサザイの母鳥が、雛に餌をやろうと飛び回っていた。三台のピアノの前に三人の演奏者が座り、それぞれちがう曲を弾いていた。ダンスの先生がサテンの靴を、やせこけて死んだような二体の人形みたいに肩に吊るしていた。フランスの印象派の絵画とローマの彫刻が、マジック・ランタンのスライドで映し出される。蓄音機にかけられる十九世紀の作曲家――彼らの音楽だけでなく、名前も頭の中をぐるぐる回って、私は眠くなった。私たちは何度でも好きなだけ入浴できる贅沢が許されていた。どこかの学校の女子とちがってね、とミセス・タウンゼンドからよく念押しをされた。そして週に一度、ミセス・フラスクがやってくる。彼女は私たちの髪を効率的に抜かりなく洗った。朝と晩を足せば一日になる。いくつもの昼といくつもの夜を足せば一週間になり、一か月になり、一生になる。どの瞬間に置かれても、どの方向を指されても、私は人生を思い返すことができる。細かいことを思い出せば、さらに細かいことが思い出される。これだけ細かいことがわかっていれば、それで全体像をつかみたいと人は望むかもしれない。でも、何の全体像だろう。思い出せば思い出すほど、わからなくなるのに。

ウッズウェイの日々は銅鑼《どら》を中心に構成されていた。それは青銅製で、墨のように黒い日本語の文字が刻まれていた。最初の頃は毎回のように不意をつかれた。ほかの子とちがって私は腕時計を持っていなかった。ミセス・タウンゼンドはきっと私の洋服ダンスには必要ないと思ったのだろう。食事、授業開始、校外学習への出発を告げる――銅鑼は、私が課題に取り組んでいる最中にかぎって鳴る習性があった。たとえば、ミセス・タウンゼンドから教わったとおりに顔を洗って歯を磨く。授業や遠足や夕食のそれぞれにふさわしい服装を選ぶ――このことでは、私を除く全員が知る暗黙のルールが山ほどあるので、よくカタリーナが手助けをしてくれた。

じきに私は身づくろいや身支度を、ミセス・タウンゼンドのルールどおりに申し分なくできるようになった。でも私の中にはこすり落とすことも、絹のようなブラウスでおおい隠すこともできないものがあった。ウッズウェイで初めて小麦でできたシリアルを口にしたけれど、どれほど長くミルクに浸しても砂のような味に思えた。女の子たちが朝食で紅茶を飲むのを見ていると、違和感を覚えた。でも両親は感心すると思い、手紙に書いた。どういうお金持ちと暮らしているのかと思うことだろう。

午前中はミセス・タウンゼンドによる外国語、美術史、文学鑑賞などの講義があった。昼食後はハウスのあちこちに散らばって、授業の復習をしたり手紙を書いたり、ただぶらぶらしたりする。それから、立ち居ふるまいの稽古をするために庭園へ行く。私は頭の上に本をのせることから始めたのに、ほかの女の子たちはリンゴがのっている皿を頭の上にのせたまま、円を描いて歩くことができた。テニスは人気があった――私の部屋にはラケットがあったものの、ミセス・タウンゼンドは私の最優先事項ではないと考えていた。雨が降る午後には集まって生け花をやった――ミセス・タウンゼンドは日本で暮らしてからというもの、達人だ。

週に二度、ダンスの先生のミス・グリフィンが訪問した。ロンドン出身の音楽教師であるミセス・コップはバイオリンのケースを持って現れ、教える時間をバイオリン奏者とピアノ奏者と歌手に振り分けた。私は楽器の授業を免除されたうえ、歌手になるには無理がある声だった。女の子たちがハウスのあちこちで音楽の練習をしている間、私は代わりにミセス・タウンゼンドのそばでフランス語と英語の朗読をした――朗読法は私にとってこのうえなく大事だと言うのだ。毎週木曜日、私たちはロンドンへ出かけて美術館や画廊を訪ねた。ミセス・タウンゼンドに映画鑑賞の趣味はなかった。そのことで女の子たちは不平を漏らしていたものの、晩にラジオでポピュラー音楽を聴くのは許してもらっていた。ビング・クロスビーは全員のお気に入りで、アーチー・ルイスについては意見が分かれた。ほかにもいたけれど、名前は記憶から消えていった。

一九五四年二月十二日

親愛なる《マ・シェール》アニエスへ

ファビエンヌは君の手紙が届いたら、今度はすぐ渡してくれた。もちろんあいつが先に読んだけど、君はそれを見越していたんじゃないかな。読まれたくない言葉を避けているのが、書き方からわかる。こんな言葉を想像するのが好きだよ。私たちは彼女には見えないところで手をつないでる気がしますって。

僕の生活は君がいなくてちょっと退屈だ。でもこのことは内緒にしてる。ファビエンヌにも言ってない。ときどき、君の噂をしているやつはいないかと思って、校門や広場の前を歩いてみるんだ。一度、三人いるマリーのうちの一人が、ほかの子にこう言ってるのが聞こえてきた。「作家の何がそんなに特別なの。あたしは大人になったら映画スターになる」僕の笑い声があんまり大きかったもんだから、マリーはこっちをにらみつけて失礼ねって言うはめになったぐらいだ。

ファビエンヌは君の話をめったにしない。まあ、あいつは誰ともあまり話をしないよね。僕は何度か君の話題を振ろうとしたけど、あいつはもう君のことを忘れたふりをするんだ。薄情だろ。昨日の夜、あいつにそう言ってやったら、まったくの勘ちがいだって言い返してきた。あんたはアニエスがいないからってすぐに新しいガールフレンドを作るだろうけど、アニエスとあたしは何があったってずっと一緒、だってさ。それで、僕は君を愛するほどには誰のことも愛せないって言ってやった。そうしたらあいつは笑って、男の言うことは信用ならないって言うんだよ。

僕がほかにガールフレンドを作ったりしないことは、君ならわかってくれてると思う。イギリスに行けるように貯金しようかと考えてるんだ。君を訪ねていくのを、学校は許可してくれるかな？

ジャック

一九五四年二月十二日

親愛《マ・シェール》なるアニエスへ

そのミセス・タウンゼンドってやつ、厚紙でできた貫禄たっぷりのウシって感じ。そういうのが農産物定期市の入口によく飾ってあるじゃない。そいつに時間をかける価値なんてほんとにある？　イギリスに行くことにしたのはまちがいだったって思う？

学校はムッシュ・ドゥヴォーにうってつけの場所みたい。哲学や芸術や詩の話ができるし、暗くなったら廊下を歩き回って女の子がお風呂に入ったり着替えたりするところを目にできるじゃない。あのあわれな男は最近どうしてるんだろう。あたしらのことを書いてるんじゃない？

あんたの書き方じゃ、女の子たちのことがいまいち伝わってこないよ。皆同じ感じがする。それぞれちがった説明をしたいなら、こういう方法もあるからね。庭の日なたに行って蛇がいないか探すの。この季節の蛇は日なたぼっこをするのが好きなんだけど、まだ眠くて動きが鈍いんだ。蛇のしっぽをつかんで、頭の先からしっぽの先まで地面にたたきつけてみて。すばやくやれば蛇はイチコロ。ほんとだよ。あたしは二、三日前からこれをやってて、いま死んだ蛇をムチみたいに振り回してるけど、そうするとエティエンヌやポールみたいな男の子さえ近づかなくなる。

死んだ蛇を手に入れたら、それを女の子の一人一人に見せてみなよ。それで誰が悲鳴を上げて、誰が蛇に触らせてって言うか、教えてね。

ちがうって。あたしがあんたがいま考えてるような人間だと思ったら大まちがい。あたしは蛇を食べたりしない。殺すのだって好きじゃない。だけど、その技を極めておくことは重要なの。ジャックはあいかわらずのばか。あんたに恋してると思ってるけど、半年後にあんたのことをおぼえてるかは怪しいね。あいつにかわいいガールフレンドを探してやろうかと思ってるんだ。誠実なままでいるとは思えないからさ。賭けようか？

ファビエンヌ

手紙を読んだら頭が混乱した。ジャックに手紙を書いたときはファビエンヌそっくりの人を思い浮かべていたけれど、彼は私たちよりもいくつか年上だし、私のことを愛しているから、気性がそれほど激しくない。もしかして私が想像している男の子はファビエンヌが想像している男の子とちがうのだろうか。彼女はどうして手紙の中でジャックのことを笑いものにするのだろう。そして彼はどうして不満げに彼女の話をするのだろう。彼は私のことが恋しいのでイギリスに行きたいと書いていたけれど、それはファビエンヌの気持ちも伝えているのだろうか。

女の子たちが戻ってきてからミセス・タウンゼンドは忙しくなったので、私の部屋に入って日記を読む時間などないだろうと思った。シャムの両親からの手紙を毎日待っているローズは、郵便物が届く頃にいつも玄関のテーブルのそばにいた。その日、私宛ての手紙を見つけて手渡してくれたのは彼女だった。ミセス・タウンゼンドはまだ目にしていないかもしれない。とはいえ、どんな危険もおかせない。手紙がミセス・タウンゼンドの手に落ちればやっかいなことになる。それだけは確かだ。ジャックがふさわしくない文通相手であるだけでなく、ファビエンヌも悪い影響を与える人間だと判断されるかもしれない。私は内容をほとんど記憶するまで読んでから、手紙をしまいこんで鍵をかけた。

死んだ蛇をハウスに持ちこむのは無理だと思ったものの、それから数日間、ミセス・タウンゼンドから美術や文学の話を聞かされて気が散ると、女の子たちが蛇を見たらどんな反応をするか想像してみた。興味をそそられて鱗《うろこ》だらけの冷たい体に触りたがる子は、一人もいないだろう、と思った。

女の子たちが戻ってから三週間後、カメラマンのムッシュ・ランベールがやってきた。ウッズウェイに来た日に声をかけてきた人だ。私は求められたとおりにあちこちでポーズをとった。実家を出るとき着ていた服に着替えることまでした。まずフランスの田舎から旅立ち、ミーカーの車から降り、スーツケースを持って歩いて数人の女の子たちに迎えられるときのいでたちを再現し、その写真を数枚撮るためだった。ハウスの中では、ソファの脇でじゅうたんに座り、ミセス・タウンゼンドの朗読に耳を傾けていることになった。それから犬のエイジャックスとウィロウが加えられ、暖炉の前で私の横に並んだ。私の部屋ではベッドの上にドレスとダンス用の靴を並べ、ムッシュ・ランベールの演出どおり「かすかに畏敬の念を帯びた欲望にかられて」指でその生地に触れた。彼は庭園を歩いている女の子たちや、噴水のそばでくつろいでいる女の子たちの写真も撮った。

ウッズウェイにとってはいい取り上げられ方なんだ。でなければ校長は僕がこんなことをするのを許さないよ。彼はフランス語で私に説明した。ミセス・タウンゼンドは授業のために女の子たちとハウスの中へ戻ったところだった。彼女はミーカーに、そばに残って見ているよう言いつけていった。

私がミセス・タウンゼンドを弁護する義務があるように感じたのは、ムッシュ・ランベールが見くびったような言い方をしたからではなく、さっきヘレンのことを気にかけるそぶりをしたからだ。彼は選べるならヘレンを撮影会のスターにしただろう。「ミセス・タウンゼンドは無料で私に教育を受けさせてくれるの」と私は言った。

「そうじゃなかったら君の部屋はからっぽだろうね。でも君がいても養う人間が一人増えるだけだし、クラスに生徒が一人増えるだけだ」

「だけど、あんなに服を買ってくれたんだよ。見たでしょ。写真を撮ったでしょ」

「どう見たって君は自分の食い扶持ぐらい稼いでいるよ」とムッシュ・ランベールは言った。

皮肉めいた口調が気に入らなかったけれど、私は黙っていた。

ムッシュ・ランベールはカメラのレンズを交換し、社交界の令嬢になる気分はどうかと訊いた。私は社交界の令嬢になるわけじゃないと答え、故郷よりもいい教育を受けるためにこの学校にいるのだと言った。ムッシュ・ランベールはにやりとした。「お嬢さん《マドモアゼル》、君は若いからまだ人々の意図を理解できないんだ」彼はテニスコートの脇にあるキャンバス地の椅子に私を座らせ、テニスのボールを左手に、クロッケーのボールを右手に握らせた。そして熱心に比べているかのように、二つのボールを見つめるように言った。ムッシュ・ランベールは数枚撮影すると、手を休めて口を開いた。パリとロンドンで、君はミセス・タウンゼンドの実験台だと報道されている。彼女は君をブタ飼いから社交界のデビュタント（初めて上流社交界に出る娘のこと）に変身させるつもりだとね。「雑誌をどれか持ってこようと気が回ればな」

「ここで買える？」と私はたずねた。

彼は肩をすくめ、手で庭園のほうを指した。「ここで？」

そういう記事をミセス・タウンゼンドは目にしただろうか。「あの人が切り抜きサービスか何かについて話していたことがあるの」と私は言った。

「さあ、その目つきのまままじっとして」とムッシュ・ランベールは指示して、写真を数枚撮った。お宝をちょうだいした、と彼は言った。

「何のこと」

「君のその目つきだよ」と彼は言った。

何を言っているのか、わからなかった。「ミセス・タウンゼンドに、そういう雑誌の記事のことを訊いてみたほうがいいと思う？」

ムッシュ・ランベールはレンズに蓋をして、あたりを見回した。ミーカーはテニスコートの向こう側にいて、園芸用具を磨いたり研いだりしていた。ムッシュ・ランベールは椅子を持ってきて私の隣に置いた。距離がちょっと近すぎたけれど、ミーカーは顔を上げなかったし、ムッシュ・ランベールから徐々に遠ざかる必要はないだろうと思った。彼は腰を下ろしてタバコを差し出した。私が首を振ると、彼は自分が吸うために火をつけた。

「本当は僕が君の立場だったら」ムッシュ・ランベールは言った。「自分に関するそういう記事はあえて読まない」

「どうして」

「君はこんなことを長い間していられる女の子には見えないからね」

「こんなこと？　こんなことって何」

「神童を気どったり、世間の道化役をやったりすることだよ」

「どういう意味なの」と私は訊いた。訊いたのは、この会話ではそうするのが私の務めのような気がしたからにすぎない。彼が言おうとしていることは、すでに察していた。でも、それを耳にしたいかどうかはわからなかった。

「つまり世間が君を笑いものにしていいと思ってるってことだよ。連中にとって君は人畜無害な余興さ。読者が《ブタ飼いからデビュタントに》なんて見出しを見たら、君をどうとらえると思う」

私は首を振った。こういうことは知らずにいるほうがましなのかもしれない。ムッシュ・バザンもそんな記事を読んだのだろうか。彼も私のことを人畜無害な余興だと思ったのだろうか。

「君の物語からほかの人たちが得たものと、君自身が得たものを比較しようと思ったことはあるかい？」とムッシュ・ランベールがたずねた。

私は首を振った。

「いいかい。僕は今日、本当にいい写真を撮って、それで報酬を得る。でも君はこれで何を得る」

私はちょっと考えてみた。「今日は授業に出なくてすむ」

「君はいい教育を受けるためにここに来たんじゃなかったかな。なんとね、ここで学んでいることが気に入らない？」

「ううん、もちろん気に入ってる」と私は言ったが、信じてもらえないのはわかっていた。

「お嬢さん《マドモアゼル》、君がとても利口な女の子なのはまちがいないから、ざっくばらんに話すよ。ここの教育が終わったら、君はどうする」

「フランスに戻る」

「じゃあ、それからどうする」

イギリスのフィニッシング・スクールに一年通った後、少女作家は何をするものなのか。

「君がここで教わること――ここで学んだことは、将来の役に立つ？」

「うん、そう思う」

「何になるんだ。社交界のデビュタントにでもなるのか？」

ムッシュ・ランベールの笑みが気に食わなかった。口の片端だけを上げていて。でも、この人だけが冷酷なわけじゃない。前足でネズミをつかんでかわいがる猫になれるとあらば、すぐ飛びつく人はたくさんいる。ムッシュ・ランベールもミセス・タウンゼンドと変わらない。でも少なくとも彼は、これまで私がしがみついていたかもしれない幻想を壊すのは自分の義務だと考えているのだ。

「私がわかっていないことを教えようとしてるの、ムッシュ？」

「君は多くの人のためにいい物語を作る。そして君について書いたり、君を撮影したりする全員が見返りに何かを得る。おそらくここの校長が誰より得をするだろう。これから数年は入学者数が増えたとしても不思議はない。だがこの連中——僕も含めてだが——僕らはミツバチみたいなものだ。ミツバチにとって花は君だけじゃない。それに、花はいつまで咲いていられるかな。何が言いたいかわかるかい」

私は少しの間考えた。「花のままじゃなくて、ミツバチになるにはどうしたらいいの」

「それは僕が言うことじゃない」とムッシュ・ランベールは言った。

「じゃあ、フランスに帰ったほうがいい？」それにも答えてもらえないのを知りながら、私はたずねた。


「ジャックはいまだに手紙をよこすようね」ある日の午後、ミセス・タウンゼンドが私を居間に呼び寄せ、二通の手紙を見せた。一通はファビエンヌからで、一通はジャックからだった。きっとローズは今日、郵便物のところへ行くのが遅れたのだろう——私も彼女のように毎日首を長くして故郷からの手紙を待っていることを匂わせたら、彼女は私のために気をつけて見ておくと約束してくれたのだ。

私はミセス・タウンゼンドの手の内にある手紙を見た。最後にジャックの話をしてから、彼女は私が死んだふりをしたできごとなど忘れたかのようにふるまっていた。彼女の忘れっぽさをどれだけあてにできるかわからなかったけれど、女の子たちが戻ってきてから彼女はだいたいそちらのほうに気をとられていた。ヘレンが言っていたように、女の子たちはお金を払ったお客さんだ。どの世界でもお金を払ったお客さんは、施しを受ける者より優先される。ヘレンのフランス語は下手だが、流暢《りゅうちょう》でなくても人を不快にさせることはできる。

「ジャックとの間に、聞いておいたほうがいいような新たな進展はある？」ミセス・タウンゼンドはたずねた。

「私たちはうまくいっています」と私は言った。

「では、まだあなたのボーイフレンドなのね」

私はうなずいた。

「ウッズウェイにいる間ボーイフレンドを持ってはならないことは、はっきりさせておいたように思ったのだけれど」

「ほかの女の子たちはいつもボーイフレンドの話をしています」

「そんなことないわ。誤解よ。ボーイフレンドみたいに言っていても、それはボーイフレンドじゃないの。ウッズウェイの女の子は全員が良家の子女。あなたははるかに若いし、そのうえ私はご両親からあなたを任されているの。歯車が狂わないようにするのは私の責任。わかった？」

私は返事をしなかった。ファビエンヌが本を書くことを思いついてから、人生の歯車はすでに狂っていた。まちがった道をたどっていずれ正しい場所に着くとは、とても思えなかった。

「教えて。まだ彼に恋していると思う？」

私は恋をしたことがなかった。そしていま、架空の男の子に恋をしているか、彼女に訊かれている。ファビエンヌなら笑うだろう。私もあの子と一緒にいたら笑うだろう。これはミセス・タウンゼンドには関係のないことだ。ジャックというボーイフレンドを持つこのゲームをいつまで続けるか、決めるのは彼女ではない。

「アニエス、あなたに訊いてるのよ」

「はい」と私は言った。

「じゃあ恋をしているのね？　率直に言ってあなたに恋なんて早すぎるわ。しかも明らかにふさわしくない人に恋をしてる」

「ふさわしくないとどうしてわかるんですか」

「それを訊かなきゃいけないことからして、世間知らずだとわかるの」ミセス・タウンゼンドは言った。「彼との文通はやめる潮時でしょうね」

「でも、彼に手紙を書きたいです。それに、彼の手紙が欲しいです。連絡をとっている故郷の人はあまりいないんです」

「お友達のファビエンヌが手紙をくれるじゃない。ご両親も。それでじゅうぶんじゃない？」

「彼の手紙の何がいけないんですか」私は言った。「どうして好きなものをもらってはいけないんですか」

「あなたは未熟なの。味のよしあしがわからない人は、どの食べ物がいいか決められない。人間も同じ。あなたには人を評価する能力が足りないの」

「彼のことを知りもしないでしょう。私にふさわしくないとどうしてわかるんですか」

「ふさわしいとそこまで確信できるほど、彼をよく知っているの？」ミセス・タウンゼンドはたずねた。「あなたには驚かされるわ、アニエス。あなたの育てられ方は行き届いていなくても、同じ年頃の多くの女の子をしのぐ強みを、少なくとも一つはもたらしたのかもしれないと思っていたの。ところが、人並みにヒステリーを起こしやすいことを自ら証明したわね」

　そう言われるまで、自分が泣き出していたことに気づかなかった、袖で涙を拭いていても――ミセス・タウンゼンドは眉をひそめたけれど、ハンカチはくれなかった――涙で顔が濡れているのが不思議に思えた。私は涙もろい人間ではないし、ファビエンヌは泣く女の子を軽蔑していた。

「まずは落ち着いたら？　それから話をしましょう」ミセス・タウンゼンドは言った。

「ジャックへの手紙を書かせたくない――これはあなたの実験の一部なんですか」私はたずねた。

「いま何て？」

「私はあなたの実験台だと報道されています。カメラマンが教えてくれました」

　ミセス・タウンゼンドは机の上にあった本を開いて、数行眺めてから別の本の山に戻し、それから視線を上げた。「ムッシュ・ランベールが？　もし彼があなたにそう言ったのなら、おおいに職業倫理に反したことになるわ」

「でも、本当なんですか」

「あなたは頭のいい女の子よ。でなければ出版できるようなものなど書けなかったでしょうから。自分を神童だと思っていい。でも世間に神童はいくらでもいて、世間はいつでも次の神童に飛びつこうとしている。正直に言わせてもらうと、出版社にとってあなたはせいぜい手回しオルガンに鎖でつながれたサルにすぎないの。作家になるのをやめたら何になるの。村に戻ってまたブタ飼いになる？　結婚して農民の嫁になって、養うのもやっとな子供たちを夫に与える？　教えて。それがあなたの求めること？　もしそうしたいなら、明日あなたを故郷に追い返してもいいわ」

　故郷に連れていってくれるなら、いちばん早い列車に飛び乗るところだけれど、ファビエンヌは私がここにいることを望んでいる。本を書き続けられるように。

「さあ、教えて。村に帰してもらいたい？」

私は首を振った。

「あなたの恩知らずぶりは無知ぶりに負けないほどの衝撃だわ。無理もないことだけど」ミセス・タウンゼンドは言った。「さて、このジャックという人の話に戻るけど。読むに値するどんなことが書いてあるか見てみましょう」

ミセス・タウンゼンドがジャックの手紙を破って開けたとき、私は抗議しなかった。守らなければならないのはファビエンヌの手紙だ。彼女のためにジャックを犠牲にしなければならない。そう考えると物悲しさを感じた。ラジオでよく聴く流行歌の歌詞みたいだ。〝愛しているから別れるの。ほほえみの裏で流す涙は、あなたには見えない〟

ミセス・タウンゼンドは手紙に数秒目を走らせ、私に放ってよこした。まだ無事に封がされているファビエンヌの手紙と一緒に。

「思いつめたような言葉や恋い慕う言葉。何もかもが無益で感傷的。ジャックの手紙には何の取り柄も見当たらないわ。弱い男ね」

でも私のことを世界中の誰より深く愛している。私は手紙をもう一度折りたたんできれいに伸ばした。

「すぐに彼との文通をやめなさい」ミセス・タウンゼンドは言った。「彼にこう言ったら？　手紙はもう受け取れない。私は自分の将来に目を向ける必要があるって。なんなら妹さんに手紙を書いて、彼に言って聞かせるように頼んでみて。この人の手紙はもうこれ以上見たくないわ。わかった？」

「はい、カズミ」

その晩、私たちはミセス・タウンゼンドに言われた。ポピュラー音楽ではなくて、何か本物の音楽を蓄音機で聴きましょうよ。ミセス・タウンゼンドには見えないところで、ヘレンだけがしかめ面をした。ほかの女の子たちはがっかりしながらも、客間に集まった。そのうち何人かはミセス・タウンゼンドの足元のじゅうたんに座り、犬を代わるがわる撫でてやった。

私は部屋の隅に椅子を見つけた。その音楽をどう解釈すればいいのかわからなかった。ドイツの作曲家による協奏曲だ。作曲家の名前をミセス・タウンゼンドに質問されることになっても、思い出せなかっただろう。曲は耳には心地いいものの、長かった。ちょうど、私たちが週末によく出かける散歩みたいだ。ミセス・タウンゼンドや女の子たちが景色と呼ぶものは、ただ木と花と、ところどころに流れる小川にすぎない。サン・レミで見られる景色のほうが二倍きれいだった。

音楽はロンドンの博物館や劇場みたいなものなのだろうと私は思った。これらは生活の質をいっそう高めてくれると言われたのだ。でもそれにはまず、高めるに値する生活がなければ話にならない。学友の基準からすれば、私にはまだ生活と言えるようなものがなかった。ほかの子たちにとってたやすいことが、私にはたやすくない。私の字は村の学校ではほめられたかもしれないけれど、ここでは女の子たちの踊るようなカリグラフィーの字が、私がまねてみた酔っ払いのような字をあざ笑った。女の子の中にはフランス語を妙なまりで話す子もいたとはいえ、読み書きは全員が私よりうまかった。このハウスのあちこちにさまざまな言語の雑誌が置かれていたけれど、私は写真を見るだけだ。印刷された文字が英語かフランス語であっても、目がよけてしまう。一部の女の子は——特にカタリーナは——本当に私に助け船を出したがっていたけれど、ほかの子は私がへまをやるたびににやにやと顔を見合わせた。それが毎日のようにくりかえされた。無粋で無知といえば、私のことだった。

　ファビエンヌはほかの人たちとちがっていても気にしなかったけれど、私は気にした。ここウッズウェイでは。

　協奏曲が終わると、あとは寝るまで好きに過ごしてよいとミセス・タウンゼンドは言い、客間から出ていった。エイジャックスとウィロウが彼女のあとを追った。すると誰かがラジオをつけたけれど、私はそこに残らないことにした。自分の部屋にいたかった。部屋は、ここの生活でまだ愛せる唯一のものだった。

　カタリーナが私のあとについて二階へ上がり、部屋に入ってきた。「今夜は悲しそうよ」と彼女は英語で言った。私の知るかぎり、彼女は忠実な友だった。約束どおり私にはいつも英語を話し、私がまったく理解できないときだけフランス語で助けてくれた。

　私は悲しいのではなかった。退屈だった。ファビエンヌと私が完成させたあの小宇宙が恋しかった。世の中に出たらおもしろいことがありそうだとファビエンヌが思いこまなかったら、私はあの生活（私の知るかぎり最高に幸せな生活）から出なかったのに。彼女は私たちが経験したことのないものを、知るべき重要なものとみなしていた。そして見知らぬ人々とその生活を見るために、私をパリへ、それからイギリスへ送りこんだ。私はしばらくの間冒険に身を捧げようとしたけれど、この世界の——柔らかいシーツ、優美な服、豊富な食べ物、おめかしした学友たち、客間の鳩時計みたいに一日中同じ指示を同じ順序で口にするミセス・タウンゼンドなどの——新鮮さはすぐに消えていった。女の子たちは天使みたいに非の打ちどころがないほど美しくなれるけれど、それは天使を仕立てあげるのに想像力はいらないからだ――上等な素材と一連の公式しか必要としない。服やダンスの話をしている最中にふと黙り、遠くにいるフクロウのかすかな鳴き声に耳を澄ます女の子はいない。フクロウに返事をしたら、幼い子供へのお告げではないかと心配する母親がどこかでその子を見ているだろうと思えるほど、その声が本物らしい女の子もいない。ファビエンヌにここにいてほしかった。そうすれば私にわかったことを、彼女にもわかってもらえる。この世界は私たちに必要ないし、私たちはその世界にとって必要ないことが。

「ねえちょっと。今夜のあなたはうわの空ね」カタリーナが言った。

私は部屋のドアを閉めた。ウッズウェイに来るまで、ドアを大事だと思ったことはなかった。

「大丈夫。ただ最近、ジャックがとても恋しくて」と私は言った。気分の浮き沈みをジャックのせいにするのは簡単だった。女の子の誰も怪しまない。

「文通してるんじゃないの？」

「してる。でも、カズミがいい顔をしないの。やめなさいって言われた」と私は言った。

「カズミはきっと、あなたのためを思ってそう決めたのよ」とカタリーナは言った。

「あの人はジャックのことを知らないの。もっともな理由なんてないはず」

「そんなこと言っちゃだめ」カタリーナは私をいさめ、それから声を優しくした。「その人の写真ある？」

ジャックの存在の証拠を手紙以外に求める人がいようとは、思いも寄らなかった。「故郷では写真を撮らないの」と私は答えた。

カタリーナはちょっと思案した。「あなたの将来が彼よりも明るいことは、知っておいたほうがいいって本当に思うわ」と彼女は言った。

「皆があたしの将来の話をしてるけど、あたしに将来なんてないって誰もわかってない」

「そんなわけないでしょ。あなたは作家なのよ！」

「あたしの本を読んだことある？」

「カズミに読まないよう命じられてるの。学友としてのみ、あなたを知ってほしいんですって。でも、そう言われてすぐに本を手に入れた子も、もちろんいた」

「ここの全員が本を読んだの？」

「全員じゃないわ。全員が本を読むのが好きなわけじゃないし。フランス語の本ならなおさらね。もしかしたら英語の翻訳が出たら読む子がいるかもしれない」カタリーナは言った。「だけど、こんなこと言って気を悪くしないでほしいんだけど、あなたの本は私たちが想像してたのとちがった。マルガリータとローズは二人とも気味が悪い物語だと思ったって」

「あなたもそう思った？」

「私は読んでないの。わかるでしょ——私に文学の趣味はない——でもローズが物語をいくつか語ってくれた。かなり衝撃的ね！　あなたに会ってみたらいい人だったから、私たち驚いたのよ」

そのとき私の頭に浮かんだのは、カタリーナとマルガリータとローズは本当の友か、でなければ本当にいい役者だということだった。

「こんなこと言うと失礼だけど、あなたの故郷の生活って恐ろしいような感じね。とても生活とは言えないわ」カタリーナは言った。

「あたしとジャックにとってはいい生活だった」

「でもあなたはいまここにいる。それが恐ろしいような生活だったことを、もう知ったほうがいいわ」

「それを知ることに何の意味があるの。あたしはあなたたちの誰ともちがってるのに」

「あなたは私たちの誰よりも優れているの」カタリーナは言った。その誠実な口ぶりを一か月前の私が聞いたら、彼女の言うことを信じただろう。「まあ、そんなにしょんぼりした顔しないでちょうだい。あなたは作家なのよ」

　私はため息をついた。

「本をもっと書きたいと思ってる？」と彼女はたずねた。

「二冊目は書いたの。秋に出版されるよ」

「その後は？」

「ううん。もう書きたくない」

「本当？　本を書かないなら、何になるの」

「フランスに帰って、パリで仕事を見つけたい」

「どんな仕事」

「秘書の仕事。それか、売り子」

　カタリーナは笑った。「冗談でしょ！」

「仕事を持って何がいけないの」私は言った。

「ふさわしい仕事を持たなきゃ。ええとね、ヘレンはしばらくお父さんのもとで働いて、それから結婚する。マルガリータは聾啞の子供たちの実験学校を設立したいってずっと言ってるわ。ローズは働く気がないの。フィリッパやジリアンは」――話題に上った二人は、イギリスのマンチェスター出身の子とニューカッスル出身の子だ――「あの子たちは仕事を持つでしょうね。二人とも夏が過ぎたら秘書養成学校に行くの」

「あたしも行けるかな？」

「どうしてあなたがそんなことしなきゃいけないの」

ロンドンに秘書養成学校があるなら、きっとパリにもそういうところがあるだろう、と私は思った。「あなたはどうするつもり」と私はたずねた。

「私はそんなに大きな望みはないの。結婚して子供を作りたい。でもあなたは別。早まっちゃだめ。あと、ジャックと結婚しないほうがいいのは確かよ」

私は首を振った。「誰とも結婚なんかしたくない。仕事を持つほうがいい」

「いつかは結婚しなきゃいけなくなるわ。でも、ふさわしい相手じゃないとね。それはふさわしい仕事を持つよりも大事なことよ」

「そこが問題なの。あなたたちからしたら、仕事でも夫でも、あたしのものは何でもふさわしくないように見えるんだよ。わからない？」

「わかるわよ」カタリーナは言った。彼女の黒っぽい目がきわだって同情的に見えた。「全部わかってるわ。だからカズミの言うことに耳を貸してほしいの。きっとあなたのために素敵な計画を考えているわよ。あの人は厳しい人に見えるかもしれないけど、あなたにとてもよく尽くしているわ。私たちの誰もここまでしてもらったことはないのよ」

「誰もそんなにしてもらう必要がないもの」と私は言った。

「もちろん、そういうわけもあって」カタリーナは同意した。「なおのことカズミを信頼すべきなのよ」

暖かい陽気になり、ミーカーが庭園で仕事をする時間が増えた。彼はときどき独り言をつぶやいたり、若木や芽と会話するように優しげな表情で何かしゃべったりしていた。番小屋に住んでいて、村の若者が重労働の手伝いに来るほかはたいてい一人で仕事をしていた。がたつく窓枠を直したり、割れた電球を交換したり、あちこちの塗装を補修したり、水道管の水漏れを防いだりと、校庭や屋内で忙しそうだった。私たちには会釈や唇の動きで挨拶しても、決して話しかけず、料理人やメイドともあまり話をしなかった。私たちがロンドンへ出かける日は、車に半数ずつ乗せて駅まで送ってくれた。私がほかの子とはちがうことを、彼が見抜いたかどうか気になった。

「どうしてミーカーは私たちがいると、ぜんぜんしゃべらないの」ある日の午後、カタリーナにたずねた。私たちはテニスの試合を観戦していた。私はテニスをすることができなかった。マルガリータとカタリーナは私にテニスを二度教えようとして荷が重すぎると判断し、ミセス・タウンゼンドにテニスのコーチを雇ってもらったほうがいいと言った。そのとき私は、テニスなしでも生きられると考えた。

「あの人は人付き合いしないの。カズミはそこを気に入ってるんだと思う」

「奥さんとか、家族はいる？」

カタリーナは笑った。「あなたが訊くようなことを、私たちは詮索《せんさく》しないわ」

「しないかな？」女の子たちはたえず詮索しているような感じがした。昨日、ロンドンの記者がミセス・タウンゼンドに手紙をよこし、『幸せな子供たち《レ・ザンファン・ウールー》』の英語版が今度刊行されるので、私にインタビューをさせてほしいと頼んできた。私がそれをカタリーナに話したら、とたんに四、五人の女の子たちから質問攻めにされた。

「するわね。でも、適切なやり方でしかしない。しかも、適切な相手にしか」カタリーナは言った。カタリーナたちにとって私が、わけありの適切な相手なのはわかっていた。私はいつミーカーみたいな、いないも同じ人間の部類に逆戻りしてもおかしくないのだ。

「私たちはミーカーの庭仕事の手伝いをしてもいいの？」と私は訊いた。

「カズミは認めないと思うけど」カタリーナは私の顔を見て、言葉を継いだ。「生け花よりも園芸のほうがどうしても好きなのよね。観葉植物の世話をしてもいいか、カズミに訊いてみたらどうかしら」

私はカタリーナに好感を持っていた。血が通っていて温かみがある。死んでいない人間なら誰でも血が通っていて温かみがあるのだから、そういう表現はこっけいだといつも思うのだけれど、カタリーナの場合は本当にそんな表現がふさわしかった。でもいま思えば彼女は、善人でいたい、正しくありたい、と強く望むせいで人柄が損なわれていた。善人でいることは生まれながらの性分であって、彼女は善人でいることに心から喜びを感じていた。ところが、人が正しくあろうと強く望むと、まちがったところにしか行き着かないものだ。ミセス・タウンゼンドの考えを知り、その代弁をする——こういうことを、カタリーナはまるで屈託《くったく》なく堂々とやった。同じように、ウッズウェイに来る前は別の権力に代わって口をきいていたにちがいない。そしてウッズウェイを去った後もそれを続けるだろう。当時の私は若すぎて、彼女のような人を恐れることを知らなかった。後にカタリーナに似た人たちに出会ったけれど、そのたびに人の善意を避けるよう学び直さなければならなかった。

庭園で一人で過ごすこと——ミーカーと一緒でも、一人きりでもかまわない——それは魅力的な思いつきだった。サン・レミでファビエンヌと私は、たいてい野外の人けのないところで過ごした。それは周囲の村人たちを思い切り軽蔑しているからだと、いつも思っていた。でも、軽蔑と恐怖の間のどこに境界線があるだろう。近づきすぎる人からはいつ何をされるかわからない。距離を置き、漠然とした危険から身を守る勘のよさを、ファビエンヌと私は備えていた。でもウッズウェイにいる私に、そんな贅沢なものはなかった。ファビエンヌだけがこの世から身を守る唯一の鎧《よろい》だというのに、離れていてはどんなに頑丈な鎧だろうと守れない。ウッズウェイの美しくて洗練された女の子たちは、見事な貝殻みたいだった。私はロンドンの博物館への遠足で、いろんな大きさや形の貝殻が昔はお金として使われていたことを学んだ。でも、ムッシュ・ドゥヴォーがファビエンヌと私に見せてくれた古い本の挿絵のことも思い出した。魔女だからと死刑を宣告された若い女性数学者を、拷問するために使われた貝殻。そのときは珍しくファビエンヌも私も、彼が教えを垂れようとしてもとがめなかった。私たちは畏敬の念を抱いて挿絵を見つめ、拷問に使われた貝殻が若い女の死後どうなったのか、後で話し合った。

　ミセス・タウンゼンドは来年度の入学手続きで忙しかった。午後はたいてい、娘の入学を考えている親に手紙を書いたり、ときおり訪問者を迎えたりして過ごしていた。彼女の個人授業は減っていった。昼食後のスケジュールはほかの女の子にとってもゆるくなった。近くの全寮制学校の男子も出席するダンスパーティーを六月におこなうのがウッズウェイのならわしだ。パーティーの夜や、夏の旅行や、実家で予定していることを楽しみにしている女の子たちは、おしゃべりすることがたくさんあった。私はほとんど話題を提供できなかったし、抜きん出て詮索好きな女の子たちですら、作家なのはどんな気分かと質問しなくなっていた。私はミセス・タウンゼンドが警告していたような、どうでもいい人間になりつつあった。

このことを気にしたほうがよかったのかもしれないけれど、たいていは一種の倦怠感《けんたいかん》に見舞われていた。ウッズウェイはもう新鮮ではなかった。昼も夜も同じ女の子たちの集団と一緒に暮らすと、ヤギやニワトリの群れに見えてくる。私は好きなときに彼女たちのおしゃべりを消すことができた。一人一人を区別しないで彼女たちの顔を見過ごしてしまうこともできた。彼女たちが何かに飢えていても、私のもとには駆けつけない。私にはあげられる餌が何もないのだ。うちのニワトリに囲まれているほうがましだった。

　ファビエンヌのことが身を焦がすほど恋しかった。彼女に手紙を書くことにしか、集中力が湧かなかった。しばらくの間、思いつくかぎり何でも書いた。ミセス・フィッシャーと彼女の料理について。ロンドンへの遠足について。週末の散歩について。ウッズウェイを訪問したいとミセス・タウンゼンドに手紙を書いてきた記者とカメラマンについて。それに、学校の女の子全員について書いた。彼女のことが恋しいと手紙に書いたことはなかった。でも文通をミセス・タウンゼンドから禁じられたことを伝えなければならないジャックへの最後の手紙で、私は彼に心の内を打ち明け、ファビエンヌに告げる勇気がない内容を書いた。

　ファビエンヌは毎回すぐに返事を送ってきた。「特に変わったことはないよ」とか「こっちではたいしたことは起きてない」とか——ファビエンヌの手紙はいつもそんなふうに始まっていた。そして村で起こった誕生や死、結婚式や病気が次々に挙げられる。ときおり、彼女と私にだけ意味がわかる文章が入っていた。「新しい郵便局長のムッシュ・ロールのところに、よく訪ねてくる客がいるんだよ。年上の女に見える。郵便局長の婚約者で、シヴレーで学校の先生をしてるっていう噂。二人は学校の年度が終わり次第結婚して、それから女がサン・レミに引っ越してくるんだってさ」すると私は返事に「ムッシュ・ロールがずっと村で暮らしていたら、いつか前の郵便局長みたいにやめになるかな」と書いた。別の手紙には、紺色のトンボの髪留めは干し草色の髪に似合わないと年上の女の子から言われたとあった。「うらやましいだけなんだよ」とファビエンヌは書いていた。「だけど、欲しいんだったら五百フランで売ってもいいって言ってやったの。そうしたら頭がおかしいんじゃないのって言うからさ、目の前でただ笑ってやった」

ファビエンヌが髪留めをつけていると思うと、うれしかった（薄い髪にトンボを留めるとき、何を思うのだろう）。でも、お金と交換してもかまわないというのは、ちっとも喜ばしくない（でも髪留めに法外な値段を要求するなら、逆を意味しているのかもしれない）。ファビエンヌに関しては、いっさい確信できることがなかった。飼い主が気に食わないやつだったから、ソーセージの中に髪留めを隠して犬にやったよ、と次の手紙に書いてきても驚かなかっただろう。

ジャックは手紙を別便で送らなくなり、ファビエンヌが気前よく同じ封筒の中に入れてくれたと書いてきた。ミセス・タウンゼンドは、ファビエンヌが送ってくる手紙が重くなったことに気づかなかった。でもジャックのこの手口がばれるまで、あとどのぐらいだろうと私は思った。

彼の手紙には、あいかわらず頭が混乱した。彼はファビエンヌでいながら、ファビエンヌではない。私は彼女の気分が変わりやすいことをよく知っていた。それはお天気と変わらない。どんなお天気でも、私は居心地のいい場所を見つけられる。でもジャックの気分はもっと暗かった。私がファビエンヌと親友であることにいらだっているみたいに、彼は彼女のことを批判した。彼は「僕たちの将来」について語るのだけれど、それは何を意味するのかわからなかった。私が長い間留守にしていると愚痴をこぼし、サン・レミの退屈な暮らしをののしっていた。私を訪ねてイギリスに行くお金を貯金した、とくりかえしていた。こういう要求にどう答えたらいいのか、私にはわからなかった。二人の人間として手紙は書けても、ファビエンヌの体は一つしかない。たとえミセス・タウンゼンドがフランスからの訪問客を一人認めたとしても、彼女は男の子として通用するだろうか。

日記に短い話を書いたのは、この頃だ。しばらく日記をつけていなかったけれど、そのうちミセス・タウンゼンドから点検のためにノートを提出するように言われそうな気がしていた。

私は庭師の物語を書くことにした。庭師は目が見えない皺《しわ》だらけのお婆さんで、魔女みたいな見た目のせいで近所の人たちから恐れられていた。魔女ではないと彼女は自分に言い聞かせていたけれど、実は耳と同じぐらいよく聞こえる両手がついていた。暖かい日には土がざわめき、寒い日には土が身震いしてかすかなため息の音を出すことを知っていた。健やかな根っこは歌をうたえるけれど、枯れた根っこは最初の音で声がうわずり、まともな高さに戻せなくなるし、蕾《つぼみ》や花びらや若葉のすべてにそれぞれの話し方、叫び方、笑い方、うめき方があった。

一日一回、彼女の小屋を村人たちが囲んで大声で名前を呼び、出ていくように告げた。隣人に魔女がいるのは嫌だからだ。でも、見えないのに庭を作れる盲人の、何がそれほど異常なのか。皆のほうがおかしい、と老女は思った。望めば私をこの小屋から引きずり出せるし、腕や肋骨を折れるし、檻の中に入れて飢え死にさせられるし、井戸の中に投げ落としたり、火あぶりにしたりすることもできる。目が見えず、身を守る術《すべ》もない老女など、追い払うのは簡単だろう。でも村人たちは彼女に近寄る勇気がなかった。声を張り上げて侮辱や脅しの言葉を浴びせるだけだった。言葉など何の役にも立たないのがわからないのだろうか。彼女の花々ですら叫び声に慣れてしまい、自分たち同士でおしゃべりを続け、花びらを閉じて眠ってしまうのに。

ミセス・タウンゼンドが出張でロンドンに出かけたある日のこと、私はミーカーが庭園にいるのを見かけた。バラの低木を刈りこんでいて、私が近づいていくと会釈をしたものの、手は止めなかった。

私は地面に腰を下ろした。そばにある防水布の上には、剪定《せんてい》されて同じ長さに切りそろえられたバラの細枝や小枝が、きちんと積み上げられていた。私はミーカーのそういうところに気づいていた。彼は仕事をする前に物を丁寧に並べる。塗装の刷毛《はけ》やローラー、園芸用具、金づちやレンチ――これらすべてを特定の並べ方で用意し、日によってやり方を変えることはなかった。

「ご機嫌よう、ミスター・ミーカー」と私は言った。どうして話しかけたのかとミセス・タウンゼンドに訊かれたら、英会話の練習をしているので、フランス語を話せない人としゃべりたかったからだと言えばいい。

「ご機嫌よう」ミーカーが言った。「俺を呼んでこいと誰かに言われたのかい？」

ああ口をきいてくれた、と思った。私はその声が気に入った。甲高くも、しわがれてもいない。ゆっくり、はっきり話す。

「いいえ。でも手伝いがいるんじゃないかと思って」

「手伝い？」

「あたしは田舎から来たの。知ってた？」

彼はうなずいた。「農場で育ったんだね」

では、私の身の上をメイドはおろかミセス・タウンゼンドからも聞いたにちがいない。「あたしは庭園のお手伝いができる」私の英語がわかりづらいといけないので、身ぶり手ぶりを交えてそう言った。ミセス・タウンゼンドが見たら、品がないと眉をひそめただろう。「故郷でそういう仕事をしてた」

「ありがとう。でも一人で大丈夫なんだ」

「手伝いがあったほうが楽じゃない？」と私はたずねた。

ミーカーは手を休め、じっくりと答えを出した。「いいや、楽にはならないな」

「どうして」

「一人でやるのが好きなんだよ。ワンマンバンドみたいなものでね」

ワンマンバンドというのは何のことかわからなかった。二人ともしばらく口をつぐんだ。彼は刈りこみを続けた。二、三度切っては剪定ばさみをぼろ布で拭いた。

「いつからここに」と私はたずねた。

ミーカーは剪定ばさみを拭くと、ほかの用具の脇に置いた。それからはしごを地面に倒して私をその端に座らせ、自分は反対側の端に腰を下ろした。「俺は仕事と話を同時にできないんだよ」と彼が言った。

仕事の邪魔をしてごめんなさい、と私は言った。悪いとは少しも思っていなかったけれど。

「俺はもともとこのハウスにいたんだ。ミセス・タウンゼンドがここを借りたとき、出ていかなかった」

「じゃ、前はここの庭師だったの？」

「そう」

「ここに住んでたのは誰」

「ミセス・ブラウンだ」

きっと経営者の未亡人のことだ。「その人はどうなったの」

「亡くなったよ」

「どうして亡くなったの」

「お婆さんだったからね」

「それからどうなったの」

「ハウスは娘たちのものになった。娘たちは売る話もしていたんだが、学校に貸すことにしたんだよ」

そこで会話が終わる感じになった。何か言うことを思いつかないと、ミーカーは仕事に戻ってしまうかもしれない。彼はすでに待ちかねた様子で剪定ばさみを見ていた。

「ずっと庭師をしているの？」

「もうかなりになるかな」彼は言った。

「どうして庭師になろうと思ったの」と私は訊いた。皆はいつも、どうして作家になろうと思ったのかとたずねる。この質問に、私は答えられなかった。デパートの売り子だったら、人に会うのが好きだし、きれいな物に囲まれているのが好きだからと言える。庭師だったら、花や木が好きだからと言える。そういう答えがミーカーから返ってくるものと半ば期待していた。その後は、もし彼が上手な会話の仕方を学んでいれば、今度は私に質問するだろう。どうしてウッズウェイに来ることにしたのか、とか、どうして本を書こうと思ったのか、とか。

「そうさな」ミーカーが言った。「戦争から戻ったとき――」

「どの戦争」と私は訊いた。彼は父親ぐらいの年に見えた。

「第一次世界大戦だよ。この間の戦争の前にあった戦争だ。戦争から戻ってきたら、何をしていいかわからなくてね。それで、祈りに行った。ローマ・カトリック教徒なんだ。あんたもそうじゃないかな。だから、わかるだろう」

私はわかったふりをしてうなずいた。

「俺は祈りを捧げた。それから二、三日したら、二つの勤め口が見つかった――庭師の見習い奉公か、ブリキ工場の仕事だ。それでまた祈ってね、大聖堂を出てから、庭師になると決めたんだよ」

「そっちを選ぶように神さまに言われたから？」

「どうとも言えんな。神ははっきりそうおっしゃったわけじゃない」

「だけど、花や木は好きなんでしょう？」

ミーカーはまるで合格せねばならない難しい試験だとでもいうように、その質問について考えこんだ。「好きかどうかは関係ない」と彼は言った。

「ええっ」ここから会話をどこへ向ければいいものか、わからなかった。彼に質問をしてもらいたかった。書くのが好きだから作家になったのかと訊いてくれたら、彼の庭師の仕事と同じように、好きかどうかは関係ないと言える。

「あたしは本を書いているの。知ってた？」ミーカーは質問する側になる気がないようだったので、私はそう言った。

「うん。聞いたよ」

「あたしは本を書くのが好きなわけじゃないの。だから、言いたいことがわかる」

ミーカーはうなずいた。

「あたしの本を読んでみる？」と私はたずねた。

「フランス語は読めない」彼は恥ずかしくなったかのように、両のてのひらに目を落とした。「俺はフランスで戦ったんだ」

「ああ」私は言った。「でも英語の翻訳が出るの。一冊もらってこようか」

彼は礼を述べてから、仕事が多すぎて本を読む時間がないと言った。それから剪定ばさみを手にした。「もう中に戻ったほうがいいんじゃないかな」

「今日はミセス・タウンゼンドがいないの」と私は言った。

「宿題はしなくていいのかい？」

彼が一人になりたがっているのが伝わってきて、この場では言うことがもう見つからなかった。

「あなたは屋外活動の時間が来る前に庭園に入ったそうね」その日の晩、ミセス・タウンゼンドに言われた。

誰が報告したのだろう。ミーカーと私は生け垣の裏に座って話をしていたのに。

「新鮮な空気を吸っていたんです」と私は言った。

「一人で？」

「ハウスの中でほかの子たちといると、自分の本に集中できないんです。ほかの作業なら中でできるんですけど、作品について考えるには、外にいる必要があるんです」

それは嘘だった。でも即座に、どうしてこれまで作品を口実にしようと考えなかったのかと思った。

「じゃあ結局は次の本について考えているわけね」とミセス・タウンゼンドは言った。

「ちょっとですけど、はい」

「ぶらぶら歩きながら創作をするのは理にかなってるわ。以前はそうやって書いていたんじゃない？」

「はい」と私は言った。

「その次の本をどんな題名にするか考えた？」

「『ラ・フォレ・ドゥ・ラ・ソルシエール』にしようかと思っているんです」と私は言った。『魔女の森』だ。ウッズウェイの周囲には木があるけれど、中に魔女がいそうな森はないので、その題名にすれば学校生活のことを書いているとは誰も言い切れない。

ミセス・タウンゼンドはじっと私を見た。私は顔から得意げだと思われそうな表情を消そうとした。簡単についた嘘は同じぐらい簡単に現実になる――どうしていままでこのことがわからなかったのだろう。

「はずんだ気分みたいね」ミセス・タウンゼンドは言った。

「本のことででしょうか。作品を書くことについて考えると、いつも気分がはずみます」

「どうして考えが変わったの。数週間前はためらっている様子だったのに」

去年パリに行ったとき、マスコミの質問のすべてにいちいち答える必要はないことを学んだ。ときには沈黙こそ最善の答えになる。私は自分でも頭が混乱しているかのように首を振った。

「ここの生活に慣れてきたのかもしれないわね。生活が落ち着いて、やる気になってきたのよ」

「はい、きっとそうです、カズミ」

「それと、一人で考えられる時間があったほうがいいと言ってたわね。学校生活は邪魔になる？」

「いいえ、ぜんぜん。学ぶのは好きなんです。ただ、いつも人に囲まれているのに慣れていないんです。故郷ではよく一人でぶらついていたので」

「ええ、そうでしょうとも。午後は自由に歩き回っていいことにしたらどうかしら。そのほうが書きやすくなると思う？　ところで、これは指摘しておかなきゃいけないわ。その題名はいまひとつよ。ちょっと……子供っぽくて、ありきたり。魔女って誰のことなの」ミセス・タウンゼンドは言った。

その質問にはどう答えていいかわからなかった。

「日記に魔女のことを何か書いた？　いえ、それより、とにかく持ってきてちょうだい」

とっさに嘘が出てこなかったので、私は日記を持ってくるしかなかった。ミセス・タウンゼンドはそれをぱらぱらめくった。「日記をときどきさぼっているわね」

「すみません、カズミ」と私は言った。

「女の子たちの近くにいると学ぶことがあるんじゃないの？　もちろん私からも」

「はい、カズミ」

彼女はまた日記をめくってじっくり読み、不満げに唇をとがらせた。「最近私が忙しかったから、あなたの指導を怠ってきたのがわかるわね。あなたが初めて来たとき、自然に思えることを自然に思えるように書いてと励ましたわ。でもいま、あの突飛なことを書く段階から成長していないのは明らかね。それどころか方向を誤っていると断言できる。鳥と鳥の巣をのせた男、トラとキツネ、双子のフクロウの子、話をする花、魔女と森、こういう物語のどれもが――私の期待をはるかに下回っているのよ」

今度はどう出るだろう。自分の食い扶持を自分で稼げていない、と私に言うのだろうか。

「最初の本が非凡だったのは、村の生活を容赦なく赤裸々《せきらら》に描写したからなの。二冊目の本が出ても、同じことを言われるでしょう。舞台が変わったいま、同じ写実主義を新生活にあてはめたらどうかしら。こういう幻想的なくだらなさではなく。あなたの目標は、貧弱で子供っぽい想像力の代わりに、自分の目と耳を使うことよ」

どういう顔をすればいいのかわからないまま、彼女を見た。

「新作にはもっといい題名をつけてあげる」ミセス・タウンゼンドは言った。「『楽園のアニエス』はどう」

「アニエスって——私？」

「フランスの出版社の人に何て言われたか憶えてる？　人々はあなたがイギリスの学校で経験したことに関心を持っているから、次の本はウッズウェイの話にしたほうがいいって話。あなたもそう思わない？」

「はい、カズミ」と私は言った。もう一冊書く話などしたことを、すでに後悔していた。

「それでも、ここまでのあなたの進歩は喜ばしいわ」とミセス・タウンゼンドは言った。

彼女は私と同じぐらい嘘をつくのがうまいことに気づいた。私は感謝の言葉を口にした。

「そして、いまこそ新作に取りかかるときだと思うの。ここの生活のリズムに順応し、それでいて新鮮な印象が残っているんだから。あなたはどう思う。本を書く手助けは喜んでさせてもらうわ。あなたの郵便局長は、何て名前だったかしら。彼は最初の本のためにいろいろしてくれたんじゃなかった？」

「ムッシュ・ドゥヴォーです。はい、少し教えてくれました」

「連絡は取り合ってるの？」ミセス・タウンゼンドは急に不安げな顔をした。

「いいえ、去年引っ越してしまったんです」

「でも新しい住所をくれなかったの？」

「はい」と私は言った。

「まあ残念ね。あなたが仕事を始める手助けをしてくれたんでしょ。その人がいなくなって淋しい？」

「淋しい？　まさか」と私は言った。

ミセス・タウンゼンドは私の顔をまじまじと見た。簡単に嘘をつけると困るのは、真実を言うとき嘘に聞こえることだ。「力を貸そうとあれだけのことをしてくれたにもかかわらず、忘れてしまったようね」と彼女は言った。

「忘れていません。でも、新しい生活を楽しみにするようにと言いましたよね、カズミ」

「そうよ。もちろんお世話になった人たちを忘れてはいけないけれど、変化は受け入れたほうがいいわ」本のことで助力が必要なときはいつでも時間を作る、と彼女は念押しした。

学校で読んだラ・フォンテーヌの寓話に出てくる田舎のネズミみたいな気分だった（『都会のネズミと田舎のネズミ』のこと）。世界はなんて広いんだろう。ネズミは冒険に出るとそんな感嘆の声を上げ、もう田舎のネズミではなくあか抜けた者になったことを喜ぶ。そして浜辺で牡蠣《かき》を見ると、食通は牡蠣を味わうものだと自分に言い聞かせ、牡蠣の開いた貝殻の間に頭を突っこむ。そのネズミみたいに、私は捕まってしまった。もう絶望的だ。

その晩、ファビエンヌに手紙を書いた。「そろそろ新作を書くことを考えなきゃいけないかなと思ってるんだ。読者にとって興味深いのは、私が学校で経験したことだと皆に言われるんだけど、この考えをどう思う」

「授業がないかぎり外にいてもいいって、ミセス・タウンゼンドから許可をもらったの」翌日、私はミーカーにそう言った。彼は草むしりをしていた。午後の早い時間で、女の子たちが庭園に出てくるまであと一時間あった。

「よかったね」と彼は言った。

「必要ならお手伝いするよ」

「すまないけど誰の手伝いもいらないんだ」彼は抜いたタンポポの葉を、子供のくしけずった薄い髪みたいに並べていた。

「だけど、そばで話をするのはいい？　一緒にいてもいい？」

彼は移植ごてを花壇の縁に置いて、私を見上げた。彼の目は間近で見るとミセス・タウンゼンドに似て緑色を帯びた灰色だった。

「うまく話せないのが問題でね」彼は言った。

「そんな。いま話をしているじゃない」

「話をするには作業をやめなくちゃいけない」

私は口に出す前に、頭の中で言葉を組み立てた。「あたしの頼みをきいてくれたら、親切なのも《トゥー・カインド・》たいがいにしろ《バイ・ハーフ》だよね」

どう受け取られたかは神のみぞ知る。ミーカーはだいたいうつろな表情をしていたが、急に子供みたいな笑顔になった。

（〝たいがいに〟、つまり、英語で半分に《バイ・ハーフ》というこの表現は、女の子たちの会話を聞いて憶え、お気に入りの言い回しになった。半分に、そのまた半分に——いまでも割りたい気分のときに心の中でくりかえすのが好きだ。人生の苦しみを半分に分かち合っても、私たちは苦しみから解放されない。人生の喜びを半分に分かち合ってもなお、喜びは分かち合えるほどある。本当に人生はおかしなものだ。大盤ぶるまいもたいがいにしてほしいし、けちなのもたいがいにしてほしい。私は自分に言い聞かせるようにガチョウに話しかける癖がある。あんた、ばかもたいがいにして。プライドの高さもたいがいにしてよ。）

　私はミーカーが断れないような別の口実を考えてみた。嵐のとき部屋の窓ががたがたと大きな音を立てると言ったら、彼は直そうと申し出なければならないだろう。「ミセス・タウンゼンドから、ここの生活について書くように勧められてるの。手伝ってもらえないかな」

「俺にできることなんてあるのかい？」彼は困ったような顔をしてたずねた。私は、どう答えれば彼を説得できるのかわからなかった。私はファビエンヌではない。彼女の心は鳥みたいだけれど、私の心は列車みたいで、誰かに線路をしいてもらわなければならない。

「フランス語の読み書きはできないんだよ」とミーカーは言った。

「私はいろいろ話し合うのが好き。そうすると考えが浮かぶから」

「いろいろ？　どんなことだい。女の子たちとは話せない？」ミーカーは心から知りたがっているようだった。「じゃなきゃミセス・タウンゼンドと？」

「ミセス・タウンゼンドは親切。女の子たちも親切。でも、わかるでしょう。私は皆とはちがうの。マスコミでブタのお守《も》りとかヤギ飼いとか呼ばれてる。農民の少女作家だとか。ミセス・タウンゼンドや女の子たちには理解できないことがいろいろあるの」

　ミーカーは深刻そうにうなずいた。同情しているようだったので、申し訳ない気がした。私は頭の中を鳥のようにしようとしたけれど、不器用なマルハナバチみたいにじたばたするだけだった。

「あんたの気持ちはわかるよ」と彼は言った。

「わかる？」

「人になじめないと思うことはしょっちゅうある」

「どういう人たちに。どんなところに」

「ほとんどの人にだよ。あんたはミセス・タウンゼンドや女の子たちはちがう世界の人だと言ったが、確かにそうだ。だが、人がなじめないと感じる理由はそれだけじゃないだろうな。故郷にいた子供の頃、俺はほとんどの人間とちがうと感じていた」

「子供のときはどこにいたの」

　彼は故郷の町の名前を口にした。「ブライトンの近くだ」

　ブライトンがどこなのか、私は知らなかった。

「俺もあんたの村が地図のどこにあるのか、わからないだろう」彼は言った。

「それで、どうして自分はちがうと感じるの。どうちがうの」

「なぜとかどうとかはわからない」彼は言った。「神のみぞ知る。俺は知ろうとは思わない」

　ミーカーから見れば、私がサン・レミからウッズウェイにはるばるやってきたことも神の意志だ。でも、そうさせたのはファビエンヌだ。「故郷に友達がいるの。あたしたちはいつもほかの人たちとちがってる感じがしてた」

「それは皆が話している郵便局長のことかな？」

「その人のこと、聞いたの？」と私は言った。ムッシュ・ドゥヴォーのほうが私よりも有名になったのだろうかと思った。

ミーカーは軽犯罪で捕まったみたいに、どぎまぎした様子になった。「新聞を読んだんだ。あんたが来る前、あんたと郵便局長のことが地元の新聞の記事に書かれてたんだよ」彼は言った。

「あの人のことは、何て書いてあった？」

ミーカーは首を振った。「たいしたことは何も。でたらめな臆測《おくそく》だ」

私は臆測《コンジェクチュア》という英単語のつづり方を訊いた。私がフランス語で知っている言葉と同じなのを確かめるために。「新聞にどんな臆測がのっていたの」

「あんたが書いた本の真の作者は郵便局長かどうか、謎に包まれていると」

私はあごをひざにのせた。内容は誤りではないけれど、それでもへこんだ気分になった。

「皆、理解できないことをあれこれ言うのが好きなんだ」ミーカーが言った。

「どうしてあたしが本を書けたのか、とか？」

「全部わかったふりができれば、気分がよくなるんだよ」

「あたしのことをちゃんとわかってる人はここにはいない」と私は力なく言った。

ミーカーはうなずいた。「いいじゃないか。それどころか、何もわかってくれないほうがいい」

「どうして」

「そのほうが一人になれる」

「一人でいるのが好き？」

「そうだね」

「あたしも一人。だけどあたしは好きじゃない」

「慣れるよ。ほら、あの女の子たちの誰かが文句を言ったら……」ミーカーは頭をハウスのほうに傾けた。「あの子たちが何かで文句を言ったら、慣れるよって言うだけじゃすまなくなる。でも、あんたはちがう。皆が知りえない何かを知っている」

ミーカーが私にこれほど長く話をしたことはなかった。これほど優しいことを言ってくれたのも初めてだった。でも、力にはならなかった。私は、故郷の友達というのは郵便局長ではなく、幼なじみの女の子だと言った。「ファビエンヌっていう名前でね」この美しいイギリス式の庭園で、彼女が私と同じぐらい現実味のある存在になるように、その名前が声に出して発音されるのを聞きたかった。「私よりも頭がいい子なの。私がここにいて、あの子がいないなんておかしい」

ミーカーは私を見た。年配の男から憐れみを受けたりすれば、ファビエンヌはひどく腹を立てるだろう。ムッシュ・ドゥヴォーにしたように、ミーカーをあざ笑う方法を見つけるだろう。でも、ミーカーはちがう――口数が少なくておだやかで、無害な木や臆病な動物みたいだ。ファビエンヌが実は本を書いたことを――ほかの誰にも言わない秘密を――彼に話そうかと考えた。ほかの皆には、郵便局長をめぐる謎に首をひねらせておけばいい。ミーカーみたいないい人だけが報いられるのだ。「だからあの、すべてを実現させてくれたのはファビエンヌなの」と私は言った。

ミーカーはうなずいた。私が何を言おうとしているのか、わかっていなかった。「俺にもいい友達がいたよ。あんたぐらいの年の頃にね」彼は言った。

「名前は？」

「ウィルフレッドだ」

「じゃあその人と話をしてたでしょ？」

「話はあまりしなかったな。どっちも無口なタイプだったから」

「ファビエンヌと私はおしゃべりする。ずっとしてる。ええと、前は、ずっとしゃべってた。いまは文通しかできない」

「文通できて運がいいじゃないか。ウィルフレッドは戦死したよ」

「第一次世界大戦で？」

「そうだ」

私はお悔やみを言った。「兄さんがこの前の戦争で死んだの。ううん、戦時中に死んだんじゃないんだけど、戦争が兄さんを殺したって、うちの親はいまだに言ってる」

ミーカーはうなずいた。

「それから友達のファビエンヌのお姉さんも死んだ」と私は言ったが、彼女がまったく別の理由で死んだことは黙っていた。彼女も戦争で死んだと言っても、真実からかけ離れているわけではない。

「戦争は多くの人間を殺す」ミーカーは言った。「しかも、特に若い人間をね。連中が死んで俺たちが生きているのは不公平だとも言えるが、誰も責めることはできない」

「女の子たちは運がいいよ」私はミーカーがやったように、頭をハウスのほうに傾けた。「楽園に住んでるもの」

「そうとはかぎらない」

「でもミセス・タウンゼンドはこれを楽園だと思ってるんだよ。ここの生活のことをあたしに書かせたいの。その本の題名は『楽園のアニエス』にしろって言われた」

「あんたはその本を書きたいのかい？」

「わからない」と私は答え、それから上手な会話のコツを教わったのを思い出し、「あなたはどう思う」とたずねた。

彼は首を振った。「俺が言うべきことじゃない。でも、あんたが本当にここの生活について書いたら、郵便局長が真の作者だとは誰も言えなくなる」

ミーカーは一人で暮らしていた。奥さんがいたことはあるのだろうか。結婚したことがないかもしれない。でなければムッシュ・ドゥヴォーのように、奥さんに死なれたのかもしれない。番小屋を訪ねる口実を見つけようかと考えた。奥さんの気配が残っていないかどうか見てみるためだ。ムッシュ・ドゥヴォーの家には、女がいたことを示す証拠が山ほどあった。レースのテーブルクロスがきちょうめんに繕《つくろ》われていて、近くでよく見ないと裂けたことがわからないほどだった。本棚の上に、溶かした蠟《ろう》を入れる小さなユリの型があった。私がファビエンヌにそれを指さして見せたら、奥さんとセックスしたくなると毎回ユリの形のろうそくに火をともして伝えたのかもね、と彼女は言った。それを使って伝えたのは奥さんのほうじゃないのかな、と私が言うと、彼女はその可能性を一笑に付し、そこまでばかな女はいないよ、と答えた。一度ムッシュ・ドゥヴォーが私とファビエンヌに、奥さんが遺したスカーフを一枚ずつ選ぶように言った。それはプレゼントだったのに、ファビエンヌはジジイのプレゼントなんかいらないと答えた。いま思えば、私たちは想像以上に彼を傷つけていた。ファビエンヌはムッシュ・ドゥヴォーが愛人にしようとしたと私や皆に思いこませたけれど、もし本当なら彼はそれほどお爺さんではなかったはずだ。男はいくつぐらいになると女のことを考えなくなるのだろう。ミーカーならわかるだろうけれど、そんな質問をするにはもうちょっと親しくならないと。

私は口実を見つけて番小屋を訪ねることにした。本のためだと言えばいい。

新作を書いていることは、ミセス・タウンゼンドにも女の子たちにも秘密にはしていなかった。私はお金を払った客として学校に来たわけではなく、ミーカーが庭園に移植した新しいバラみたいなものだった。花を咲かせるまで監視されなくてはならない。ミセス・タウンゼンドは、私が思いどおりの作品になるまで決して満足しないだろう。それはほかの子よりも私のことを大切にする彼女なりのやり方だと思うべきなのかもしれない。もちろん女の子たちは、じきに去っていく。そしてミセス・タウンゼンドにお金をもたらした。といっても、私だってカメラマンや記者をもたらしたけれど。

ミセス・タウンゼンドは美しいノートを五冊くれた。卵の中身みたいなくすんだ薄い水色の柔らかい革表紙がついていて、持つと手に心地よかった。それから彼女の万年筆もくれた。なめらかな手触りの胴軸は濃いえび茶色のマーブル模様で、金色の縞が入っていた。お気に入りのオランダの筆記具メーカーのものだと彼女は言い、蓋を回しながら開け、複雑な柄が刻まれた金色のペン先を見せた。「新しいものを買ってあげたいのはやまやまなんだけど、万年筆は犬や靴みたいなものなのよ。まずは慣らす必要があるの。これは私が十年以上愛用したものよ。だからもう完璧だわ」

そんなペンはとてももらえないと言ったものの、彼女が物惜しみしない態度をあくまで貫き、私の意思を封じられるようにそう言ったまでのことだった。彼女とやらなければならないこのゲームを、いつ理解できるようになったのかわからない。ルールがはっきりしていて結果が予想できるゲームだとはいえ、私には自分の役目を演じる義務があった。

天気がいいときには庭園で一、二時間過ごした。その間ほかの女の子たちはピアノやバイオリンを弾いたり、手紙を書いたり、見た目を磨くためにファッション雑誌をじっくり眺めたりしていた。

私はいつもミーカーを捜すわけではなかったけれど、仕事をしている彼のそばで腰を下ろす日もあった。そのうち彼は、苗床に苗を植えたり、ひどい角度で切っても目立たないところだけ生け垣を刈りこんだりなど、そこかしこの作業を私に任せてくれるようになった。彼が一人を好むのはわかっているけれど、私が黙って目立たないようにすることで、以前と同じく一人でいるように感じさせられないだろうか。

　ミセス・タウンゼンドはときおり立ち寄って、満足げにしていた。私が、園芸は本のことを考える役に立つと言ったのだ。すると彼女は、女の子たちに園芸の授業をしないのは、将来を思えば生け花のほうがふさわしいからだと説明した。「でもあなたには園芸のほうが賢明な選択に思えるわ。多くの作家が優れた園芸家でもあるから。優れた作家の後ろには必ず優れた庭園があるってことわざを聞いたことがあるかしら」

　私が書いていると言った本に、何を求められているかはたやすく察することができた。夢にも見たことがないような生活体験の機会を与えられた私が、その生活をどう語るのかを世間は知りたいのだ。私は何も考え出さなくてよかった。私の生活はすでにおとぎ話。もし世間がそのおとぎ話を聞きたいなら、聞かせればいい。本を書き終えたら、ミセス・タウンゼンドは私をこれ以上ウッズウェイに置いておいても得るものはないと思い、故郷に帰してくれるだろう。

　楽園に潜入したのは私が初めてではないけれど、ほかの侵入者とちがって私に与えられた罰は追放ではなく、驚くほどのすばらしさを証言することだった。脱出するために唯一すがれる頼みの綱は、皆が望む本を書くこと。私はじきにそう信じるようになった。これをやらないかぎり、故郷に戻ってファビエンヌとふたたび暮らすことは許されないのだ。

　物語は、パリへ旅立った日から始めることにした。その後、海峡を渡ってロンドンへ向かう。デパートのハロッズを描写するのは難しくなかった。ドレスや帽子、エナメルの靴や薄っぺらくて長い手袋、毛皮に身を包んだ女性客、緑色の上着を着たドアマン。ウッズウェイまでの旅をたどったら、ハウスのすべての階の様子、じゅうたんの柄、部屋の窓から見渡せる果樹園、額に入れて廊下に飾られた日本の扇について詳しく書いた。誰の名前も変えなかった。ただしミセス・タウンゼンドのことはカズミと呼ばず、ただミセス・タウンゼンドにした。女の子たちは本当に私の前に姿を現したとおり、春のスミレのようなほのかな香りをまとって登場する。おしゃべりをし、笑い、踊り、晩にはラジオから流れてくるアメリカのポップ歌手の声に合わせてうたう。彼女たちの服装や髪型に加え、もうすぐ始まる将来の実生活についての会話も書き留めた。カタリーナのことは時間をかけて書いた。黒っぽい目。すぐ吹き出すところ。丸い肩やしっかりした手足。テニスのトーナメント試合をしょっちゅう企画しては、それをやすやすと勝ち抜くところ。本に登場させることを本人には言わなかった。いつか本を開いたら叫び声を上げるだろうな、と私は思った。内容を夫に読んで聞かせ、子供たちのために本をとっておくだろう。そしてこんなふうに言うだろう。見て、私って有名でしょ。昔、同級生に有名な作家がいたの。

　そして言うまでもなく、ミセス・タウンゼンドのことはどのページにも登場させた。私は彼女を少し若めに（ただし若すぎないように）見せ、角張った体型ではなく、彼女が教室に飾っている東洋蘭の写真みたいにすらりとした感じに書いた。彼女は誰に対しても機嫌を損ねたりせず、どんなに気難しい女の子からも信頼の置ける話し相手だとみなされている。私に何時間も英語とフランス語を教えたことも書いた。そして、彼女の尽きせぬ辛抱強さに対する私の感謝の気持ちと、彼女を失望させなければならない苦しみについても書いた。勉強はできないし、字は下手だし、せっかく美しいドレスを買ってもらっても、それを着る私の体はあか抜けないのだから。

ミーカーを頭に鳥の巣をのせた赤毛の男ではなく、いい友人として本に登場させるかどうか迷った。彼のことだけで次から次へとたくさん書けるけれど、ミセス・タウンゼンドがいい顔をしないような気がしたのでやめ、庭園で学友たちとひなたぼっこをしているところを書いた。皆が咲き初めたバラみたいに美しくなった気分でいるところを。

本を書き出して一週間たつと、書けたところまで見せるようミセス・タウンゼンドに言われた。彼女のためにきれいに筆写したものを作ると言ったけれど、予想どおり受け入れてもらえなかった。彼女がどうするか予測でき、それに合わせて行動できるのは気分がよかった。ちょうどテニスコートにいるカタリーナが、対戦相手にボレーで打ち返すのを見るときの喜びに似ていた。

翌日の晩、女の子たちがラジオ番組を聴くために居間で静かにしていた頃、ミセス・タウンゼンドから呼び出しを受けた。二匹の犬が彼女の足元にいた。彼女はソファの前にある背板がまっすぐな椅子に座るよう、私に合図した。嫌な兆しだ。機嫌がいいときの彼女は、女の子に足元のじゅうたんに座るように言うのだ。

「では」彼女は言った。「これまで書いたものをどう思うか教えてちょうだい」

その態度からは明らかな不満を見てとることはできなかった。ミセス・タウンゼンドはがまん強い人ではなかったし、私の前ではほかの女の子たちと話すときより、顔や声にいらだちを出してしまいがちなことはすでに気づいていたけれど。

「わかりません。まだ書いている途中です」

「わかってるわ。でも、自分が書いたものを気に入ってる？」

私はちょっと考えてから、「出だしはいいと思います」とおそるおそる答えた。「でも、もっとよくしたいところはあります」

「どんなところ」彼女はたずねた。

まごついて言葉に迷っているように新聞で伝えられたあの表情になりたくて、彼女の背後にある書棚に目をさまよわせた。「何とも言えません。ただ感じるんです」

「まあいいでしょう」ミセス・タウンゼンドは言った。「私はこう思ってるの、アニエス。いまのところ、よくできてる」

「そうですか？」

「完璧だとは言わないわよ。改善すべきところが多い点では私も同意見だけど、でもいまのところ期待を上回っているわ」

ミセス・タウンゼンドから批判されることに慣れすぎていたので、一瞬どんな反応をすればいいかわからなくなった。

「いちばん強く思ったのは、最初の二冊に見られる幼稚なおぞましさから脱却したことよ。おとぎ話への愛着からも脱却したわね。いいこと、あなたはつい最近までそういうおとぎ話を日記に書いていたのよ。あなたの年頃のほかの女の子なら問題ないかもしれないけど、私はあなたにそれ以上を期待しているの。わかる？」

「はい、カズミ」

「その段階を終えてくれたのがわかってうれしいわ。迷いがなくなっているし、あなたみたいな立場にいる女の子らしい、危うくて生き生きしたものをとらえてる」

私は自分の足を見下ろした。革靴の銀の留め金が光っていた。

「でも、さっき言ったように修正しなくちゃならないところがあるのよ。一つはね、進歩はしているんだけど、フランス語の文法がまるでなってないの」

「すみません」と私は言った。

「謝る必要はないわ。向上させるのが私の仕事だし、あなたはここで勉強を始めてからまだ四か月しかたっていないんだもの。おまけに直すのは簡単よ。あなたの郵便局長さんはそれをやったのよね？　私が二、三か所推敲《すいこう》しても問題ないでしょう」

誰もがムッシュ・ドゥヴォーのことを口にするとき、「あなたの郵便局長」と呼んだ。本が私のものでないように、彼も私のものではないのに。

「ほかにも特に興味深いところがあってね。あなたは自分のことをあまり書く気になれないみたい。それは認める？　このためらいはどこから来るの」

衝撃だった。私は書いたもののすべてが自分のことだと思っていた。「ためらい？」と私は言った。

「どう言えばいいのかしら。ここに出てくる人物の中で、あなたがいちばん不透明なの」

「不透明？」それが、マスコミや批評家が『幸せな子供たち《レ・ザンファン・ウールー》』を表現するのに使った言葉であることを、私は忘れていた。

「ええ、不透明」とミセス・タウンゼンドは言い、私が来てからずっとローテーブルの上に置いていた『幸せな子供たち《レ・ザンファン・ウールー》』を手に取って、目印のついたページをめくった。「この一節を読めばわかるわ。年上の女の子が出産するのを見ているところ。または、ここの一節。喧嘩しているブタを引き離すところ。このときにどう感じたかいちいち書かなくても、あなたが感じていることが削ぎ落とされた文から伝わってくる」

削ぎ落とされたとはどういう意味か、わからなかった。

「本には残酷な場面がたくさん出てくるけど、あなたの筆致にはある種の特殊な透明感があるの。

完璧なハ長調のピアノ曲みたいに」

もう完全にわけがわからなくなっていた。私が音楽の授業を免除されていることを、ミセス・タウンゼンドは忘れたのだろうか。

彼女は隅にあるアップライトのピアノに近づいた。ハウスには生徒が練習に使うピアノが三台あったけれど、ミセス・タウンゼンドの居間にあるこの一台は彼女のためにある特別な楽器だった。彼女は鍵盤をたて続けにいくつか押した。「どんなふうに聞こえる」

「大きい？」と私は言った。

「最初の二冊みたいな音よ。透明で澄んでいる。最初の二冊は曇りのない精神で書かれているの」彼女はほかの音も鳴らした。「これはどうかしら」

同じように大きい音だったけれど、そう言わないほうがいいことぐらいは心得ていた。

彼女はもう一度同じ音を鳴らした。「これは耳にどう響く」

「曇っている？」私はおずおずと言った。

「そのとおり」彼女はそう言って、聞いたことのない曲を弾いた。「これはここ数週間で書かれたものに近いわ。ちょっとかすんでいて、ちょっとぼんやりしている。わかるでしょ」

私にはさっきとのちがいがわからなかった。そして、鼓動が速くなっていくのが感じられた。作家のふりをしていることが、いよいよばれるのだろうか。

ミセス・タウンゼンドはソファに戻った。「青ざめてるわね。どうしたの」

私は、新作がうまくできなくて心苦しいと言った。

「そんなつもりじゃないのよ。気づいたことをいくつか言ってるだけ。それにあなたも言ってたように、まだ出だしの部分だけだし」彼女は隣に座るよう手招きをして、私の肩に腕を回した。「私のことを誤解してるでしょ。これはいい出だしよ。一緒にがんばれば傑作になるから」

数日後、ミセス・タウンゼンドは私に封筒を渡した。彼女は送り主の名前と住所をこれ見よがしに二度確かめ、それから指で封筒をつまんで分厚さを見せつけた。「お友達のファビエンヌは話すことがたくさんあるのね」と彼女は言った。

「ああ……」私は言った。「村で起こったことを全部書いてくることが多いんです」

「お兄さんの手紙を届ける手助けもしているのかしら？」

「ジャック？　いいえ、ありえません。二人は仲が悪いんです」

「それで私の指示どおり、ジャックに手紙を書いて文通をやめるように頼んだ？」

「はい」

「彼から返事は来た？」

私は首を振った。それでもミセス・タウンゼンドが私の顔から目をそらさないので、私はファビエンヌとジャックは貧しい家の生まれだと説明した。「二人の仲がよかったら、別々に手紙を送らなかったはずです。私に手紙を送るのにそれぞれが切手を使ったら、お金の無駄だと普通は言うでしょう。でも、お互いに相手が気に食わないんです」

「それであなたは、ジャックとの関係を終わらせて、大丈夫？」

ほんの一瞬、質問が聞こえなかったかのように動きを止め、死んだふりをしようかと考えた。でもファビエンヌの手紙はまだミセス・タウンゼンドの手に握られていて、もし怒らせるようなことを言えば失う危険がある。私はしぶしぶうなずき、ジャックのことは忘れようとしていて、新作を書くことがそれに役立っている、と答えた。

ミセス・タウンゼンドはうなずいて封筒を手渡した。「数日はつらいかもしれないけど、ちょっとした苦しみの種もない人生なんて、人生とは呼べないわ」

一九五四年五月五日

アニエスへ

新しい本を書き始めたってどういう意味。あんたからここまであほな話を聞くのは初めてだよ。最初からそんなに頭よくないのにさ。

ファビエンヌ

一九五四年五月六日

親愛なる《マ・シェール》アニエスへ

何年も離れている感じがするけど、暦の上ではまだ四か月なんだね。退屈だよ。連れだって夜出かけるような友達がいないわけじゃないけど、おもしろいと思えない。やつらは酒を二、三杯飲むだけで自己満足に浸れたり、疲れを感じて眠れたりする。何かうれしいことでもあったみたいにね。運よく一緒に散歩やダンスができる女の子を見つけた日には、世界の王にでもなったようにふるまう。なんてあわれで絶望的な人生に自分を追いこんでるんだろうな。

君がいなければ僕もその一人になって、人生のことをたいしてわかっていない女の子と付き合って、結局は嫌悪感をそれほど感じないですむ相手と結婚したかもしれない。

ところで、結婚てばからしいよね、アニエス。誤解はしないでもらいたいけど、君と僕が求めているのは結婚じゃないと思ってる。もっとましな何かがあるはずだ。

ファビエンヌはあいかわらず不機嫌だよ。あいつもすごく退屈なのかもしれない。退屈な二人が残されて一緒にいるのに、楽しくやっていく方法がわからないんだから残念だ。

ジャック

一九五四年五月七日

アニエスへ
あんたのためにいい紙をまた無駄使いすることにしたからね。でも、こういうあほらしいまねをいつまでもやる気はないからよろしく。

昨日の夜、あんたの愛に何か意味があると思うなんてばかだってジャックに言ってやったの。あんたのことはわかっていて信じているとか、二人ですばらしい未来の計画を立てたとか、そんないつものセリフをほざく隙は与えなかったよ。イギリスまで訪ねていくって言っても、あんたがいいって一度も言わないことに気づかせてやった。それがすべてを語ってるじゃないってジャックに言ったんだ。このところアニエスはあんたなんかお呼びじゃないのがわかんないのって。

ぼくはどうしたらいいんだって、あいつがきいてきた。

あたしは、軍に入隊したほうがいいって答えた。

なんでだってあいつは言った。

世界にはサン・レミしかないわけじゃない。頭がいいか、おもしろいと思える女の子がここで見つからないなら、出ていったほうがいい。サン・レミから抜け出せなくなったらだめだってあたしは言いきかせた。ここは女だけが抜け出せなくなる土地なんだから。

アニエスはどうするんだってジャックは言った。あの子を待ってると約束したって。

あの子は戻ってこないってあたしは答えたよ。賭けをしようかってあいつにきいた。

そしたらさ、あんたが戻ってくることに命を賭けるって言うの。

あっちゃー、救いようのないばか。

だから言ってやったんだ。墓地に行って自分の墓を掘り始めたほうがいいんじゃないって。

ファビエンヌ

夕食の合図の前に手紙を読み、さらにもう一度読み返した。手紙は私の頭をおおう暗雲のようになった。ファビエンヌもジャックも私に不満を持っている。私はファビエンヌへの手紙で、故郷の彼女のもとに戻るまで待たずにすぐ本を書き始めなければならないのは、そうしないとここから出してもらえないと思うからだと説明した。だからこのことを彼女が理解しようとしていないか、激怒する彼女なりの理由があるかのどちらかだ。

サン・レミは女が抜け出せなくなる土地だと書いたとき、ファビエンヌは何を言いたかったのだろう。ずいぶん前に私たちは、結局人生で大事なのは二人で作り出したものだけだと考えた。サン・レミはファビエンヌの気分次第で、退屈にもばからしくも、まあまあ愉快にもなりうる。ムッシュ・ドゥヴォーのところへ行くまで、私たちはサン・レミのほかに世界を知らなかった。それは彼女が、パリとイギリスに私を送り出した理由でもあった。私はそのとおりにしたあげく、いまわかった。彼女が私に見させたかった世界は、ミセス・タウンゼンドが私たちを美術館や画廊へ見せに連れていった芸術品みたいなものだと。風景画には独特の雰囲気があり、肖像画の男女は上品な帽子や美しい宝石を身につけている。ギリシャ神話の神や聖書の登場人物を表すとされている、ときに裸で多くは身をよじっている人物像は、どれだけこちらが別の運命を望んでも裸で身をよじらせたままだ。でもこの世界の新鮮さはなくなりつつあった。サン・レミから離れているこの数か月の間に、私はあることに気づき始めた。ファビエンヌと一緒にいられれば、自分にどんな将来が待っているのか、あまり気にならないということだ。

ファビエンヌは飽き飽きしていた。私もそうだった。ただ同じ理由で飽き飽きしていたかどうかはわからない。彼女はものうい気分のとき、二人で遊べるゲームを発明した。彼女がそんな発明に駆り立てられるのは、私たちの世界のほとんどの人に耐えられないのと同じように、退屈さに耐えられないからだということを私は知っていた。私は退屈は恐くなかったけれど、彼女が退屈さに負けたら何かとんでもないことが起こるのではないか、何か致命的なこと、彼女と私を永遠に変えてしまうようなことが起こるのではないか、と恐れていた。もし彼女が人生をおもしろいと思えるなら、やれと言われたことは何でもやる。

そしていま、彼女の手紙に危機が感じとれた。ジャックが溺死事故や急病で死んだ、と告げる手紙が来週届いても驚かなかっただろう。それはサン・レミに戻る口実になるだろうかと私は考えた。私を少女作家として世間に送り出すこのゲームは、古びてきた。もう終える潮時だ。そして今回は、行動するかどうかの判断が私一人にかかっていた。

翌日、庭園へ出ようとしていたとき、ミセス・タウンゼンドから呼び出しを受けた。私はミーカーに質問を二、三するつもりだった――過去に女の子たちが家庭の事情でウッズウェイから出たことはあるか。ロンドンからパリへの旅はどう手配するのか。

「そろそろ新しいことを学ぶ時期だと思うわ」とミセス・タウンゼンドは言い、机の上のタイプライターを指さした。「あなたのためにフランス語のタイプライターを注文したの。中古だけど、いい状態よ」

履修課程にタイピングは入っていなかった。でもカリグラフィーは入っていた。ウッズウェイでは書くことがたくさんあった――美術や文学や音楽についての小論文、それに劇場や美術館や画廊へ行った後の感想文。ミセス・タウンゼンドが読むときに見るのは、中身よりも見栄えのほうだった。私たちはこういう論文を精一杯きれいな字で書いた。そしてとりわけいい作品は回覧され、きちんとした仕上がり具合を見せられる。私が書いたものが選ばれたことはなかった。教室にタイプライターが一つあったけれど、誰も使っていなかった。ミセス・タウンゼンドは自分のタイプライターを持っていて、それは学校からの通信文を書くのに使っていた。

私はタイピングをずっと教わりたいと思っていた。パリのムッシュ・シャスタンのオフィスで、あか抜けた恰好の若い女四、五人がタイプライターを打っているところを見かけた。私は自分がそんな生活をするのを、ときおり思い描いた。オフィスで働くことは、教室に座って指示に従い、作業をやり遂げ、注目を浴びないようにするのと同じだ。唯一のちがいは、家に持ち帰るのが宿題ではなくお金だということ。仕事を終えた後が本当の人生であり、その時間はファビエンヌとともに過ごす。彼女は昼間、何の仕事をするだろう。ファビエンヌがタイプライターのあるオフィスや、美しい服を売るデパートや、店――パリでムッシュ・バザンが私の撮影に使ったような文房具店や薬局――にいるところを思い浮かべてみた。でも、どれもふさわしくない感じがした。では庭師になれないだろうか。彼女なら、ミーカーがしている仕事のほとんどをなんなくやってのけられる。学ぶ必要があるのは車の運転だけだ。

　ミセス・タウンゼンドに、タイプライターを打ってみるように言われた。私はいくつかのキーに触れたが、打たなかった。

「あなたにタイピングを学んでほしいのはなぜかわかる？」ミセス・タウンゼンドがたずねた。

「実用的な能力だから？」

「それはそうね。でももっと大事なのは、あなたが作家だということ。タイプライターと私が贈った万年筆、この二つはあなたの仕事の忠実な助手になってくれるはずよ。さあ前に座って。二、三行打ってみなさい。指の正しい動かし方はまだ気にしなくていいわ。それはこれからやるから」

　すでに一枚の紙が用意されていたが、何と打てばいいかわからなかった。

「ほら」とミセス・タウンゼンドは言い、ノートを私の脇に置いた。本を書くために彼女がくれたノートと同じ種類だけれど、もっと大きくて、もっと濃い青の革表紙だった。彼女はそのノートを開いてみせた。最初の文に見覚えはなかったし、次の文もそうだったけれど、二行ほど後に私がパリの北駅のことを書いた描写があった。でも、ミセス・タウンゼンドが言い回しのほとんどを変えていたので、すでに「駅の外の灰色の建物はいかめしく見えた。パリの人たちのように」ではなく、「私は駅を出たとたん、とおり過ぎていく冷淡な顔をしたパリの人の流れと、その向こうにある無表情の灰色の建物におびえた」となっていた。

　椅子を隣に寄せて座っていたミセス・タウンゼンドに、じっと見られていた。私はあいまいな表情でいようと努めた。

「わかるでしょ。あなたが書いたものとほぼ同じ」ミセス・タウンゼンドは言った。「ただ皺伸ばしをちょっとやっただけよ。毎日午後の一時間、タイピングをやることにしましょう。そしてもちろん、自分のノートに書くことは続けなさい」

そもそも私は本を書きたいわけではなかった。それがいま、ミセス・タウンゼンドが書いたものをタイピングしなければならなくなった。自分でやれと言えたらいいのに。

「なぜ黙っているの」彼女はたずねた。「私の案に引っかかるところでもあるの？」

「どうでしょう、カズミ……」私はことのほか温和な声を出すよう努めた。「フランスに行ってもいいでしょうか」

「なぜ」

「本のことをムッシュ・シャスタンと相談したいと思って」

「彼に手紙を書いた？」ミセス・タウンゼンドはたずねた。

「特にこの本については書いていません。たまにやりとりはしますけど」

「だから、この本を書くことについて彼と話をしたいんでしょ？　それなら手紙を書けばいいじゃない」

「でも手紙でいろいろ説明するのは大変です。そう思いませんか」と私は言った。

「何が大変なのか教えて」とミセス・タウンゼンドは言った。その声にいらだちが感じとれた。彼女は驚かされるのが好きではない。「どうぞ言ってみてちょうだい」

「手紙のやりとりをするより、会って話すほうが多くのことができます。もしムッシュ・シャスタンに会えたら、本のことでいい助言をもらえるかもしれません」

「書くときに彼の助言はいらないと思うわ。あなたは言われたとおりにやっているじゃない。私の力を借りながらまず一緒に書き上げて、それから彼と会う計画を立てましょう。できれば学期が終わってからね。私には当面、まったく時間がないから」

「一人で行けます」

「だめよ。私はあなたの後見人として責任のすべてを負っているの。おまけに、行く意味がわからないし」

「私にはわかるとしたら？」私はたずねた。

ミセス・タウンゼンドはにらむように目を細めた。その目は蔑《さげす》みといらだちで冷ややかになっていた。「あなたに？　こういうことの何があなたにわかるって言うの」

「許可できません。たわごとを言うのはやめて、作業にとりかかりなさい」彼女はあごを上げてタイプライターを指した。

「たわごとを言ってるんじゃありません。私はあなたの指示に何でも従ってきました、カズミ。でもだからといって何が私のためになるとか、仕事に何が必要とかがわからないわけじゃありません」

「あなたが何を必要と感じていようと、それは問題じゃないの。あなたのためになることや必要なことは何なのか、私たちが心得てるわ」

私たち、とは誰を指すのだろうと私は考えた。

「自分を向上させるためにここに来たことを忘れないでちょうだい。能力以上の判断を下すためじゃないのよ」

「でも、私は向上してるって言ってたじゃないですか」

「落ち着きなさい、アニエス」ミセス・タウンゼンドは言った。「ヒステリックになる必要はないわ」

「ヒステリックになってません」

「感情的になってるでしょ」

ヒステリックというのは、ウッズウェイでもっともゆゆしき侮辱の一つだった。感情的というのもそうだ。

「自分の人生のことを、何もかもほかの人に決めてもらうわけにはいきません」

「ウッズウェイの女の子たち皆がほかの人に決めてもらっているわよ。あなたは彼女たちと比べて何がそんなに特別だと思うの」

私はちょっと考えた。「ほかに誰も本を書いていません」

「だからこそ自分は幸運だと思うべきなのよ。ムッシュ・シャスタンや私みたいな人間が、監督したり助言を与えたりする責任を引き受けていることをね。もういいわ、もういい」ミセス・タウンゼンドの声はおだやかになったが、まだ冷たかった。「悪いけど、あなたは若すぎて物事の仕組みがわかってないの。あなたのために私が集めた奨学金だけに支えられて在学していて、あなたもご両親も奨学金の規約に同意した。これでもまだわからない？　ほら、やめて。泣くのはなし。それだけは無用でしょ」

その夜、私は決意した。絶対にウッズウェイから逃げて、二度と戻らない。サン・レミからパリへ向かうときに着ていた服に着替えよう。もらった手紙は全部荷物の中に入れる。自分が書いたノートは全部持っていく。日記と、私が書いた『楽園のアニエス』だ。本はまだ完成していないけれど、ムッシュ・シャスタンに見せられるぐらいの量はある。何も書いていないノートは置いていく。ミセス・タウンゼンドが書いた『楽園のアニエス』と、万年筆も。

　ミセス・タウンゼンドにもらったスーツケースの一つは持っていくしかないけれど、かかった費用は後で送る——その方法は見つけよう。パリに会いに行ったら、ムッシュ・シャスタンがお金を貸してくれるかもしれない。それどころか私が書いたものを気に入って、報酬をくれるかもしれない。

　いろいろ置いていかなければならないのは、もちろん残念だった。輝く銀の金具がついた革靴や、ダンス用の靴。実は故郷で役に立つかもしれないハイキングシューズ。それからすべてのワンピース。緑色のサテンのものや、青いビロードのもの。ピンク色のタフタのワンピースには、バラの蕾をつなげたように見えるベルトがついていた。それから真珠のような光沢があるボタンがついた、くすんだ白のブラウス。さっそうとしているとマルガリータに言われたツイードのジャケット。レースのリボンがついた麦わら帽子。私はこれが大のお気に入りなのに、まだかぶる機会がなかった。ほかにも、サン・レミの誰も見たことがないような素敵なもの全部。私は裾が波形になっているネグリジェをベッドの上に置き、私の体に見えるように広げ、二本の袖を天使みたいに胸の前で折った。これはとても柔らかくてきれいだけれど、持っていくものに例外を作れば、すぐにほかの例外も作ることになるのは目に見えている。いけない。本当に自分のものだけを除いて、学校からもらったものは全部置いていくのだ。

　どうすれば気づかれずに逃げられるだろう。フランスに着いたらその瞬間に自由になれるけれど、その前にまずは自分の頭を使わなければならない。今度ロンドンに日帰りの遠足をするとき、そっと姿を消すことはできる。でもスーツケースは持っていけないし、ミセス・タウンゼンドが異変に気づけば警察に連絡するかもしれない。夜中に窓によじ上って出ていくこともできる——日暮れまでにスーツケースを庭園に隠しておく——そして鉄道の線路に沿って一晩中歩く。そうすれば、誰も私をこの学校の生徒とは思わないような駅から、ロンドン行きの早朝の列車に乗れる。それでも、誰かが私を怪しんで警察に通報するだろうか。もし捕まったら何て言おう。

　または、ミーカーに助力を頼んでもいい。ミセス・タウンゼンドが一人でロンドンへ出かける日に、車で駅まで送ってくれるように頼んだらどうだろう。私はお金を持っていないけれど、ミーカーが少し貸してくれるかもしれない。

『楽園のアニエス』なんて、くそくらえ。こんなものより、女の子たちがミセス・タウンゼンドに隠れてよく読んでいるようなスリラーを書いたほうがいい。『逃げるアニエス』とか、『自由になったアニエス』とか、『アニエス帰る』とか。

　夜の半分ぐらいは眠らずにさまざまな計画について考えをめぐらし、頭の中で計画の一つ一つを最初から最後までたどってみた。そして最後には、ミーカーの力を借りるのが最善策だという結論を出した。彼ならわかってくれるし、できるかぎりのことをして助けてくれるだろう。

　翌日の午後、果樹園でミーカーを見つけた。晴れた日だった。彼はリンゴの木とクラブアップルの木に石灰《せっかい》を塗っていた。塗材の缶には余分の刷毛が入っていて、それは私のためだと見てとれた。私は刷毛を手に取り、彼の隣で作業を始めた。

「結婚したことはあるの？」私は木を一本仕上げると、彼にそうたずねた。

「俺のことかい。いいや」とミーカーは答えた。

「どうしてしなかったの」

彼は質問について考える間に石灰が草の上へ垂れないよう、刷毛を缶の中に入れた。私は自分の刷毛を、持ち手が汚れないように彼の刷毛の横に立てかけた。私はきちょうめんな人間ではないけれど、ミーカーの習慣が多少身についてきていた。

「俺は結婚するタイプじゃないと思うんだ」

「結婚するタイプってどんなタイプ」と私はたずねた。結婚はばからしいと言っていたから、ジャックも結婚するタイプではないのだろう。でも、それならどうしてファビエンヌは、彼が私に恋をしているような書き方をするのだろう。結婚しないなら、ジャックと私が恋をして何の役に立つのか。

ミーカーは不思議そうに私を見た。

「何」と私は言った。

「それは俺を相手に話し合うようなことじゃないよ」

「じゃあ誰とならいいの。女の子たち？　ミセス・タウンゼンド？　でもね、それって……」私は頭の中で言葉を探した。「まるであの人たちとブタの世話について話し合うようなものだよ」

「どういうことだい」とミーカーは言った。

「あの人たちはあたしの言うことがぜんぜんわからないの。あの人たちにとって、ブタはベーコンや切り身のことだから」

「わかった」

ミーカーが本当にわかっているのか疑問だった。「この前話していたお友達は——ウィルフレッドは——結婚するタイプだった？」

ミーカーは首を振った。わからないという意味なのか、それともウィルフレッドは生きていても結婚しないはずだという意味なのか、わからなかった。ミーカーは作業に戻ろうとするそぶりを見せた。

「あなたに話した友達のファビエンヌと私も、結婚するタイプじゃないの」と私は言った。

彼はうなずいたけれど、話をちゃんと聞いているのか、というより私が言おうとしていることを理解しているのか、よくわからなかった。彼は長さをはかって、石灰を塗る上限に印をつけた。仕上がったときに木の見た目が全部そろうようにするためだった。

「ミーカー。お願いがあるんだ」私は言った。「とても大事なことなの」

彼はまた私を見た。そして今度は刷毛を缶に戻し、私が座れるように防水布を木の根元に広げ、自分は逆さにしたバケツの上に腰を下ろした。

「あなたの助けが必要なんだけど、これは内緒にしてほしいの」

彼は話に耳を傾けているしるしに、頭をぐっと下げた。私は、フランスに帰ることに決めたと告げた。ここからパリへ向かう列車や船を探す手助けをしてもらえない？ それと、お金を少し貸してくれない？「パリに行ければそれでいいの。そこまで行けば家に帰る方法は見つけられるし、借りたお金をあなたに送れる」

ミーカーは無表情で聞いていた。彼の顔には、どこかほっとさせるようなところがあった。天候がちがってても季節がめぐっても、姿を変えない木の幹みたいに。

「この件でミセス・タウンゼンドと話し合ったかい？」彼はたずねた。

「まさか。あなたとあたしだけの秘密」私は言った。

「逃げたいということかな？」

「家に帰るだけだよ」私はミーカーの危機感をあおらないように、堂々とした口ぶりで話そうとした。来週、ミセス・タウンゼンドが仕事の会合か何かでロンドンへ行くの、と言った。旅立つには絶好の日。「あの人には実家に帰るってメモを残していく。パリに着いたら、出版社の人に電報を打ってもらう。それであの人は心配しなくてもよくなる。ほらね、何もかも考えてあるんだから」

「あんただけで帰るには、フランスは遠いな」ミーカーは言った。

「でも、どうやって行くのか教えてくれたら、そう難しくないでしょ。時刻表がわかるぐらいには英語を読めるし、英語で道をたずねることだってできる」私は言った。「あっ、それと、その日は駅まで車で送ってくれる？　誰にも言わないって約束する」

「どうして故郷に帰りたいんだい」

「ここが大嫌いなの」と私は言った。

ミーカーは、まるで初めから知っていたようにうなずいた。

「すごくみじめ」と私は言った。

彼は首を振った。「それは逃げる理由にならないな。ときにはみじめでもやっていかなきゃならないんだ」

「でも故郷にいる友達のファビエンヌは、みじめだと思ったらがまんしないの」

「どういう意味だい」

「あたしがここに来てから、あの子はとてもみじめな思いをしてる。地元にはほかに友達がいないしね。それに、子供のときにお母さんとお姉さんは死んじゃったし」

「親のない子にとってはつらい世の中だな」とミーカーは言った。私は彼も親がいないのだろうかと思った。でも、大事な話が脱線しないようにしたかった。

「あの子のところに帰りたい。これ以上ここにいたら、あの子が何かするんじゃないかと心配で」

「何かするって、たとえばどんな」

「自殺するとか」という私の答えに、ミーカーだけでなく私までぎょっとした。ファビエンヌは自殺などまずしない人間だ。それでも、本当らしく話すしか手がない。「あの子なら簡単にやってしまいそう」

ミーカーは膝の間に垂らした両手を見た。「ミセス・タウンゼンドに話したほうがいいんじゃないかな」

「あの人はわかってくれない」

「少なくとも話はしてみるべきだ」彼はもう私の目を見ていなかった。「俺は助けることができないと思う」

彼は正しいことだからそう言ったにすぎない。大人はたいてい正しいことを言わねばならないと思っている。そうやってほかの人たち、特に子供たちの生活をつらいものにしても、申し訳ないとは思わないのだ。私は組んでいた足をほどき、ミーカーに身を寄せて彼の大きな膝に手をのせた。

「できるに決まってる。ほかに誰もいないの」

彼は私の手をじっと見たが、押しやらなかった。「家に帰りたいなら、ミセス・タウンゼンドに知らせなきゃいけないよ。あんたは若いんだから一人で決めちゃいけない」

「あの人は帰してくれない。それに、あたしは本を書けるぐらい大人だもの」

「それとは別の話だ」

「結婚できるぐらい大人だよ」私は言った。

ミーカーが目を上げた。ようやく彼の気を引けた、と私は思った。

「もしもいまあなたに結婚してくれと言われたら、受け入れる。そうすればミセス・タウンゼンドはもう後見人を名乗れないでしょ。あなたが後見人になれるから。あたしは例の郵便局の友達からプロポーズされたことがあるんだよ。ただあたしが断っただけ」これはまったくの嘘というわけじゃない、と私は思った。ムッシュ・ドゥヴォーはファビエンヌに愛人になれと誘ったのだから、代わりに私を誘うことも考えられる。それに、愛人と妻にさほどちがいはない。

日に焼けて赤茶けたミーカーの顔が、真っ赤になった。

「ううん、本当にプロポーズしてくれっていう意味じゃないの」彼を不安から解放しようと、あわてて言った。「あなたは結婚するタイプじゃないし、私もそう。でも、ここではあなたがたった一人の友達なの。だから、あなたの助けが必要」

彼がふいに立ち上がった。「本当に中に戻ったほうがいい。俺にはやらなきゃいけない仕事があるんでね」

「力を貸してくれる？」

彼は首を振った。

「でも、ここにいるとほんとにみじめだから、死んだほうがまし」私は言った。「ねえ考えてみて。一つだけ頼みをきいてくれれば死なずにすむって友達から言われたら、断る？」

ミーカーは考えを変えてくれるかもしれない。番小屋へ向かう彼に置いていかれたとき、私はそう思った。刷毛を手にしてもう一本塗った。戻ってきたら、もう一度訴えてみよう。でも彼は戻らず、二、三本塗ったら待ちくたびれてしまった。女の子たちが庭園に姿を見せ始めた。私は両手の臭いをかいでみて手を洗わなくてもいいと判断し、それから噴水池のそばで彼女たちと過ごした。

しばらくしたら、ミーカーがハウスへ向かう小道を歩いてくるのが見えた。ローズが新しいブレスレットを見せてくれているところだった。年度末のダンスパーティー用にと、お母さんがロンドンの宝石商を通じて送ってきたのだ。私がミーカーのあとを追うと、ローズはびっくりしていた。急いで話しておいたほうがいいことがあるの、と私は彼女に言った。

「どうか考え直して」ミーカーに追いつくと、私は言った。「ここにはあなたしか友達がいないの」

彼は立ち止まった。「俺は立場上、ここで友人を作っちゃいけないんだよ。俺はあんたの友達じゃない」

「だけど、あたしは友達だと思ってる」

私の友人だったことも、友人だと思ったこともない、と彼はもう一度くりかえした。その言葉には決定的な響きがあったので、私はたじろいだ。ミーカーはジャックみたいにおだやかで思いやりがあるはずだった。私を傷つけるようなことはいっさい言わないし、やらないはずだった。声を張り上げて反論したかったけれど、彼はただ申し訳なさそうに会釈して、ツツジの茂みのそばに立つ私を置き去りにした。

明日……。私は心の中でつぶやいた。明日、もう一度話してみよう。

でも翌日の午後、庭園に彼の姿はなかった。夕食の前にカタリーナが、私のブラウスに合うクリスタルのブローチをあげるという名目で、部屋に入ってきた。「それはそうと、あなたに知らせるようにカズミから言われたんだけど、ミーカーはもうウッズウェイで仕事をしないんですって」

鏡を見ていた私は跳ねるように振り返った。「何ですって」

「新しい人が見つかるまで、あなたは庭園に一人で入ってはいけないって言ってたわ」

「どうして」

「何が」

「どうしてミーカーをクビにしたの」

カタリーナは肩をすくめた。「きっと彼女なりの理由があるんでしょうね」

「ミーカーはもう出ていった？」

「知らない。なぜ知りたいの」

「いま会っておかなきゃいけないから」

「まあ、何言ってるの。銅鑼がもう鳴るわよ」

「どうしてカズミが彼を嫌うようになったかはわかってる」私は言った。「あたしと友達になったのが許せないの」

カタリーナはおもしろい冗談でも聞いたかのように笑った。「それはほかの人の耳には入れないでね」

「でも本当なんだもの。ミーカーとは親しいの。それどころか、結婚の話までしてたんだから」

「やだ！　本気で言ってるの？　だから毎日午後になったら彼と会えるようにしてたのね？」

ファビエンヌと私は、子供の頃から想像ごっこの達人になろうと磨きをかけてきた。私たちにとって世間は、たいてい迷惑なものか無頓着なものだった。迷惑なものや無頓着なものをおもしろいものにするのが、腕の見せどころだ。二人で走ってイラクサのとげで脚に血の斑点ができると、私たちの気を引きたくて仕方がない女の子たちに引っかかれた痕だというふりをした。水中を歩くと体にくっついてくるヒルは飢えた小さな生き物であり、私たちにとっては大半の男みたいなものだった。彼らは気骨があるふりをしているだけだ。ときには空腹を満たす小さな実《ベリー》が毒を持つこともあった。七歳のとき、私たちはそんな深紅の実を食べすぎたので、きっとその日のうちに死ぬと信じた――そうなると思うと怯えるよりもぞくぞくし、墓地へ行って、並んでいる墓石の間に空いた地面がないか探した。えんえんと探した後、二人一緒に埋葬される場所を決めた。でも私たちは死なずに生きていた。ずっと生きていたのは代わりにほかの人たちが死ぬからだった。ファビエンヌのお母さんとお姉さん、私の兄。いつか裏道でつまずかせたら翌日何かの病気で死んだ小さな男の子。ブタやウシやヤギやニワトリやウサギ。巣から落ちた雛。霜が降りた後のバッタやキリギリス。ムッシュ・ドゥヴォーの奥さん。妻が死んだので、彼は正気をなくすほどファビエンヌを求めた。きっとムッシュ・ドゥヴォーも、私たちが死ぬよりずっと早く死ぬ。学校で教わったのとはちがって、大変な暮らしは私たちを高潔な人間にはしなかった。もっとも大変な暮らしはもっとも退屈であり、もっとも報いの得られないものだった。独自のごっこ遊びをしながら育つ以外に、どうすればこの退屈さを乗り越えられただろう。大きくなるにつれ、このごっこ遊びはますます手のこんだわくわくするものになったし、何より真実に近くなった。闇をさまよう目に見えない存在の足跡をたどる力を与えれば、足の下の泥みたいな肥やしも悪くない。冷たい墓石は、私たちだけの秘密の暖かい部屋へ続くドアに決まっている。私たちは嘘つきではなかったけれど、独自の真実を作った。必要に応じて突飛で、気分に応じて素敵な真実を。本みたいに一から作った私たちのゲームは、ムッシュ・ドゥヴォーが面倒な存在になると彼を消し、私をイギリスのフィニッシング・スクールにいきなり入れ、ミーカーをこの異国で唯一の友人にした。何かのふりをするごっこ遊びは、私たちの同志だった。目に見えず、名もなく辛抱強く、いつも味方になってくれるこの遊びがなかったら、私たちはどうやって成長できただろう。

良心に照らして、人生で誰一人裏切ったことはない、と揺るぎない確信を持って言える人は世界にどれだけいるだろう――十人か、五人か、誰もいないのか。だとしたら、どうして裏切りぐらいでしょっちゅう騒ぎ立てるのだろう。さまざまな映画や本のそれぞれに、さまざまに壊れた夫婦関係や友人関係が描かれている。互いの背中に刺すナイフ――こんなナイフは、それ自体が意思を持っているのかもしれない。四方八方を旅して回り、あちこちで手と背中を見つけ出す。手を責めることはできないし、同じように背中に同情することもできない。どちらも同じくナイフの楽しみのために集められたのだ。そして世界にナイフはあふれるほどある。

ミーカーのことを語るやり方はいろいろある。彼が逃亡計画をミセス・タウンゼンドに告げ口して私を裏切ったとも言えるし、私が彼のいちばん大事なもの、つまり生計の手段と一人の時間を奪って、彼を裏切ったとも言える。

翌日、午前の授業の終わりにミセス・タウンゼンドが、ミーカーが去ったので数日のうちに後任の人が引き継ぐことになると告げた。理由は何も言わなかった。私がにらみつけると、彼女はほほえみ返してきた。「何か質問があるのかしら、アニエス」

私はインクスタンドをつかんで彼女に投げつけないよう、両手をお尻の下に入れておかなければならなかった。女の子たちがこちらを向いて、私が何か言うのを待っていた。ウッズウェイに秘密は存在しない。私たちは透明な生き物。透けた体はまるで春の小川の小エビみたいだ。二本の指でつまめば簡単につぶせる――このことを女の子たちは知らなかったかもしれないけれど、私は知っていた。とりわけ透明なマルガリータは、同情ととまどいと苦悩の目で私をじっと見ていた。カタリーナはごくわずかに首を振り、騒ぎを起こさないでとほのめかしていた。私が醜態を演じれば、皆がいたたまれないような思いをする。でもこのおかしな場所にいて、目に見えないカメラマンにやることなすこと演出されているような毎日をやっていくだけでも、いたたまれないことじゃないのだろうか。私はこの可憐な女の子たちを見回して、またインクスタンドに手を伸ばしたい衝動に駆られた。ミセス・タウンゼンドに投げつける代わりに、インク瓶を持って教室を歩き回り、皆の頭の上にインクをこぼして顔や首にしたたらせそうだった。

「アニエス、何か言いたいことがあるようだけど」とミセス・タウンゼンドが言った。

私はインクをかぶった女の子たちの図に、もうしばらく意識を集中させた。

「皆が待っているのよ」とミセス・タウンゼンドは言った。

「ミーカーの連絡先を知っているか訊きたかったんです、カズミ」

教室が静まりかえっていたので、女の子たちが息を呑む音を出さないように努めているのがわかった。全員がミーカーとの恥ずべき密通について耳にしたにちがいない。私が結婚まで口にしたことも。カタリーナがこんな最大のスキャンダルを胸にしまっておけるとは思えなかった。

「なぜそれが必要なの」とミセス・タウンゼンドはたずねたが、答える隙を一瞬も与えずにたたみかけた。「このことは後で二人で話し合いましょう」

「私はただミーカーの連絡先をあなたがくれないかと思っているだけですよ」私はファビエンヌが聞いたら喜びそうな意地悪な調子で言い張った。「手紙を書くつもりなんです。ミーカーは私の本に登場しますよね」

ミセス・タウンゼンドの女の子たちは瞳孔《どうこう》をわずかに開き、ゆっくりと手を組んだり放したりしながら背中をじっと動かさずにいることで、自分の思いを雄弁に語っていた。

「あなたの個人的なことを話し合うのに皆の時間を浪費するのはよしましょう」ミセス・タウンゼンドはそう言うと、昼食に行ってよいと女の子たちに言った。

皆とともに私も立ち上がった。ところが女の子たちの人波が、小川の真ん中に落ちた枝のように私を迂回して流れているみたいなのだ。急いでいる人は誰もいないのに、皆がうまく行く手をさえぎったり前を横切ったりして、私を教室から出る最後の一人にした。そして私は、ミセス・タウンゼンドから教室に残るよう命じられた。

「あなたは容認できないふるまいをしたわね。説明する義務があると思うわ」

私は以前のように、言葉を口に出す前に頭の中で準備してもよかったけれど、上手な言い方を探すのに疲れていた。「ミーカーに、ほんとにひどいことしましたね」と私は言った。

「何のこと。ミーカーは学校に雇用されていた。そして解雇する必要があったのよ」

「どうしてですか」

「彼は生徒の一人を不健全な愛着を持つようそそのかした。それは職業倫理に反するし、無責任だし、ふしだらだわ」

ミーカーはミセス・タウンゼンドにどれだけ逃亡計画のことを話したのだろう。ああミーカー。どうしてそんなばかなまねをしたの。責任感のある道徳的な人間でいるという罠にははまってしまうなんて。

「ミーカーは私をそそのかすようなことは何もしていません」と私は言った。

「彼はいい影響を与えなかった。学校から逃げる計画すら相談される状況に身を置いていたという事実――それだけで、将来どんな学校で働くのも許されないことを証明してるわ」

「あの人は私に手を貸しませんでした」と私は言った。

「彼が何をしたとかしなかったとかは関係ないの。もう決定は下されたのよ。生徒たちの幸せを思ってのことよ」

「ちがう。クビにしたのは嫉妬したからでしょう。ミーカーが私の友達になったから追い出したんです。私に友達がいることにがまんできなかった。私を独占したかったから」

　われを忘れるほどの真の怒りは、われを忘れるほどの真の勇気に似ている――檻に閉じこめられたリスや、部屋の中にうっかり飛びこんでしまった鳥を見たことがあればわかる。リスの爪では檻を揺らしても開けられないとか、鳥がぶつかっても窓ガラスは壊れないとか、そんなことは問題ではない。絶望や破滅によって――動物や子供など――がぜんふるい立つ者もいるのだ。

「逃げるのを助けてくれなかったけれど、私はあの人を責めたりしません。規則に従ったんだから。それなのに、あなたは私を追い出せないから、あの人を追い出して私を罰してる。あなたは――」

気づいたときにはもうミセス・タウンゼンドが目の前にいて、私の両肩に手をかけていた。つかむ力がものすごくて、私は最後まで言い切ることができなかった。「私が何ですって？ 言いなさいよ」と彼女は言った。

　ミセス・タウンゼンドが、農民の女みたいにしーっという声を立てて非難することがあるなんて知らなかった。「あなた……は……悪者……です」私は精一杯の英語で言った。

　ミセス・タウンゼンドはまだ離れようとせず、肩を握る手にさらに力をこめた。ふっくらした小さな手が、鉄の万力《まんりき》みたいに硬かった。私は息を呑んだ。でもそれは痛みよりも衝撃のせいだった。

ファビエンヌと私はあらゆる痛みに耐える訓練をしていた。

「いいこと」ミセス・タウンゼンドはまたしーっという声を出した。「ずうずうしくもこんなことをして私の辛抱強さを試すんじゃないわよ」彼女は私の体を激しく揺らした。ブラウスの下にまで爪が食いこむのを感じたけれど、彼女の顔のほうが怖かった。これほど近寄ると、人間の顔にはとても見えない。私は田舎育ちなので、どれほどおだやかな性格のウシでも、わけもなくひどい悪さをすることがあるし、おどおどした犬が凶暴になることもあるのを知っていた。

「私の言うことに従えないなら、あなたは無一文の名もない存在で終わるのよ。わかってるの？」

私は黙っていた。彼女はもう一度私の体を揺らした。「わかってるの？」

「家に帰りたいです」と私は言った。

「それは不可能なの。言っておくけど、一年間私の監督のもとであなたに教育を受けさせるとご両親と合意ができてるのよ」

「家に帰りたいです」私はもう一度言った。

「お黙り」ミセス・タウンゼンドは言った。

「じゃあ私は本なんてぜんぜん書いていないと記者の人たちに言います。例の村の郵便局長が書いたって。それから、私はここの学校生活が嫌いなのに、あなたに『楽園のアニエス』っていう本を書くように強制されたって記者の人たちに言います。あと、それを書いているのはあなただって言います」

ミセス・タウンゼンドは私の目をしばらくじっと覗きこんで、それから肩を放した。彼女が自分の席に戻って、午前の授業のノートや書類を整理するのを、私は見守った。ふたたびこちらに目を上げたとき、彼女の顔は磁器の皿のように険がなくなっていた。「マスコミにそんな嘘をついても、何の足しにもならないと思うけど」

「嘘じゃありません。本当のことです」

「でも、あなたが嘘の常習犯だという証拠はたっぷりあるわよね。ここにいるのがみじめだとミーカーに言ったんでしょ。ところが私や女の子たちは全員があなたを受け入れ、ウッズウェイの家族の特別な一員にするために必要以上のことまでしてきた。それから友達のところへ帰りたいとミーカーに言ったわね。でもあなたが戻りたくてたまらない相手は、本当はその子のお兄さんでしょ？その子を口実に利用しているだけ。忘れられないのは故郷のつまらないボーイフレンド。あなたはその人を自分の仕事よりも重要視しているのよ」

「仕事なんてどうでもいいです」私は言った。「あなたにあげます」

ミセス・タウンゼンドは声を出してため息をついた。机の上のタイプライターとか、ブッダの姿をした青銅のペーパーウェイトなど、何か重い物を私に投げつけたい衝動と闘っているのだろうか。彼女がふたたび口を開くと、その声は冷ややかながらもおだてるような、なだめすかす調子になっていた。「アニエス、あなたが仕事について何か言えるほど状況を理解しているとは思えないわ。とてもがんばって築いてきたものを、なぜ壊してしまうの。じきに『楽園のアニエス』が完成すれば、しかるべき注目を一身に浴びるでしょう。ここでは本当に多くのことを学べるし、そうしたらイギリスに残ろうがフランスに戻ろうが、輝かしい未来が約束されているのよ。適切な指導のもとで実現できるかもしれないことが、どれだけあるか考えてごらんなさい。私がしてあげられることが、どれだけあるか」

四か月前なら、そんな将来を魅力的だと思っただろう。ミセス・タウンゼンドが言うことをいちいち信じただろうから――その頃は、無知だったから希望を持てた。

「家に帰りたいです」と私は言った。ミセス・タウンゼンドが許可しなければ、会う人全員にたえずそう言おう。おとぎ話の子供みたいになろう。人間の体を奪われて別の何かに――鳥やキツネや木に――変身させられても決してあきらめず、以前は人間の心を持っていたことを証明しようとする子供たちみたいに。

「釘をさしておくけど、ねえアニエス。あなたは自分の成功を自分でつぶそうとしているのよ」

「別にいいです」

「昼食に遅れるかもしれないわ。先に行ったら？　私もすぐに行くわ」

「家に帰りたいです」と私は言った。

「さあ行って。いまは昼食よ」彼女は笑みを浮かべて言った。「また今度話しましょう。私には心づもりしなきゃいけないことがたっぷりあるから」

「今日ムッシュ・シャスタンに手紙を書いたの」翌日私を呼び出すと、ミセス・タウンゼンドが言った。「手紙を送る前に、あなたに目をとおしてもらったほうがいいと思うわ」

彼女から手紙を渡された。ムッシュ・シャスタンには残念なことながら、私がウッズウェイで進歩はしているものの、その出来は期待を下回るものとなったと書かれていた。「ご存じのとおり、アニエスの育ち方は結果として外見や物腰に表れています。筆舌に尽くしがたいほど粗野なのです。これを改善しようと、私なりに精一杯のことをしてまいりました。しかしながら、あるはずの内面の知性や才能がほとんど発揮されないのです。また、将来の作家としての仕事に必要な知識や知恵を授けようと努めても、一つも実を結びません。英語をある程度話せるようになり、フランス語も上達したとはいえ、アニエスと五か月近くを過ごし、ことにほかの生徒たちより多くの時間を割いてみて、卑しい出自の神童という当初の話を完全に信じることはできない、という残念な結論に至りました。わけても彼女が、村の元郵便局長との関係に新たな光を投じる主張をいたしました。あなた様のあたたかいご配慮により、その方のお名前は一冊目の小説の序文にも、本の表紙にものせられていますね。アニエスは私たちが推測する以上にムッシュ・ドゥヴォーを利用したかもしれません。このお便りをあなた様への親展《しんてん》としてお送りしたことは、お含みおきくださいませ。一冊目の本が注目を集め続ける中、秋に二冊目が出版されることは存じております。専門家としてのこの評価を他言しないことだけは保証させていただきます。とは申しましても、彼女の作家としての仕事を発展させる私の努力が報われていないことは、すでに人の知るところとなっております。かてて加えて彼女の性格は、私にとっても、ほかの生徒にとっても、彼女自身にとっても、外見や物腰以上に障害となっているのです。彼女の修学を当初の予定より早めに終わらせるよう、提案せざるをえないと感じる次第でございます」

等々、手紙はさらに二、三段落続き、私をサン・レミに送り返す手続きについて論じ、おおまかな旅の日程を伝えていた。彼女の提案にムッシュ・シャスタンが反論する余地は少しも与えられていなかった。

私が手紙を返すと、ミセス・タウンゼンドが「いかが」と言った。

私は肩をすくめた。

「考え直すなら、まだ遅くないわ。この手紙が送られたら、気が変わっても取り返しはつかないのよ」

「どうして気が変わらなきゃいけないんですか」私は言った。

「一晩寝たら、多少は悟ってくれるかもしれないと思ってた。これほど愚かなはずはないから。または、そう望むことさえも見こみちがい？」

私は首を振った。家に帰りたかった。そしていま、帰してもらえる。ミーカーが助けてくれていたら感じたはずの勝利感は、この逃亡にはない。それでも、逃亡は逃亡だ。

「何か弁解したいことはある？」ミセス・タウンゼンドはたずねた。

「私が言ったことを誤解しています」

「どのこと」

「私はムッシュ・ドゥヴォーを利用していません」私は言った。

「ムッシュ・ドゥヴォーからプロポーズされたってミーカーに言ったじゃない」ミセス・タウンゼンドは言った。「そのことだけでも、何よりあなたの仕事の正体が見えてくるわ」

ミーカーはどうしてわからなかったのだろう。正直でいたところで、彼にも私にも何の役にも立たないことが。「でも私はムッシュ・ドゥヴォーと結婚しませんでしたよね」

「だから何なの。いずれにしても、あなたはこのウッズウェイでとてもみじめだとミーカーに言ったのね。私も、あなただったらみじめだわ。ここはあなたにはふさわしくない場所だもの」

それは否定できなかった。

「ここを去ることは内緒にしておくことね。皆には、あなたがいなくなってから私が話します」

ウッズウェイを発つときも、パリへ戻って、それからサン・レミへ戻るときも、ミセス・タウンゼンドとムッシュ・シャスタンのオフィスによって支障がないように旅の手配がおこなわれ、私はマスコミ関係者に出くわさなかった。パリではムッシュ・シャスタンが、ファビエンヌと私の二冊目の本を予定どおり出版すると改めて約束した。やはりムッシュ・ドゥヴォーの役割を強調した形にするという。彼が一年前に見せた熱心さが、ほぼ消えているのがわかった。でも私は、二冊目の本でムッシュ・ドゥヴォーの助けをほとんど借りなかったことは言わなかった。

　ムッシュ・シャスタンはウッズウェイでの生活についていっさい質問しなかったし、学校を舞台にした新作を書くかどうかもたずねなかった。マダム・タウンゼンドと何度か電話で話したんだよ、と彼は言った。マダム・タウンゼンドの決断に最初はがっかりしたけど、結局は君をサン・レミに帰すのが全員にとっていちばんだと理解し合えたんだ。面談は十五分で終わった。彼は幸運を祈ると挨拶して、私を助手に引き渡した。助手は新しい人で、マドモアゼル・ボヴラよりずっとよそよそしい若い女だった。彼女は駅まで私に付き添ったけれど、その間せいぜい二、三の必要なことしか口にしなかった。

　私が故郷に戻ったことに敗北感、それどころか屈辱感があったかといえば、一部の人々は――田舎のブタ飼いからパリで本を出版した作家へ、さらにはイギリスの上流社会のお嬢さんとして訓練中の身となった私の冒険を見守ってきた人たちは――きっとそう思っただろう。私にまつわる話が新たな展開を見せずに消えていくだけ――私がいなくなった――という事実に、首をひねったかもしれない。二冊目の本はひっそりと出版され、すぐに忘れ去られた。

　でも、この人たちの失望は長くは続かない。その年、フランソワーズ・サガンという四歳年上の女の子が、文学史に名を刻んだ。デビュタントに変身しそこねた農民の娘アニエス・モローの名声は、マドモアゼル・サガンの彗星のような輝きにくらべれば、ホタルのまたたき程度にしかすぎなかった。

翌年、ミヌー・ドルーエという八歳の詩人が衆目を集め、それはアニエス・モローを年のいった時代遅れの作家と思わせるにじゅうぶんだった。


両親は、私が短い旅行にでも出ていたかのように迎えてくれた。このなじんだ生活に私が昔のままで戻ってくると、ずっと信じていたのだった。母は私が持ち帰った非実用的な美しい服の数々を見てびっくりした——ミセス・タウンゼンドが、厚意を受け入れて服はとっておけと言ってきかなかったのだ。誰もいらないからと。「こういう経験をさせてもらって、ウッズウェイにも私にもどれだけの恩義があるか、いつかわかってくれるといいんだけど」私が出ていく前に、彼女が言った。「場合によっては種を植えるのが教育者の仕事になるの。芽を出すまでに長い時間がかかってもね」

家に着いて一時間後には自分のオーバーオールをはいていたけれど、これはちょっときつくなっていた。ニワトリの半分は留守の間に孵《かえ》ったので私のことを知らないのに、おかまいなしに群がってきて、餌欲しさにコッコと鳴いた。母の手からもらっても私の手からもらっても、餌の味は同じというわけだ。うちの犬はしばらくスーツケースをくんくん嗅ぎ回り、二、三度くしゃみをした——きっと嗅いだことのないイギリスの香り付き石けんと樟脳玉の匂いのせいだ。

サン・レミはずいぶん見慣れない場所のような感じがした。見慣れない感じなのは、使い古したゴム長靴も同じだった。光る留め金がついた革靴や、サテンのダンス用のフラットシューズをはいていたから、きっと私の足にはもう合わないんじゃないか。でも、はいたとたんに私は農民の娘アニエスに戻った。納屋の臭いに包まれる。畑や小道、村人たち、両親——すべてがここにあった。サン・レミの世界は、夏の雨上がりのぬかるんだ生温かい泥みたいだった。それは私がふたたびなじむのを待っていた。

　この短い数か月間は、催眠状態におかれていたように感じられた。いつまでも催眠状態のままでいる人はいない。それは確かだけれど、揺さぶられて目を覚ましたら、内面にぽっかりと穴が空いたように感じないで生きていける人はいない。催眠状態は、この場から強制的に追い出されることだ。催眠状態は傷だ。

　戻ってきてくれてうれしい、と両親から言われた。私はじきに十五歳になり、もう大人の生活を始められる年だ。夏が過ぎたらもう学校には行かなくていいと両親は考えていた。もし工場に入るか店で働くかしたいなら、できることはないか調べてみるが、本当は家に残って農場の手伝いをしてもらいたい、と父が言った——農場の重労働を継いでくれる男と結婚する日までの話なのだけれど、それを両親は口にしなかった。言うまでもないことだから。

　両親は以前よりも少しは私のことを尊重するようになったものの、ずっと乏《とぼ》しい感じがしていた愛情は変わらなかった。私は愛されない子供というわけではなかったけれど、それは誇らしげにシャツの胸につけられるメダルのようなものとはかけ離れていた。でも私はよその子とちがい、欲がなかったので幸運だった。不十分な愛情を増やそうと期待して、見返り欲しさの過剰な愛情で報いようとはしなかった。両親への私の愛情も、同じぐらい乏しかったのだ。

　後に私は、両親をそんなふうに言うのは不《ふ》謹慎《きんしん》だと思い知った。アールと結婚したばかりの頃、彼はよくおもしろがって、私の知らないことを教えてくれた。一度、鉱物や宝石の硬さを調べるのに使われるモース硬度について説明を受けた。ダイアモンドがいちばん硬くて、どの硬度の宝石にも引っかき傷をつけることができるが、ほかの宝石はそれより硬度が低い宝石に擦り傷しか残せないんだ、と彼は言った。そしてどの宝石もダイアモンドにはいっさい傷をつけられない。

もしかしたら私は、両親とはちがう物質に生まれついたのかもしれない。生まれつき硬い人間なのだ。これまで会ったほとんどの人より硬い。だから両親を含めて他者から愛情を感じられないとしても、自分しか責められない。消せない傷を残せないような人たちからの愛情は、不足していると思えることが多いのだ。私たちはよかれあしかれ、そういう人たちの愛情を軽んじてしまうのかもしれない。

私に引っかき傷を残せる人は——当時もいまも——ファビエンヌだけだ。

リンゴでリンゴを切ることはできない。オレンジでオレンジを切ることはできない。あの頃ずっと私たちは、同じ木の枝に並んでぶらさがる二つのリンゴだとか、同じ木箱の中で寄り添う二つのオレンジだとか、それどころか二つがくっついたような奇妙な形のカブやジャガイモみたいに一体となって生まれてきたとか、そんなふりをしていた。でもそれは想像ごっこにすぎない。本当は、ファビエンヌと私は二つの別の存在だった。私はファビエンヌの刃を研ぐ砥石。どちらのほうが硬い物質でできているか、問うまでもない。

「ジャックに会いに来たの？」家から出てきたファビエンヌがたずねた。私が故郷に戻った日の晩だった。前もって手紙で、ウッズウェイから解放されることは知らせてあった。駅まで一緒に迎えに行ってもいいか、彼女は両親に訊くだろうかと私は考えた。でも、プラットホームにいたのは母だけだった。そのとき、自分はどうしてこれほどばかなのかと思った。父は無駄に仕事を半日休んだりしないし、母と並んで私を待つのは、ジャックが実在するなら彼のほうだろう。

私はファビエンヌの家の、灯りが消えた窓を見た。お父さんやお兄さんたちはきっといま頃、外でお酒を飲んでいるのだろう。「ジャック——ああ、いる？」

ファビエンヌはついてくるように合図した。私は小道で数人の村人たちから挨拶された。といっても両親のように、村人たちはたいして興味も示さずに私の帰りを受け入れた。二、三歳年上の女の子から英語を話せるようになったか訊かれたので、なったと答えた。アメリカに行けるぐらい上手に？　彼女はそう訊いたけれど、答えを待たずに末の弟を追いかけて坂を下りていったので、冗談のつもりだったのだ。

墓地には作られたばかりの墓があった。両親は村のできごとを私にあまり話さない。ここには誰が葬られたのだろう。ファビエンヌはその墓を指さし、「あんたのジャックだよ」と言った。

そんなことはありえない、と私は反論したかった。ジャックが死ぬわけがない。私たちが死んでいないのだから。

「こいつはね、自分があんたを愛するほどにはあんたに愛されないと思ったんだよ。あんたは二度と戻ってこないって思いこんだんだ。これがなれの果て。せっかちなもんだからさ」ファビエンヌは言った。

ジャックはいないと心の中で自分に言い聞かせた。でもそれは、ウッズウェイの生活がただの夢だったと言うようなものだった。そんな言い方をすれば気休めにはなるけれど、自分にそう言い聞かせ続けなければならないということは、信じていないということだ。ジャックはいなかったのだろうか。スーツケースの中には彼の手紙が入っていた。その字はファビエンヌの字とはちがっていたし、彼の言葉は彼女の言葉より愛情がこもっていて、憂うつな感じもした。そして私は彼に愛の言葉を書き送った。「いつ死んだの」と私は訊いた。

「先週。金曜の夜」とファビエンヌは言った。

その頃私はウッズウェイの女の子たちと一緒にいて、普段どおりを装っていた。私が姿を消すまでは、出ていくことを悟られないようにするためだ。ミセス・タウンゼンドがどんな話をしたかはわからない。でも何を言ったにせよ、彼女と学校だけが得をするような内容だろう。カタリーナに別れの挨拶をしそこねてしまった。一日か二日は私がいないのを淋しく思うかもしれないけれど、ウッズウェイの皆と同じく、彼女も花を咲かせるように育てられている。そして私の人生は、泥やミミズや肥やしや地下の腐敗物にまみれている。

ファビエンヌは私をじっと見ていた。彼女の表情には読みとれない何かが浮かんでいた。この人は私のファビエンヌなのに、見知らぬ人だった。私たちは以前より離れて立っていた。もしかしたら彼女のほうも、私のどこかに見知らぬ人を見たのかもしれない。

「どんなふうに死んだの」

「ああ、そうそう、あいつは落ち着きをなくしてたの。サン・レミを出て、軍に入るか工場の仕事を見つけなよってあたしは言ったんだけど、あいつは父ちゃんの猟銃を持ってきて自分を撃ち殺した」ファビエンヌは握りこぶしで額を一度打った。「バン。あっさりと。一発でね」

二人の間に入ることを許したたった一人の人間に、ファビエンヌがもっと優しくしてくれたらと思った。ジャックはもう必要なくなったからといっても、追い払う方法は死だけではない。兵隊として生きていると言ってもいいし、列車で通りすがりの誰かに恋をし、彼女を追って別の町へ行ったと言ってもいい。それで私たちは話し合うのだ。ここぞというときにいないんだからね。あいつがどうしようとこっちは関係ないけどさ。あたしらはまた一緒になれた。大事なのはそれだけだもの。

「あれ、あんまり悲しそうじゃないね」とファビエンヌが言った。

「どのぐらい悲しめばいいの」

「さあね、知りたいのはこっちのほう。あいつがあんたに惚れてたのは知ってるよね。あんたのほうも好きだってずっと書いてたじゃない」

私はちょっと考えてから、彼が死んだのはもちろん悲しいけれど、死んだのは彼だけじゃないと言った。

「すっごい薄情な言い方。かわいそー。ジャックは愛のために死んだのにさ。ほんとあほらしいことで死んだよ」

ファビエンヌは愛のためには決して死なない。私は愛のために死ぬ勇気がない。「そのほうがましだよ」私は言った。「ジャン兄さんは愛を知らずに死んだんだから」

「うーん。いまさらちがいなんてある？　二人とも死んじゃったじゃない。腐ってるじゃない」

カラスが二、三羽、円を描くように夕空を飛んでいた。彼女はくわっくわっと鳴いて、その鳥をからかった（夏の南仏の日没は八時以降）。

「ジャックのことが恋しくなる？」と私はたずねた。

「それはこっちの質問。あんたは恋しくなる？」

戻ってきた。互いを新しいゲームに導き合うこのぞくぞくする感じ。たとえば、愛する男の子をどちらにとっても愛すべき人であることにして、恥ずかしい思いをせずに彼について話し合う。それから、想像の中でだけ死ねる故人について話し合う。「うん。恋しくなると思う。すごく」

「もう手遅れだよ」とファビエンヌは言った。彼女は新しい墓を飛び越えると、楢《なら》の低い枝に手を伸ばした。あいかわらず、すばしこかった。あっというまに高いところの枝にまたがった。「ここまで登ってきなよ」と彼女は言った。

私は彼女の姿を見やったが、動かなかった。

「あれ、木の登り方を忘れたの？」

私は木に近づいて低い枝をつかもうとしたけれど、母がさっき父に言っていたように、イギリスで滋養のあるものを食べ続けたせいで、体にしっかり肉がついていた。私はあきらめて、近くにある手すりの上によじ上った。そして立ち上がると、目線がファビエンヌとそう変わらないほどの高さになった。「よくよく注意しないとね。首を折らないでよ」と彼女が言った。

以前のファビエンヌが戻ってきたと思えたのは、そのときだった。彼女からばかにされても私は気にしない。同じように彼女も、私がどんくさくても気にしなかった。「あたしたち、これからどうなるの」と私は問いかけた。

「それはあたしが訊こうと思ってた。あんたはどうするつもり。まだ『楽園のアニエス』を書く？」

「書かない」

「なんで」

私がどうして家に帰されたのか、詳しいことはファビエンヌに話していなかった。手紙には、学校が好きになれないし、ここの生活は退屈だと書いた。「あの学校は楽園でも何でもないもの」と私は言った。

「だろうね」

「あたしたち、どうなるの。これから何する」私はまた訊いた。

「あんたはどう思う」

「新しいゲームを見つけよう」と私は言った。

「要するに、二人で遊べるゲームをあたしが考え出さなきゃいけないわけ？」

両親から解放されたとたんにファビエンヌの家へ駆けていった理由が、ほかにあるものか。

「ゲームは飽きちゃった」彼女は言った。「どれも現実じゃないから」

「でも現実のことは好きになれないよね」と私は反論した。

彼女は木の上で立ち上がり、伸びをしてからジャンプした。私はほんの一瞬、彼女が空へ舞い上がるかと思った。同時に、墓石で脚を折ってしまうとも思った。でも彼女は飛んでいきもしなければ、地面でよろめきもしなかった。手すりの上に上がってきて、私の隣に座った。「あんたはまだわかってないんだね」

その声は私の好みからするとやさしすぎたし、がまん強すぎた。「何をわかってないの」

「ゲームを楽しめたのは、それで現実味を感じられたからだよ」

「だけど、また一緒になれたいまでも、あたしたちは現実じゃないの？」

「あたしらは現実なんだけど、そこが問題なの。あたしらはいま人生の現実なんだよ。ゲームの現実じゃなくて」

「何が言いたいのかわからない」

「あんたには毎回説明がいるんだよね」ファビエンヌの声はまだ不気味なほどやさしかった。「聞かせてほしいんだけどさ、あんたジャックに本当に恋をしてた？」

私は返事をためらった。どんな答えが期待されているのかわからなかった。

「思い出してよ。あいつにあれだけのことを書いてたじゃない。それはあいつが男だから？　だからああいうことを言いやすかったの？」

「あれはゲームの一部だったよね」と私は言った。私がジャックにああいう言葉を書いたのは、彼がファビエンヌでありながらファビエンヌではなかったからだ。

「あたしを愛することもできたのに、なんであいつを愛したの。あたしにはなくて、あいつにあるのは何。あいつが男であたしが女だってこと以外に」

でも私は物心ついた頃からずっと彼女のことを愛してきた。この世がどういうところか、愛とは何か、私たちが何者なのか、まだ知りもしないうちから彼女を愛していた。でも、こういうことは一つも言えなかった。

「で、ああいう言葉をジャックに書いたとき、現実味を感じたでしょ？」

「うん、でも――」

私の言葉は途中でさえぎられた。「それと、ジャックにも現実味を感じた？」

私はうなずいた。彼女の言うことを完全には理解していなかったけれど。

「で、そういう状況のときは、人生は現実味があるように思えるよね？」

嫌な予感がした。まるで危険な道へ根気よく誘導されているのに、どこに罠があるかわからないみたいだった。

「だけど、いつもあたしが二人のためにいろいろ実現させてくれるって期待しちゃいけないの。わかんない？」

「どうすればいいか言ってくれたら、あたしは一緒にできる」と私は言った。

彼女は私を見た。目に憐れみが浮かんでいた。「一度はあんた、あたしがムッシュ・ドゥヴォーを殺すと思ってたよね？　あたしらが二人ともそう思ったら、どうなってた」

「でも、殺したいなんて二人とも思ってなかったじゃない」

「いつかそうしたくなるかもしれないのを、あたしらはわかってなかった」ファビエンヌは言った。

「どういう意味」ムッシュ・ドゥヴォーのことを考えるのは嫌だった。同じように、ミーカーのことにこだわるのも嫌だった。彼らはいっとき私たちの世界に迷いこんできた男たちであり、ジャックのように消えてもらわねばならない。

「もしあたしらが殺してたら、いま頃もっと現実味を感じてたかもね。もっとつらい目にあってたよ。裁判を受けるとか、ギロチンの刑を宣告されるとか、いろんな苦難がやってきただろうけど、それは現実の人生の一部でもある。そう思わない？　待って、まだ黙ってて。現実味を感じるのに誰かを殺す必要はないって言うんでしょ。確かにそう。あたしらは本を書いた。あんたの名前や写真を新聞にのせた。あんたをイギリスの学校に入れた。けど、それでどうなった。いまでもあたしらは、あたしら。あんたとあたしだよ――あたしらにとっては、何も変わってない」

「だけど、あたしは何も変わってほしくない。二人で一緒に毎日を過ごしたいだけ。ずっとそうしてたじゃない」

「いつまで」

「好きなだけ長く」私は言った。「永遠に」

「ばかだね、アニエス。あたしらに永遠なんてないの。長い間すらないよ。そのうち結婚しなきゃいけないし、そうしたら子供を産まなきゃいけない」

「全部はやらなくていいんじゃない。一年ほどしたら一緒にパリに引っ越そうよ」

「それから、どうするの。そんなことしても現実味は感じられないんだよ。わかんない？」

「現実味があるとかないとか、意味がわからない」と私は言った。日の光が急速に消え去り、墓の上に冷《ひ》んやりした霧が漂った。これが現実でないなんてありえない。誰にも割りこませずに二人並んで座っているのに。もう二度と世間に私たちの邪魔はさせない。

ファビエンヌは私のほうに向き直った。表情がやわらかくなっていた。昼の光が薄らいでいくときはいつもそうだった。彼女は両手で私の首を囲んだ。私の喉を押す親指が冷たい。「ほら、いまあんたを絞め殺したら、あたしは死刑を宣告されて断頭台に送られる。あっ、そんな目で見ないでよ。あんたを傷つける気なんかないってわかってるでしょ」

わかっていなかった。私はどちらでもよかった。

「そうしたら、あたしらはどんなふうに言われるかな。あたしはあんたの成功を妬《ねた》んで殺したって言われるだろうね。でなければ、ずっと頭がおかしくて手に負えない女だったから、あと十人殺さなかったのが不思議なぐらいだって言われる。あたしら二人とも新聞にのるよ。学校の誰かがあんたがやさしい子だったのを思い出して、村の誰かがあんたは頭がよくてきれいな子だったって新聞記者に言ってさ、誰かがあんたにまつわる話をでっちあげてカメラの前で泣いてみせてさ。それから、あんたが書いた本が話題になって、短命に終わってもう本を書けないのは残念だって話になるの。だけど、そんなのばかげてるでしょ？」

私はうなずいた。首を絞める手はゆるかったので、私はなんなく呼吸できた。でも、彼女がそこに両手を永遠にかけていても、殺す話を永遠にしていても、私はかまわなかった。死ぬまで一緒にその墓地で過ごしてもかまわなかった。でも、心が痛んだ。ファビエンヌの言ったことは正しい。私たちにそんな永遠なんてない。

「皆はほんとにいろんなことで勘ちがいするんだ。世間があたしらのことをこんなに勘ちがいしてるのに、なんであんたとあたしが現実でいられるの」

私が口をきいたら、彼女は手をはずした。「いま何て言った」と彼女は訊いた。

「世間が勘ちがいしたって、どうでもいいって言ったの。あたしたちにはお互いがいる。あたしたちに必要なのはそれだけ」

彼女の目が妙にきらめいた。もしかしたら涙だったのかもしれない。でなければ、ウサギに飛びかかる前のオオカミはそんなふうに見えるのかもしれない。「あんたの夢はでっかいよ、アニエス」彼女の声に、いつもとちがう何かが聞き取れた——嗚咽《おえつ》になりそこねた嗚咽のような何か。「だけど不可能なのはわかってるでしょ」

「どうして」

「あんたはあたしより世間のことを心得てるからだよ。よく心得てるから面と向かって嘘をついてさ、永遠に一緒に生きられるなんて、おとぎ話みたいなこと言えるんだ。だけど、嘘だってわかってるんでしょ？　あんたはパリに行ったことがある。イギリスに行ったことがある。カメラマンが求めるとおりににこにこして、記者にうまいことを言ってさ。あの憐れなジジイのムッシュ・ドゥヴォーが、こんなこと言ってた。あいつとあたしは世間にとっては賢すぎる。でも、あんたみたいなばかがいないと、何も首尾よくやり遂げられないって」

私は引きつった。ファビエンヌからばか呼ばわりされても傷ついたことはない。でも、彼女とムッシュ・ドゥヴォーが何かを共有していて、そこに私が入りこむ隙がないと知らされると……。彼は彼女のように、復讐のために何かをしたいと思っていた。彼らは互いを利用して、二人とも私を利用した。でも、何に対する復讐なのか。「あたしはただ、しろって言われたことをしただけだよ」

と私は言った。ファビエンヌの心の痛みを癒やそうとしたのだけれど、その傷がどこにあるのかわからなかった。

「あんたは世間から何を求められてるか、いつだって心得てるんだよ。しかも求められたことを与える方法もいつだって心得てる。だめ、否定しないで。いまの時点では〝世間なんかクソ食らえ〟って二人とも言える。でも変わるんだよ。一年か二年したら、あんたは変わる。あたしにも一緒に変わってもらいたがる。それか、あたしなんか放ったらかしにして、変わっちゃうんだよ」

誤解してると叫びたかった。でも私は黙ったまま、石から体に冷気が染みこむのを感じていた。私は世間から何を求められているかはわかったけれど、ファビエンヌから何を求められているかはわからなかった。それを口に出さずにいたら、彼女は真実を知らずに終わるかもしれない。

彼女は首からすっかり手を放した。「あたしらの人生の最高の時期は過ぎちゃったのがわからない？」

聞いたとたん、そのとおりなのがわかった。彼女が世間をだますゲームを作り、私たちはそれに成功し、いまゲームは終わろうとしている。私は目に涙がこみあげるのを感じたけれど、泣いてもどうにもならない。現実であることは狂っているようなもの。または、熱に浮かされて見る夢でのたうち回るようなもの。または、生きていながら死んでいるようなもの。または、死んで埋葬されたと世間からみなされた後で、生き続けるようなもの。でも、私たちは死ぬにはあまりにも若すぎたし、狂うにはあまりにも正気だった。

「じゃあ、どうしようか」と私はたずねた。いまだに質問するのは私の役目で、答えるのは彼女の役目だった。

ファビエンヌは両手を私の両耳に押しつけた。じっとしていたら、彼女がかん高い叫び声を上げるのが聞こえた。空気ではなく私たちの体をとおして、それは聞こえてきた。耳がふさがれていても、人間というより動物のような、ぞっとする声なのがわかった。子供が大声で助けを呼べば誰かが応じるものだけれど、いまは誰も助けに来ない。ファビエンヌの声は傷ついた動物の声にすぎないからだ。どこかの家の中で、赤ん坊が目を覚まして泣いているだろう。小道をうろつく犬が怯え、尻尾を巻いて家へ駆け戻っているだろう。

ファビエンヌはもう一度叫び声を上げ、それから両手を私の耳から離した。ほとんど聞こえないような声で、彼女は言った。「これからは苦しみ、苦しみ、苦しみばっかり。わかんないの、アニエス？」

「きっとあるよね？　あなたができること。じゃなくて、あたしたちが一緒にできること」と私は言った。無駄だけれど、言えることは全部言ってみなければ。

彼女はポケットから取り出した折りたたみナイフを開いた。「あたしを殺してもいいよ。それであんたは死刑になってギロチン行き。皆があんたの物語を作り上げる。そうしたらさ、わかんないよ。あたしが死んだら、皆、あたしにまつわるいいことまで考え出すかもしれない」

私たちがこのひどい苦しみから逃れる方法は、ほかにないのだろうか。

「でも、あんたはあたしのことを殺したくない。一緒に生きていきたいんだ。幸せに、百歳になるまでね」ファビエンヌは言った。

「百歳まで生きる人もいるじゃない」私は言った。

「あたしらはちがう」彼女は言った。「ちょっと、もう家に帰ったほうがいいよ。たぶんあんたの親は、どこにいるのか心配してる」

「一緒にいるって知ってるよ」

「でも、あたしはいま一人になりたいの」彼女はナイフの刃を歯でくわえ、止める間もなく手すりから飛び降り、たちまち楢の木にまた登ってしまった。

もし彼女が枝をつかみそこねて落ちたら、もし彼女の喉にナイフが突き刺さったら、私が殺したと世間の人たちに言おう。でも彼女は木登りの名人だった。さっきより高い枝まで達すると——もう姿がほとんど見えなくなり——私に声をかけるために口からナイフをはずした。「帰って、アニエス。いまはお互いにできることはないの」

私は命じられたとおりにし、遠回りして家に帰った。

二、三年前のこと、隣町に住む二人の女の子が、高校を一日さぼって野原へ散歩に行き、そのうち線路の上に寝そべった。二人は学校に飽き飽きしていたと語った。二人で長いおしゃべりをしていたら、眠ってしまった。二人は列車に轢《ひ》かれ、目を覚ましてその後の人生に直面した。二人で四本の脚を失い、生き延びたのだ。

自殺したかったわけじゃない、と二人は言った。ただおしゃべりをしていたら疲れてうたた寝をしてしまった。暖かな春の日だった。以前にも退屈という似た理由でずる休みをしたことはあったし、野原で寝てしまったこともあった。記事には一人が記者にこう話したと書かれていた。「ええ、ばかと呼んでもいいですよ。でも私たちにはまだお互いがいます。それに、いいですか。私たちは世界の誰よりもお互いを理解し合ってるんです」

その記事を読んだらファビエンヌのことが頭に浮かび、新聞から切り抜いておいた。昨夜私はその切り抜きを出してきて、記事を読み返した。事故があった当時の二人の写真ものっていたけれど、すでにかすれていた。写真をよく見てみたものの、そこに私とファビエンヌを重ねることはほとんどできなかった。彼女たちはアメリカ人で、長い金髪で肩幅が広く、歯が輝くように白くて健康的な顔色をしていた――悲劇があった後なのに、頑丈そうだった。二対の松葉杖が並んでいる写真もあり、その松葉杖にはおそろいのアニメ映画のシールが貼ってあった。

　いま頃は若い女になっていて、義肢をおおうおそろいのズボンをはいているかもしれない。少女だった頃の彼女たちがうらやましい。若い女であるいまの彼女たちがうらやましい。彼女たちについてこれほど不合理なことを言った人はいないかもしれない。これほどやさしいこともだ。彼女たちにとって、人生は現実味がある――将来もずっとそうであれと私は願う――ファビエンヌは、私たちにとってそうなることを望んでいた。でも彼女も私も、自分たちのために現実味のある人生を作れなかった。この二人の女の子たちがやったことを、私たちはなしとげられなかった。彼女たちは世間に何かを奪われ、どちらも傷跡をつけられた。それでも、人々からいつも憐れみを受けるような桁はずれの喪失によって、理解力のない世間とその人々を笑い返す権利を得たのだ。

　いま思えば私たちの物語の大半が、私にはどうすることもできないファビエンヌの歓喜や絶望から始まっていた。私が歓喜や絶望のはけ口になれるかぎり、彼女は人生に耐えられたし、おもしろく感じることすらできた。私は彼女の精神の刃を研ぐ砥石。私は彼女がなんなく切りこめるオレンジ。それでも私は、私たちを救うことができなかった。私たちがうまくいかなくなったのは退屈だったからではない。互いに離れていったのはうまくいかなくなったからではない。飼い慣らせないような力を、すべての子供が内に秘めて生まれてくるわけではない。その力から目をそらし、子供っぽいかんしゃくや未熟さとして片づけるのは世間の役目。その力を抑えこむのは子供の役目だ。

自分もそれを片づけて、安全な成人期へさっそうと乗りこめるようになるまでは。ファビエンヌは歓喜や絶望をうまく表現する言葉を見つけられなかった。そして私は、それらを理解する術《すべ》を知らなかった。でも彼女だけが窮地におかれたわけではない。運のいい人たちは嵐が過ぎ去るまでしのいだ。本当に運のいい人たちは、飼い慣らせないものを飼い慣らす策を身につけ――どれほど短い間だろうと――名声を得た。私はこういう天才たちのことがわかると主張できるほど物知りではないけれど、彼らが交響曲や協奏曲にこめたもの、カンバスの上や本の中にこめたものが、墓地でファビエンヌを叫ばせたのだということはわかる。両手をとおして苦しみが聞こえた。彼女の中には何か巨大なものが潜んでいた。私たちの人生よりも大きく鋭く、不変なものが。その巨大な存在を受けとめられる世界を、彼女は見つけることもできなかったのだ。

　ファビエンヌと私は一夜にして疎遠になったわけではない。けれど、夏から秋にかけて一緒に過ごしながらも、二人とも無駄だと知っていた。沈黙が入りこんできた――かつて分かち合った沈黙とはちがう。つまり、黙って柵にとまっている二羽のキジバトが、いつでも相手の鳴き声に応じようと耳を傾けている、そんな安らぎはなかった。私たちはジャックの話を二度としなかったし、イギリスや一緒に書いた本のことも、めったに口にしなかった。

　ファビエンヌみたいに身のこなしが軽ければ、木に登ってもけがをせずに飛び降りることができる。でも、その頃の私たちがいたのは木の梢どころか、裂け目の縁だった。もし手を取り合って一緒に飛びこんでいたら、生き残れなかっただろうけれど、別れることもなかっただろう。でも、私たちの前にも後にも多くの人たちがしたように、私はその場から離れることにした。そして初めて私が先頭に立ち、彼女はそれに従うしかなかった。こうして離れたときに、私たちは一緒にいることができなくなった。

世間にとって私たちは、年を重ねて活発でなくなり、結婚生活や出産など人生の苦労に近づきつつある二人の女の子だった。

翌年、ドゥー＝セーヴルに住む姉のローズマリーが、婦人服の仕立屋で見習いになる話を持ちかけてきたとき、私はサン・レミから出ていくことにした。近くで仕事を探さないかとファビエンヌにたずねてみたものの、断られるのはわかっていた。両親は、決して認めなかった彼女との友情から、私がようやく卒業すると考えていた。両親も世間の人々同様、もっとも安心できる事実だけを好んだ。

ドゥー＝セーヴルに引っ越してからまもなく、巡業中のサーカス団がサン・レミの近くに立ち寄った。サーカス団が引き払った後で、ファビエンヌがいなくなったことを耳にした。村人たちは、彼女がサーカス団に入ったと噂した――あの子には少しも悪くない選択肢だと人々は話した。私ですらそう思いこもうとした。あの子は動物の扱いが上手だし、高く跳ぶのも上手だ。

私は十七歳のときに靴職人の見習いと出会い、しばらくの間は彼との人生を思い描くことができた。一年後に彼と婚約したけれど、どういうわけか婚約したことが夕刊紙の記事になった。アニエス・モローはかつて少女作家として短命ながら名声を博したが、現在は裁縫の仕事についており、靴工場の職人ジュール・ガニョンと婚約中。記者は、靴職人ならシンデレラにはぴったりの王子様だと、冗談を飛ばしていた。

その記事を読んで、ジュールとは結婚できないことを悟った。人はいろいろなことを思い描くけれど、しょせん思い描いた幸せほど壊れやすいものなどほとんどないのだ。私は婚約を破棄してパリに引っ越した。まず婦人服の仕立屋に勤めて、数か月後にはデパートの婦人用ナイトウェアを扱う売り場に仕事を見つけた。そこでアールと出会った。彼はアメリカ人の技術者で、一族の女全員、つまり母親、叔母たち、義理の姉二人に土産を買う手助けをしてほしいと、片言のフランス語で頼んできた。私はアールと結婚すること、アメリカに移住すること、おとぎ話にふさわしく生きることができなかったアニエス・モローでなくなること——これらすべてを、情に流されず断固たる決意でやりとげた。

　アメリカ生活で一度だけ、思いがけず過去と向き合うことになった——というより、一度だけ過去のほうが私を捜しあてたと言ったほうがいいだろう。文学史の研究者という姿をして。名前はもう覚えていないけれど、その男は二年前に連絡してきた。一九五〇年代の神童について本を書いているところで、私の居所を突き止めるのに何か月もかかったとのことだった。その手紙がミセス・アントニア・タウンゼンドという人物に触れていなければ、私は返事をしなかっただろう。彼女の回想録がアニエス・モローという名前の元生徒について一章を割いている、と男は書いていた。

　私は文学史家と会うことを受け入れた。彼は資料であふれんばかりの書類ばさみを抱えてやってきた。たとえばフランス語と英語の記事の切り抜き。多くは初めて目にするものだった。それから記録写真エージェンシーでコピーした、農民の娘で若い作家でデビュタントとして訓練中であるアニエス・モローの拡大写真の数々。さらに私の名前で出された二冊の本のフランス語版。一冊目の『幸せな子供たち《レ・ザンファン・ウールー》』だけが英語に翻訳されており、男はその翻訳者の名前を指さした。翻訳者がその後ロンドンで著名な文芸家になったのだ。こういうことは私に感銘を与えて、もっといろんな話を引き出せると男は思っていた。そして、ミセス・タウンゼンドの回想録があった。自費出版専門の出版社から出されていた。歴史的にも文学的にも、ほとんど価値はないと男は話していた。内容のほとんどは、小さなフィニッシング・スクールの創設者であり校長でもあるミセス・タウンゼンドの職業上の人生が語られていた。でも初めのほうの章には、父親が経営していたスイスの全寮制の学校で育ったことや、農学校で教えるために日本に派遣されるイギリス人男性と急いで結婚したことや、夫と一九三〇年代前半にアジアを旅したことなどの、興味深い話が見られた。文学史家は、彼女が夫と日本で二十か月暮らした後で離婚したこと以外、夫については触れなかった。

　これだけの長い年月が過ぎ、ようやくミセス・タウンゼンドは作家になる夢を実現することができた。ふと私は、この本を借りてもいいか男に訊こうかと思った。読めばもうちょっと彼女のことがわかるだろう。ムッシュ・ドゥヴォーやミーカーや、あの専門家の人たち——編集者、記者、カメラマン——のことを語れる以上に。皆がはるか以前に、偶然私の人生に入りこんできた。まるでドアをまちがえて開け、荒れ果てた舞台だったことに気づいたみたいだった。全員がさっさと出ていった。

　でも、本を借りたいと文学史家に頼めば、代わりに何かを聞き出そうとするだろう。だから、私のために付箋がつけられていた「偽の神童」という題の章をざっと走り読みするだけにした。その章でミセス・タウンゼンドは、学校で私が過ごした日々について書いていた。私のことを精神が未熟で風采《ふうさい》が野生児のようで、無教育に近く、かんしゃくを起こす傾向がある子だと描写していた。私の業績について決定的な意見は避けるようにしていたものの、知人である女の子が噂に少々興味深い光を投げかけた、とミセス・タウンゼンドは書いていた。噂とは、アニエス・モローはフランソワーズ・サガンやミヌー・ドルーエとちがい、ただの食わせ者だということだ。でなければ、文学界から完全に消え去ったことをどう説明できよう。

私の人生の資料を、本人よりもいっぱい集めたようですね、と男に言った。そしてどんな質問に答えるのも、過去を肯定するのも否定するのも、断った。

一年前、ファビエンヌがサン・レミに戻ってきたと母が手紙で伝えてきた。有名な道化師と結婚したのだけれど、彼が最近死んで、いくらかお金を遺してくれたと彼女は主張したという。ある程度本当の話かもしれない、と母は書いていた。打算的な男が数人、あの子を追いかけているから。きっと再婚するよ。

彼女が産もうとして死んだ子供の父親は、そのうちの一人なのかもしれない。どうしてサン・レミに戻ったのだろう。そこは世界中のあらゆるところと同じく、私たちのことをわかっていないし、これからもわかることはないのに。当時はファビエンヌに手紙を書こうと思わなかったけれど、書けばよかったといまは思う。

ずっと以前、幸せを育てようと思いついたように、本を書くゲームがただの思いつきにすぎなかった頃、ファビエンヌは私たちでいるのはどういう感じか、皆にわかるように本を書こうよ、と言った。それは彼女の唯一のあやまちだったと、いまならわかる。私たちは多くのことについて書いたけれど、私たちについては書かなかった。ほかの人たちが本を読んでも、私たちはどこにも見つからなかった。

現実の物語は、私たちの語る能力を超えていた。私たちの少女時代、友情、愛——どれもが不朽の価値を持ち、どれもがとるに足らない。世間には、私たちみたいな二人の女の子の居場所はなかった。でもその頃の私はものわかりが悪かったものだから、ファビエンヌが軽んじられ挫折させられ、それどころか致命的に傷つけられたあげく、彼女と私のためにその世間をばかにしてやろうとしていたことがわからなかった。復讐の物語の結末で得られるものは、たいてい最初の見こみよりも少ないものだ。

そしていま彼女はあそこにいる。サン・レミの墓に。すべての苦しみは終わった。今夜、ここにいてくれたらと思う。そうしたら、もう一度本を書いていると言えるのに。もう一度、彼女の助けを借りて書いていると。どこかで、と私は思う。どこかで彼女が笑っている。あんたはいまだにあのばかなガチョウのまんまだね。あんたの夢はでっかいよ、アニエス。

でも世間が私たちを誤解していたように、彼女は私を誤解している。もしうちのガチョウが夢を見るとしたら、世間はその夢を垣間見ることすらできない。このことをガチョウだけは知っている。そして、評価を下す資格など世間にはないことも、ガチョウだけは知っている。私は、うちのガチョウみたいに生きている。

そんなふうに生きることを、偽の神童の物語を書くために中断した。それはファビエンヌとアニエスの現実の物語だ。二人で墓地にいて、互いを殺したいと望みながらもできず、互いを救いたいと望みながらもできなかった、あの日のような現実味のある物語。

謝辞

この小説を執筆する間、グッゲンハイム財団とウィンダム＝キャンベル賞とアメリカ芸術文学アカデミーから寛大なるご支援をいただきましたことに、心より感謝申し上げます。

セーラ・チャルファント、あなたの明晰さと誠実さは私の支えです。ジャクリーン・コーとチャールズ・バカンをはじめとするワイリー・エージェンシーの皆さん、私とその作品に並々ならぬお心遣いをいただき、ありがとうございます。

ミツィー・エンジェル、あなたの編集者としての洞察力はわくわくさせるものですし、大きな喜びであり救いの手でもあります。モリー・ウォールズ、ナー・キム、ローレン・ロバーツをはじめとするファラー・ストラウス&ジルーの皆さん、そしてキシャニ・ウィジャラトナをはじめとするフォース・エステイトの皆さん、この小説が世界に届くよういろいろな仕事をしてくださって、ありがとうございます。

エドマンド・ホワイト、私の野バラにとってはルパート。私たちの五時の読書／お笑いクラブがなかったら、この二年間はどうなっていたことでしょう。

モナ・シンプソン、LMWM——作家の人生にとってこれ以上深い真実はありません。私とともに参加してくれて、ありがとうございます。

エリザベス・マクラッケン、ガチョウと雛、それにスコッチエッグとポークパイをありがとうございます。言葉に出そうと出すまいと、現実だろうと想像の中だろうと、愛情をくださって、ありがとうございます。

ブリジッド・ヒューズ、マリーゴールドとカブをくださって、愛情を示してくださって、いろいろなプレースホルダーをくださって、ありがとうございます。

訳者あとがき

本書はイーユン・リーによって英語で書かれ、二〇二二年九月にアメリカで刊行された長編小説*The Book of Goose* の全訳である。この作品は二〇二三年のPEN／フォークナー賞を受賞した。

著者のイーユン・リーは数年前、ある読者からこんな質問をされた。小説が仕上がったことをどうやって知るのか。すると彼女は、「その物語で心に痛みを覚えたとき」と答えたそうだ。

この小説は、主人公の女性がかつての親友の死を知らされる場面から始まる。二人は少女の頃、一心同体のように仲がよかった。少女時代のあるとき、二人は一緒に本を書くというたわいないゲームを始める。しかし大人を巻きこむことで話が大きくなり、まったく別の世界へ一人だけ送りこまれることになる。結果的に、物理的にも精神的にも二人の距離は離れていく。この世の多くの幼なじみがそうであるように、別離は避けられなかった。せっかく築いた二人だけの世界も強い絆も、少女時代のいっときだけで消えてしまう。誰にとっても人生は出会いと別れの連続だが、その別れの痛みを、この作品を通じて読者も体験することになる。

二人の女の子たちは、合わせて一体の「陰と陽」として一緒にリーの頭に浮かんできたという。

「この本を書きたかった理由の要には友情があったと思います。性生活が始まる前の十二から十四歳の子供時代におけるそのひとときを探りたかった。子供同士のそういう絆にはいつも興味を引かれるのです」とリーはあるインタビューで語っている。

ただし、何もないところからいきなり二人の人物像をひねり出したわけではない。彼女はふとしたことで、主人公のモデルとなる少女を発見した。ある日、エリザベス・ボウエンが書いた小説以外の作品群を読んでいたときのことだ。十代のフランス人作家たちの小説について書かれた書評に、リーは目を留めた。当時フランスでは、フランソワーズ・サガンが一九五四年に十九歳でデビューした後、十代の作品が流行のようになっていた。その作家たちの中でリーは、ベルト・グリモーという十四歳の少女に好奇心をかきたてられた。

とはいえフランスの田舎の出身であること以外、彼女の身の上はほとんどわからない。でも、最終的にある情報を見つけた。一九五七年に初めて本を出版してからイギリスのフィニッシング・スクールに入れられ、そこで校長から書くことすらできない、つまり無教育であると判断されたという。神童は、実は偽者だったのだ。

これらのことから、リーは創作のインスピレーションを得た。「小説家というのは、把握ができないこういう物事が好きなんですよ」こうして主人公のアニエス・モローが誕生した。第二次世界大戦後のフランスの田舎で育った貧しい少女だ。

といっても、ファビエンヌのほうが才能や魅力にあふれた人物として描かれているような印象を受ける。なぜアニエスを主人公にしたのだろうか。リーはこう語っている。

「なぜファビエンヌを語り手にすることができないか。というと、ファビエンヌはとても鋭いですね——存在そのものが鋭い。そして常に要点を、物事の本質を衝《つ》こうとばかりしています。アニエスはファビエンヌほど鋭くないし、純粋でもありません。いろんな人に合わせられるという意味で。彼女は観察し、吸収するのですが、何に対してもファビエンヌのように懸命に身を入れることはしない感じもします。アメリカの文化では、彼女のような人間は〝受け身〟と呼ばれがちです。でも私は、ちょっとぼやけていて——あいまいな——彼女みたいな登場人物が好きなんです。なぜ好きなのかというと、すべてが明確なわけではないうえ、彼女がたくさんの複雑な感情を持っているからです」

さらに、アニエスについてこうも語っている。「愚かではないのですが、行動に時間がかかります。外側から見ればそれは受け身やばかのように見えるのですが、私にはある種の深みを表しているように思えることが多いのです。ファビエンヌはとても鋭くて愉快でおもしろいのですが、非常に深みがあるとまでは思いません。ファビエンヌですら、そういう深みについてはアニエスを頼りにできるとわかっている感じがします。一心同体ということでいえば、ファビエンヌが持っていないものはまさにこのあいまいさの能力です。でもだからこそ、アニエスはいつもファビエンヌからばか呼ばわりされるのです」

実はリーがそんな二人の少女のことに考えを巡らせていた頃、*The Book of Goose* という題名が早い段階で浮かんできたという。たいていは物語を作ってから題名をつけるのだが、今回は別だった。

「私はずっとガチョウが大好きなんです。とても不思議な生き物だと思います。強いし、大きい。愚鈍に見えるけれど、攻撃的になることもあります。複雑でもあります（笑）。実は、この題名は物語を作る前に頭に浮かんできました。*The Book of Goose* という小説を書きたいと思ったんです」

結果的にはこの物語にぴったりの題名になったのだが、リーは必ずしも題名に合わせて物語を作ったわけではない。それどころか、当初はどんな物語になるのか見当もつかない状態だったという。

「物語が形になる前に、まず少女たち同士で話すヴォイスが浮かんできました。詩というよりも、二人だけが遊び方を知っている言葉のゲームが頭にありました。最初の部分を書き、ヴォイスをとらえることが、そのゲームに入るトレーニングになりました」そして全体像が見えないまま、とにかく書き始めた。物語が「最初はどこへ向かうかわかりませんでした。朝起きたら一日に千ワード書こうとだけ考えていました。だから、最初の草稿はかなりとりとめなく広がったんです」。

リーは以前からこういう執筆の進め方をしていたわけではない。かつては「物語を書くとき、話の全体像や展開を知っておくことが必要でした。多かれ少なかれ、全部頭の中にあったんです。でもいまは、まったくやみくもに物語の中に入っていきます。ちょっと不安が解消されたのかもしれないですね。これまで数々の本を書いてきて、自分は書けることがわかっているからです。だから、終着点をさほど心配しなくてもいいのです」。

登場人物の人物像や人間関係も、最初から決めつけて書いていたわけではなく、次第に形作られていった。「だいたいは登場人物がリードして、私はそれについていくだけ。いい登場人物ほど、言葉で表現できないような複雑さを持っています。小説家はそれを言葉で説明できるようなものにしてはなりません」

たとえば、二人は互いの関係がほかの人々よりも特別なものであることに、最後まで気づかない。本人たちだけでなく、著者もそれを探っているようにすら感じられる。「二人のうち、ファビエンヌのほうが成熟していて、世間に課された限界に気づいています。彼女はアニエスのために男の子を作り出します。互いの関係の真実を突き止めるにはそこへフィクションを持ちこむしかないからです。（中略）二人は恋愛関係に向かいつつあったのですが、本人たちははっきりとはわかっていません。私はその恋や関係を小説に定義させたくありませんでした」

このような執筆の進め方をしたので、当初の下書きは最終稿の二倍の長さに及んでいたという。そして「最初の草稿から二百ページは削除したんじゃないでしょうか。その後、さらに削除をして、百ページの書き直しをおこないました。入れたいことがたくさんありすぎたのですが、結局は自制しました」。

文学において、人間の成長を描いた小説はビルドゥングスロマンと呼ばれる。名付け親がドイツ人なのでドイツ語だ。そして、中でも芸術家の成長を描いたものはキュンストラーロマンというそうである。本書は、まさにこれにあたるだろう。他者に指示された内容をそのまま書くだけだったアニエスが、一人の作家に成長する過程が描かれているからだ。

作家としてのアニエスについて、リーはこう考えている。

「（アニエスは）未熟な作家ですが、それゆえに陳腐さにはしばられていません。ファビエンヌもそうです。二人は文学に触れる機会がないので、読むものから精神が影響を受けていません。二人は独自の世界に生きているため、大衆的なものや流行から完全に隔離されています。そういう精神を得ることこそ、私の作家としての目標です。二人は自分たち以外には誰も話さないような言語を持っています。独自の詩や哲学があるのですが、ほかの人々は無教育な人間として彼女たちを片づけてしまいます。たとえば、二人はフィニッシング・スクールの女の子たちと同じ言語は話しません。そこの女の子たちは私たちにわかるような言語を話すのです。でも、それはまったく詩的ではないでしょう」

アニエスは技術や才能や強さを体現しているのに、それを本人がわかっていない、そのありさまがリーはとても好きなのだそうだ。しかもアニエスは、作家らしく世間から距離を置こうとする。

「彼女は影響を受けやすいように見えます。従順に見えます。言われたことは何でもやります。でも自分が何者かをわかっています。見つかりやすいところに隠れているのです」そういうところに、自らと共通点があるとリーは考えている。彼女も本来なら隠者でいたいのだろう。「未熟な隠者は荒野や田舎で人々から隠れ、手練《てだ》れの隠者は市場に隠れる。私は市場に隠れる隠者なのです」

　二十年にわたる作家生活で、リーは作品の中で身を隠そうとしてきた。その姿勢が近年、とみに変化してきたという。それはこの作品で初めて一人称を採用したこととつながっているようだ。

「作家は常にその作品の中に存在すると思います——どれほど巧みに隠れたとしても。作家になった最初の頃、一人称では書かないようにしていました。そして自分は三人称の語りの後ろに隠れている、登場人物たちの後ろに隠れている、と思っていました。さらに、作品の一冊一冊が次の本のための場を切り拓くものだと思います。作家になってからしばらくして回顧録を書き、その後本当に自伝的なフィクションを書きました。この二冊が、以前より気楽に一人称を使う場を切り拓いてくれたのです。だからこの小説を自然に書けると感じられました。一人称で書くのは、かつてなく自然なことです」

　ここで「本当に自伝的なフィクション」とされているのは、『理由のない場所』(河出書房新社)のことだと思われる。この作品は、自死をした息子と遺された母親の会話を主体にした小説だ。リーは六年前に最愛の息子を自死で失っている。一人称で不安なく書けるようになった変化には、この個人的な体験が大きく関わっているのだろう。

「(シェイクスピアの)『リア王』に登場するエドガーの台詞をご存じでしょう。〝人間、運に見放されてどん底の境遇まで落ちれば、あとは浮かびあがる希望のみあって、不安はない〟(小田島雄志訳)。人生でいろいろあった後、私には不安がなくなってきたように思います。かつて私は自分や現状を隠すことが人生で重要なことだと考えていましたよね。それをフィクションでできると信じていた。

でも、とてつもないことが起こったら、そんな不安などはるかに小さくなってしまったんです。私生活を隠さなくなったのかはわかりませんが、そういう人目を避ける動きをする傾向は減ってきました」彼女はもう自伝的な作品かどうか人々に語られることを心配しなくなったそうだ。この問題を片づけることができ、とてもほっとしているとのこと。

そのようなわけもあり、以前は拒否していた中国語への翻訳についても態度をやわらげたため、二冊が翻訳出版される予定だ。これまで特に自分の母親に読まれるのを嫌っていたのだが、それも小さなことに思えてきたようである。

「おかしなことに、母親が変わらなくても、私が変わったんです。私の人生が変わってしまった。家族の意見を気にしなくなったとは言いませんけど、いくらか免疫ができたかもしれません」

こんな突き抜けたような発言を聞いていると、リーは作家としてだけでなく、人間としての器もぐんと大きくなったように感じられる。そして雑音を排除できるおおらかさや視野の広さが、作品の質にもいい影響を及ぼしているようだ。

「作家の人生は作品ににじみ出すものでしょう。つまり、*The Book of Goose* はフランス人少女の話ですから明らかに自伝的ではありませんが、作家はある意味で穴だらけでしょう？　私たちの人生は作品ににじみ出し、作品もまた人生ににじみ出してくる。ですから私は穴だらけのままでいます。自分と登場人物たちがコミュニケーションできるように」

リーはもともと他者への想像力に優れていたが、それにますます磨きがかかっているということだ。実際、物語や登場人物がこれまで以上に自由に広がっている。中国出身のアメリカ人がフランス人少女の物語を書いているのに、そんなことは気にならないほど、この作品に描かれている心と世界はリアルで豊かで繊細だ。

もちろんリーはこの小説の舞台である第二次世界大戦直後のフランスについて、書籍を集めるなど通常の調査はおこなっている。しかし重要な事実はあまり見つからなかったようだ。結局、少女たちの頭の中に入れれば、歴史的な事実などどうでもいいように感じたそうだ。

「すべての調査で記憶に残っているのは、オレンジについて読んだ内容だけです。ある日フランス西部にアメリカ軍がやってきました。フランスの農民はそれまでオレンジを見たことがなかったんです。オレンジを見たことがなかっただけでなく、そんなオレンジ色のものを見たこともなかった。果物としても色としても単語としても、オレンジは彼らの生活にはないものでした。地元のフランス農民にとって、生活の色がアメリカ人が来たときに変わってしまった。なんと驚くべきことでしょうか。私はフランス農民ではありませんが、比較的関わりのある話をすることができます。一九七〇年代後半から八〇年代前半の北京で育ちました。テニスのボールみたいな蛍光色のグリーンは私たちの生活にはない色でした。子供の頃に住んでいたあたりには大学がたくさんありました。ある日、アメリカ人留学生が北京の混雑した道でインライン・スケートをやっていました。そのインライン・スケートが蛍光グリーンだったんです。そんな色を見たのは生まれて初めてでした。そんなふうに気づくことは一種の鋭敏さです。そんなわけで私はこの歴史的逸話を読んで、オレンジを物語の重要なものとみなしたのです。文化や歴史のいたるところで、何かに初めて出会う——そして残る——そんな瞬間は常にあるものですから」

さらに、執筆を始める前にフランスを訪れる計画もしていたが、コロナウイルスの蔓延のせいで行けなくなった。でも、リーは舞台設定を変えなかった。

「大事な点はただ一つ。少女たちの視点で書くことだと思いました。それはフランスの田舎の世界ではなく、アニエスとファビエンヌの世界です。それがわかったら、この小説を書くためにフランスへ行く必要はないことに気づいたのです」少女たちの頭の中にあるフランスに行ければ、それでよかったのである。

それどころかリーは、想像力を精一杯使うことをこれまでになく主張している。作家は自ら経験したことより外へは踏み出すべきでない、という意見に耳を貸してはいけないと強く訴えているのだ。「あれやこれやを書いてはいけないと人々が言うなら、文学へ接近する道を狭くしているのです。思考の道も狭くしています。（中略）執筆の臆病なやり方だと思います。もしこういう怖さを感じるなら、すでに作家として自らを限定しているのです。そして私は、執筆では何ら怖さを感じたくないから書くのです。書くことにおいては、怖いもの知らずでなければなりません」

二〇〇三年のデビュー以来、長年にわたって作品の登場人物を中国人や中国系移民に、舞台を中国かアメリカにしてきたリー。しかし二〇二〇年に発表した長編『もう行かなくては』の主人公をアメリカ人にし、舞台をアメリカやカナダにしたことは、すでに多くの読者がご存じだろう。実際には、リーによる小説の登場人物の出自から初めて中国の影が消えたのは、二〇一七年一月発売のNew Yorker 誌に掲載された短編「On the Street Where You Live」においてである（次作の短編集 *Wednesday's Child* に収録されているので、邦訳をお楽しみに！）。それ以来、リーの小説に登場する人物の国籍はさまざまだ。もし自ら経験したことに限定して小説を書かねばならないとしたら、これらの作品は生まれなかったことになる。

「私は中国出身ですから、人々は〝中国について書けないか〟と言います。ええ、中国について書けますけれども、中国だけが私のテーマではありません。私は友情についても書けますし、フランスの少女の友情について書くこともできるのです」

何かを書こうとするときは、常に周囲からの何らかの期待がつきものだ。その期待はたいてい書き手の出身地や過去の経歴や人種に結びついている。本書でも、主人公アニエスが似たような期待をかけられる。リーはそのような限定の仕方を「ちょっと退屈でつまらない」と評する。

「アニエスはフランスの田舎出身の少女なので、田舎の貧しさについて書くことを期待されます。それがどれだけひどいものか、パリやロンドンの人々にわかるように。そしてイギリスの全寮制学校にいる貧しいフランス人少女になると、天国に暮らしているように書くことを期待される。でもアニエスは抜け目ないところがあり、期待を裏切ります。全寮制の学校で、田舎のことは書かずに鳥や魔女について書くことにします。彼女はその能力なりに、私には私のヴォイスがある、書きたいことを書きたい、と言っているのです」

自分が書きたいテーマを選択したこのとき、すでにアニエスは作家として成長を始めていたと言っていいだろう。ところが、指導者である校長がその芽を摘もうとする。

「ミセス・タウンゼンドには笑ってしまいます。想像力にかなり欠けているのに、主流の伝統的な考え方全体を代弁しています。田舎に住むフランス人の少女なら、そのことについて書かねばならないし、イギリスのフィニッシング・スクールに行った少女なら、そのことについて書かねばならない。人々がアニエスにどんなことを書いてほしいのか、彼女はあれこれと考えていました。そして残念ながら、私たちはそんな期待に直面するものなのです。でも抵抗あるのみ——常に抵抗しなければなりません」

さてここで、舞台であるフランスの当時の時代背景について少しご説明しておきたい。

一九四〇年にドイツがフランスに侵攻した後、占領政策が始まるとフランスは多くの物資を奪われ、割り当てられる食料も少なかった。さらにフランス全土が占領されると、何十万人ものフランス人労働者がほぼ強制的にドイツに移送された。一九四四年の連合軍によるノルマンディー上陸作戦を経てフランス国土のほとんどが解放されるまで、ドイツの占領は続いた。

アニエスとファビエンヌが本を書くことを思いつくのは一九五二年だが、アニエスの家にはドイツで強制労働に駆り立てられて健康を害し、床に臥せっている兄ジャンがいる。記述から計算すると、ジャンは一九四三年から四六年までドイツにいたことになる。第二次世界大戦勃発時にはすでに多くのドイツ人男性が兵役に召集されていたため、ドイツ経済にとって外国人労働者は不可欠の存在だった。外国人労働者数は一九三九年から四二年の三年間で十倍以上に増加している（国別でみると、一九四四年八月現在でソ連人の二百七十六万人を筆頭に、ポーランド人、フランス人と続いている）。もちろん戦況が悪化するにつれ、外国人に対する衣食住や医療などの待遇は悪くなったと考えられる。ジャンはその犠牲になったのだ。

さらに、初めてリーの作品に触れる読者のために簡単にプロフィールをまとめておく。

イーユン・リーは一九七二年に北京で生まれ、北京大学卒業後の一九九六年にアメリカに留学した。アイオワ大学大学院で免疫学を研究していたが、やがて英語で詩や小説を書くようになり、二〇〇〇年に進路を変更して同大学大学院の創作科に編入した。

そして二〇〇五年に初めて短編集『千年の祈り』を刊行し、ＰＥＮ／ヘミングウェイ賞など数々の文学賞に輝いた。表題作を含む二編の短編はウェイン・ワン監督によって映画化され、リーが脚本を担当した『千年の祈り』は、サン・セバスティアン国際映画祭でグランプリを受賞した。

その後、初の長編である『さすらう者たち』に続いて、二冊目の短編集『黄金の少年、エメラルドの少女』を刊行。この頃から「中国のチェーホフ」と呼ばれるようになる。さらに子供向けの絵

本 *The Story of Gilgamesh*（未邦訳）のイタリア語翻訳版を出版した（後に原書である英語版を刊行）。

長年の苦労の末、ついに二〇一二年にアメリカ国籍を取得。しかしこの時期に自殺未遂を起こして入院している。

二〇一四年に二冊目の長編『独りでいるより優しくて』を刊行。

二〇一七年、初めてのエッセイ集 *Dear Friend, from My Life I Write to You in Your Life*（未邦訳）を発表。

二〇一九年二月、自死した息子と残された母親の会話を主体にした小説『理由のない場所』を発表した。

二〇二〇年三月、コロナウイルス感染防止のために大学が休みになったとき、ＳＮＳの文芸誌のアカウントを通じて誰でも参加できる読書会を始めた。トルストイの『戦争と平和』英語版を、毎日少しずつ読んで感想や読みどころをツイッターで語り合うというもの。これを八十五日間続けて皆で大作を読み通そうというのだ。このバーチャル読書会はメディアで話題になって一冊の本になり、二〇二一年に発売された（*Tolstoy Together* 未邦訳）。

二〇二〇年七月、長編『もう行かなくては』を刊行。

二〇二二年、アメリカ芸術科学アカデミーのメンバーに選出された。同年五月、これまでの優れた短編の作品群に対し、ＰＥＮ／マラマッド賞が贈られた。同年秋に本書 *The Book of Goose* を発表したところ、翌年のＰＥＮ／フォークナー賞を受賞。

二〇二三年九月、三冊目の短編集 *Wednesday's Child*（未邦訳）を発表した。

現在、プリンストン大学で創作を教えながら、家族とともにニュージャージー州プリンストンで暮らす。

舞台設定や登場人物の出自がどうであろうと、登場人物の心のありようが繊細に描写されているイーユン・リー作品の特徴は変わらない。最後に、リーがインタビューの中でこんな発言をしていたのでご紹介したい。

「昨日、庭で座っていたら、蝶を見かけました——本当にきれいでした。それで考えました。あの蝶を捕まえる方法は二つある。一つは文字どおり、捕まえる。（中略）それで蝶を、形も色も手に入れられます。でも、それは死んだ蝶です。蝶を捕まえるにはもう一つの方法があります。蝶の影を捕まえるように書く。これが私のやりたいことです。フィクションでもノンフィクションでも何かの影、何かの感じを捕まえようと試みるのです。そして消えてしまえば、もう追わない。死んだ蝶には惹かれません」

末筆ながら、いつものように快く質問に答えてくださった著者に本当に感謝しています。そして、編集担当の河出書房新社の竹下純子さんに今回も大変お世話になりました。心より御礼申し上げます。

二〇二三年十一月一日

篠森ゆりこ

Armitstead, Claire. “Yiyun Li: ‘I’m not that nice friendly Chinese lady who writes... Being subversive is important to me.’”*the guardian.com*. 18 Sep. 2022. https://www.theguardian.com/books/2022/sep/18/yiyun-li-the-book-of-goose-interview-being-subversive-important

Athitakis, Mark.“Yiyun Li Is the Patron Saint of Slow Reading.”*Kirkus*. 18 Sep. 2022.https://www.kirkusreviews.com/news-and-features/articles/yiyun-li-the-book-of-goose-interview/

Bowen, Eve. “Melville Before Coffee.” *The New York Review*. 5 Mar. 2022. https://www.nybooks.com/online/2022/03/05/melville-before-coffee/

Etter, Sarah Rose.“Yiyun Li.”*bombmagazine.org*. 20 Sep. 2020. https://bombmagazine.org/articles/yiyun-li/

“In ‘The Book of Goose’, two French girls write a book that alters their lives.” *Weekend Edition Saturday*. Hosted by Scott Simon. NPR Radio. 17 Sep. 2022. https://www.npr.org/2022/09/17/1123629676/in-the-book-of-goose-two-french-girls-write-a-book-that-alters-their-lives

Kleeman, Alexandra. “How Yiyun Li Became a Beacon for Readers in Mourning.” *New York Times Magazine*. 14 Sep.2022. https://www.nytimes.com/2022/09/14/magazine/yiyun-li.html

Maher, John. “Yiyun Li: Writer’s Writer, Reader’s Writer.” *Publishers Weekly*. 5 Aug. 2022. https://www.publishersweekly.com/pw/by-topic/authors/profiles/article/90025-yiyun-li-s-latest-reveals-the-reader-s-writer.html

Mesure, Susie. “Yiyun Li on The Book of Goose: ‘Death is not the end of a story – it’s the beginning.’” *Inews.co.uk*. 1 Oct. 2022. https://inews.co.uk/culture/books/yiyun-li-interview-the-book-of-goose-1887758

Pin, Cecile. “‘We Always Have to Push Back.’An Interview with Yiyun Li.” *badformewview.com*. 29 Nov. 2022. https://www.badformreview.com/read/6wd

Strong, Lynn Steger. “How novelist Yiyun Li learned tc capture shadows.” *Los Angeles Times*. 20 Sep. 2022. https://www.latimes.com/entertainment-arts/books/story/2022-09-20/how-novelist-yiyun-li-learned-to-

capture-shadows

イーユン・リー『理由のない場所』篠森ゆりこ訳（河出書房新社、二〇二〇年）

矢野久『ナチス・ドイツの外国人　強制労働の社会史』（現代書館、二〇〇四年）

渡辺和行『ナチ占領下のフランス　沈黙・抵抗・協力』（講談社、一九九四年）

Yiyun LI :
THE BOOK OF GOOSE

篠森ゆりこ（しのもり・ゆりこ）
翻訳家。訳書に、イーユン・リー『千年の祈り』『さすらう者たち』『黄金の少年、エメラルドの少女』『独りでいるより優しくて』『理由のない場所』『もう行かなくては』、クリス・アンダーソン『ロングテール』、マリリン・ロビンソン『ハウスキーピング』など。著書に『ハリエット・タブマン――彼女の言葉でたどる生涯』がある。

ガチョウの本

2024年7月20日　初版印刷
2024年7月30日　初版発行

著者　イーユン・リー
訳者　篠森ゆりこ
装画　三宅瑠人
装幀　名久井直子
発行者　小野寺優
発行所　株式会社河出書房新社
〒162-8544　東京都新宿区東五軒町2-13
電話　03-3404-1201（営業）／03-3404-8611（編集）
https://www.kawade.co.jp/
組版　KAWADE DTP WORKS
印刷　光栄印刷株式会社
製本　加藤製本株式会社

Printed in Japan　ISBN978-4-309-20899-2

黄金の少年、エメラルドの少女

イーユン・リー／篠森ゆりこ訳

現代中国を舞台に、代理母問題を扱った衝撃の話題作「獄」、心を閉ざした四十代の独身女性の追憶「優しさ」、愛と孤独を深く静かに描く表題作など、珠玉の九編。O・ヘンリー賞受賞作二編収録。

独りでいるより優しくて

イーユン・リー／篠森ゆりこ訳

ある女子大生が毒を飲んだ。自殺か、他殺か、あるいは事故なのか。事件に関わった当時高校生の三人の若者は、その後の人生を、毒に少しずつ冒されるように壊されていく。犯罪ミステリーの要素も交えた傑作。

理由のない場所

イーユン・リー／篠森ゆりこ訳

母親の「私」と自殺してまもない十六歳の息子との会話で進められる物語。著者の実体験をもとに書かれた本書からは、母親の深い悲しみが伝わり、強く心を打つ。他に類をみない秀逸な一冊。

もう行かなくては

イーユン・リー／篠森ゆりこ訳

リリアは三人の夫に先立たれ、五人の子を育て十七人の孫を持つ。昔の恋人の日記を手に入れ、それに自分の解釈を書き込んでいく過程で驚くべき秘密が明らかになっていく。喪失と再生の物語。